I0763232

Matthias A. Weiss

Pfaffkids

21 Persönlichkeiten aus dem Pfarrhaus
Mit Photographien von Florian Moritz

Matthias A. Weiss

Pfaffkids

21 Persönlichkeiten aus dem Pfarrhaus

Ein Buch der Reihe 21
Biographische Bücher über Menschen
mit demselben Hintergrund

Mit bestem Dank an die Evangelisch-reformierte Kirche des Kantons St. Gallen, die Evangelisch-reformierte Kirche Uster, den Zürcherischen Verein für freies Christentum (prolibref) sowie weitere, nicht erwähnt werden wollende Gönnerinnen und Gönner. Ohne deren Unterstützungsbeiträge hätte dieses Buch nicht realisiert werden können.

Meiner Familie gewidmet

Lektorat: Jens Stahlkopf, Berlin | www.lektoratum.com
Cover, Satz & Layout: Horizonte Druckzentrum, Thalwil | www.verein-horizonte.ch
Druck und Bindung: tredition GmbH, Hamburg | www.tredition.de

ISBN: 978-3-9524666-2-9

www.reihe21.ch

Inhaltsverzeichnis

Einleitung

Ich befand mich am Abschluss eines anderen Buches, als sich in mir das vorliegende Werk anzukünden begann. Sogleich war mir klar, dass das Produzieren desselbigen auch mit der Verarbeitung meiner eigenen Geschichte zu tun hatte, schliesslich bin ich ebenfalls in einem Pfarrhaushalt gross geworden, wenn auch nicht in einem klassischen, wenn man darunter einen direkt neben der Kirche befindlichen versteht. Obwohl das Haus, das wir als Pfarrfamilie bewohnt hatten, meinen Eltern selbst gehört, habe ich doch viele Merkmale des Aufwachsens in einem evangelischen Pfarrhaus im hergebrachten Sinne mitbekommen, als da wären: oft Besuch von fremden Leuten, ein zu Hause arbeitender Vater, eine ihn tatkräftig unterstützende Mutter, Mithilfe von uns Kindern bei Sekretariatsarbeiten, ruhig sein müssen über Mittag oder am Samstagabend, wenn Vater seinen Mittagsschlaf hielt oder die Predigt verfasste, unzählige Gottesdienstbesuche und damit quasi das beiläufige Mitbekommen von kirchlichen Ritualen, Liedern und gläubigen Menschen und deren Eigenarten. Ebenfalls grosses Gewicht hatte in meinen Augen der Umstand, dass jene mich zu kennen glaubten und ich mich deswegen nicht wirklich frei gefühlt hatte. Zumindest war klar, dass es sich bei meiner Person um den Ältesten des Pfarrers handelt, auch wenn diese Beschreibung ja primär noch nichts über mich als Menschen, sondern, wenn überhaupt, bloss etwas über meine Rolle aussagte. Störend fand ich sie trotzdem beziehungsweise eben gerade deswegen.
Um dem zu entgehen, machte ich mich früh dazu auf, in die Stadt zu gehen und dort das Gymnasium zu besuchen, doch auch da blieb ich natürlich Pfarrerssohn. Und nach der Matur hatte ich mich sogar im selben Studium eingeschrieben wie damals mein Vater, und jenes nach einigen Irrungen und Wirrungen auch abgeschlossen. Befriedigung ob meiner Berufswahl wollte sich bei mir jedoch nicht einstellen, auch nicht nach dem Ergreifen meiner ersten Pfarrstelle mit Hörbehinderten und Gehörlosen im Kanton Bern. Irgendwie schien ich für diesen Job wie nicht geschaffen zu sein, weshalb ich krank wurde und nach dem vertraglich vereinbarten Jahr freiwillig aus dem kirchlichen Dienst ausschied, um zunächst in einem Restaurant mein Geld zu verdienen, bis mir klar wurde, dass mir das Arbeiten mit Spiritualität eben doch am Herzen liegt, einfach nicht in der bekannten und althergebrachten Form – eben in der Ausübung eines Pfarramtes –, sondern eher durch einen ureigenen Weg:

Jener sah zunächst so aus, dass ich die Ausbildung zum Geistigen Heiler bei der ebenfalls in diesem Buch porträtierten Heilerin Renée Bonanomi absolvierte und danach wusste, dass das Heilen fortan mein Leben begleiten würde. Nach der Arbeit als Verkäufer von Outdoor-Artikeln machte ich mich deswegen als freischaffender Theologe und Geistiger Heiler selbständig. Seither kommen immer wieder neue Projekte auf mich zu, wie beispielsweise das Erlernen und Ausüben von Fernbehandlungen, das Verfassen von Büchern oder auch das Abhalten von diversen Vorträgen und Leiten von Seminaren. Und auch heute ist mein Werdegang nicht abgeschlossen. Ständig will sich etwas Neues offenbaren und Altes vergeht. Grundsätzlich bleibe ich jedoch meiner Arbeit, welche ich vielleicht mit *Ich arbeite mit Menschen und deren Vertrauen* betiteln würde, treu. Und auch persönlich versuche ich, mich dieser vertrauensvollen Hingabe an Gott und das Leben stets hinzuwenden. Das ist das, was mich beglückt, sowie die Weitergabe desselbigen.

In diesem Buch bringe ich nun Leute zusammen, die in ihrer Kindheit einen ähnlichen Lebensentwurf erlebt haben, und schaue, beziehungsweise zeige, was daraus entstehen kann und darf. Natürlich müsste ein solches Vorgehen nicht zwangsläufig auf Söhne und Töchter von Pfarrerinnen und Pfarrern beschränkt sein, schliesslich hatten Kinder von Lehrerinnen und Lehrern früher eine ähnliche öffentlich Rolle inne, vielleicht sogar auch Kinder von Ärzten. Mit dem Niedergang der Bedeutung der genannten Berufe geht aber sicherlich auch eine Abnahme der Rolle und/oder der Sonderstellung des Nachwuchses von Doktoren, Lehrern oder eben Pfarrern einher. Und auch wenn sich das Verständnis der Kirche und jenes der Pfarrersfamilie im Dorf gewandelt hat, hält sich das Klischee, dass Töchter oder Söhne von Pfarrern irgendwie anders sind oder sein müssten, trotzdem hartnäckig. Dem wollte ich eingehender auf den Grund gehen.

Ob dem bei Kindern von Pfarrerinnen ebenfalls so wäre, konnte aus mehreren Gründen nicht verifiziert werden. Einerseits ist es Frauen in der Schweiz erst seit zirka einhundert Jahren erlaubt, evangelische Theologie zu studieren. Insofern dürfte es also noch nicht allzu viele Kinder von Pfarrerinnen geben. Zweitens gehe ich davon aus, dass die Rolle einer Theologin von der Gemeinde, der Gesellschaft und der Kirche stets leicht anders interpretiert worden ist und auch weiterhin wird. Und drittens – und für dieses Buch am relevantesten – bin ich leider kaum an Koordinaten von Pfarrerinnenkindern herangekommen. Die in diesem Buch vorgestellte Ronja Dobler stellt die löbliche Ausnahme dar.

Was jedoch alle Vorgestellten verbindet, ist das – mehrheitlich eben noch – männlich-väterliche Thema: Glaube als Profession. «Welchen Beruf Pfarrerskinder auch ergriffen, die väterliche Berufung wurde für viele Herausforderung, Anspruch und Massstab zur Bewährung in einer Welt, die über sich hinausweist», wie Martin Greiffenhagen in seinem Buch *Pfarrerskinder*[1] schön konstatiert. Der vorliegende Band versammelt darum Stimmen von Pfarrerskindern, die eine mehr oder weniger typische Pfarrhauserziehung erfahren haben. Erstaunlicherweise wird diese hier mehrheitlich positiv berichtet. Böses, schlechte Erfahrungen oder gar Abgründiges habe ich kaum vernommen. Stammt das jetzt daher, dass mir diejenigen, die solches hätten berichten können oder wollen, schon im Vornherein abwinkten, um nicht mehr an das Erlebte erinnert zu werden? Oder daher, dass es jenes nicht mehr gibt? Ich vermute ersteres.
Im Verlaufe meiner Recherchen bekam ich nämlich unzählige Absagen, die keinem klaren Grund zugeordnet werden konnten, oder gar keine Antwort auf meine Anfrage. Dass dem vermehrt so war, kann und will ich hauptsächlich darauf zurückführen. Natürlich lässt sich diesbezüglich nichts beweisen, mein Gefühl aber deutet in diese Richtung. Das zeigte sich beispielsweise auch bei der Bedenkzeit, die sich ausgesprochen viele Porträtierte für die Interviews ausbedungen hatten. Die Mehrheit benötigte einiges an Zeit und fällte danach ihren Entscheid. Spontane Zusagen kamen kaum vor. Und drei ursprünglich Vorgestellte zogen ihre Porträts im letzten Moment sogar zurück, was ebenfalls darauf hindeuten könnte, dass sie das Gesagte – aus welchen Gründen auch immer – nicht gedruckt sehen wollten.
Wie auch immer. Das Thema des Aufwachsens in einer Pfarrfamilie wirft auch anfangs des 21. Jahrhunderts hie und da noch hohe Wellen, obwohl man im Verlaufe der Säkularisierung der vergangenen Jahrzehnte doch davon ausgehen könnte, dass dem nicht mehr so sein müsste. Die Porträts, die es schliesslich in dieses Werk geschafft haben, berichten darum beinahe ausnahmslos von einem schönen, spannenden und reichen Aufwachsen im Kreise einer Pfarrfamilie, was allen, die es anders erlebt haben, ja auch Mut machen kann.
Die Auswahl meiner Gesprächspartnerinnen und Gesprächspartner trug sich wie folgt zu: Natürlich mussten die Porträtierten zwingend aus einem Pfarrhaushalt stammen. Bis auf eine Ausnahme, nämlich Richard Broadnax, der in den USA als Sohn eines Diakons aufgewachsen ist, habe ich dieses Kriterium auch eingehalten. Die Ausnahme erfolgte daher, weil ich Richard Broadnax' Aufwachsen als zu wichtig einstufe, um ihn unerwähnt zu lassen.

Dann war es wünschenswert, dass meine Gesprächspartnerinnen und Gesprächspartner bezüglich Alter, Geschlecht und ausgeübten Berufen so heterogen wie möglich waren, weil meines Erachtens die Vielfalt gegenüber einer gewissen Homogenität um Welten interessanter ist. Ein weiteres Kriterium bei der Auswahl von Menschen für *Pfaffkids* betraf den Werdegang der interviewten Personen. Dieser sollte etwas hergeben, falls möglich sogar mit einigen Irrungen und Wirrungen gespickt sein.
Die Interviews mit den porträtierten Persönlichkeiten, die alle zwischen Juli 2013 und August 2014 stattgefunden haben, wurden mündlich geführt, und zwar meistens in deren eigenen Räumen – entweder privat oder geschäftlich –, hin und wieder aber auch in einer Gartenwirtschaft, einem Restaurant, einem Sitzungszimmer oder auch einmal auf einer Krankenstation. Sie dauerten zwischen einer und dreieinhalb Stunden.
Alle Interviews wurden elektronisch aufgezeichnet, aufgrund dieser Aufnahmen transkribiert und danach auch bereits redigiert, immer aber mit dem Anspruch, sich ziemlich genau an den Inhalt und den Originalton der Gesprächspartnerinnen und Gesprächspartner zu halten. Als Autor war es mir wichtig, etwas vom Wesen, das ich beim Hören des Erzählten wahrgenommen hatte, dem Schriftlichen mitzugeben. Deswegen kann es vorkommen, dass der eine oder andere Satz leicht knorrig oder ungelenk daherkommen kann. Solche Sätze symbolisieren für mich jedoch eher die Eigenart der interviewten Person, denn schlechtes Deutsch. Es muss allerdings auch gesagt werden, dass die Sprache dieser transkribierten Interviews eine Kunstsprache ist, denn die 21 vorgestellten Personen haben selbstverständlich anders gesprochen als hier abgedruckt. Sie taten dies ausschweifender, sich wiederholend, sich widersprechend oder da und dort auch ein Thema umkreisend. Kurz, die Porträtierten haben erzählt, statt wohldurchdachte Reden gehalten. Hätten die Interviewten selber geschrieben, wären deren Worte natürlich in einem wohlklingenderen und korrekten Deutsch dahergekommen.
Mit einer Ausnahme wurden alle Interviews auf deutsch geführt. Das Gespräch mit Richard Broadnax, der zwar seit mehreren Jahren in der Schweiz lebt und auch mit einer Schweizerin verheiratet ist, sich im Deutschen aber nach wie vor unsicher fühlt, wurde in englisch abgehalten. Ebenfalls wurde es so protokolliert, redigiert und dem charismatischen Gospelsänger auch vorgelegt. Nach dessen Einverständnis wurde sein Interview dann ins Deutsche übertragen.

Die für die 21 Interviews benutzten Fragen lauteten von der Anlage her folgendermassen:

- *Wer sind Sie? Können Sie sich und Ihre Lebensumstände kurz beschreiben?*
- *Wie sind Sie aufgewachsen?*
- *Wie haben Sie Ihren Vater/Ihre Mutter wahrgenommen?*
- *Was hat das mit Ihnen gemacht?*
- *Hat sich der Beruf Ihres Vaters/Ihrer Mutter auf Ihre eigene Berufswahl ausgewirkt? Und wenn ja, wie?*
- *Oder sogar auf Ihr Leben? Und wenn ja, wie?*
- *Was würden Sie aufgrund Ihrer eigenen Erfahrung sagen: Gibt es dieses «besondere Aroma» des Pfarrhauses?*
- *Hat sich Ihre Einstellung zu Leben und Glück im Laufe der Zeit gewandelt, insbesondere auch, seit Sie das Pfarrhaus verlassen haben?*
- *Wie halten Sie es selbst mit der Religion?*
- *Haben Sie eine Botschaft? Wenn ja, welche?*

Je nach Gesprächsverlauf stellte ich obige Fragen so oder leicht variiert. Da und dort wurde von mir nachgebohrt oder auch einmal etwas weggelassen. Insgesamt folgte ich als Interviewer einfach dem Erzählfluss, hatte dabei aber immer auch die vorgenommenen Fragen und deren Reihenfolge im Blick.
All diese halbstandardisierten Interviews wurden den Porträtierten nach einer ersten Redaktion zum Gegenlesen, Ergänzen, Streichen oder auch Korrigieren überlassen, wovon einige regen Gebrauch gemacht hatten, andere ihre Worte in meiner Sprache wiederum mehrheitlich beliessen. So stimmten sie unter anderem auch den Titeln, die ich ihnen zwecks griffigen Bezeichnungen da und dort bewusst übergestülpt hatte, zu. Sie selbst benennen sich hie und da anders, wie mit Leichtigkeit eingangs jeden Interviews festgestellt werden kann.
Da zwischen der Fertigstellung und der effektiven Herausgabe dieses Buches einige Zeit verstrich, habe ich alle Porträtierten um den Jahreswechsel von 2016 auf das Folgejahr hin noch um ein Update gebeten, welches jedem Porträt hintangestellt wurde. Darin beschreiben die interviewten Personen mehr oder weniger ausführlich, was sich seit unserem Gespräch verändert hat. Einzige Ausnahme stellt hier die bereits erwähnte Ronja Dobler dar, welche zum Zeitpunkt des Interviews gerade mal sechs Jahre alt war. Da sich Meinungen und Erlebnisse in jungen Jahren meines Erachtens besonders

schnell ändern können, besteht das Porträt der quirligen Schülerin nun eben aus zwei aufeinanderfolgenden Interviews, womit deren Entwicklung besonders gut eingesehen werden kann.
Nun bleibt mir nur noch, allen interviewten Menschen zu danken. Jeder und jedem bin ich von Herzen dankbar, durfte ich doch viel von ihnen lernen und gerade auch durch das mir Anvertraute an eigene Geschichten und Erlebnisse erinnert werden, was ich als unheimlich grosses Geschenk erachte, verblassen diese im Verlauf der Zeit doch meist ziemlich rasch. Und diese Gaben reiche ich hiermit gerne an Sie, liebe Leserin oder lieber Leser, weiter.

Matthias A. Weiss
Richterswil, Ostern 2017

Walter Angst

Kommunikationsverantwortlicher des Mieterverbands

Walter Angst, Jahrgang 1961, wird als Jüngster – und «mit ziemlichem Abstand» zu seinen vier älteren Geschwistern – in den Pfarrhaushalt von Wädenswil hineingeboren. Nach dem Gymnasium zieht es den rastlosen, jungen Erwachsenen rasch in die Stadt Zürich, wo er mittlerweile seit über dreissig Jahren lebt. Dort absolviert er die Ausbildung zum Reallehrer, arbeitet aber nie auf dem erlernten Beruf, sondern heuert zunächst bei der Wochenzeitung vorwärts als Journalist an, bevor er 2005 für den Mieterinnen- und Mieterverband Zürich tätig wird, für welchen er seit Sommer 2009 die Kommunikation leitet. Neben dem beruflichen Engagement ist Walter Angst vor allem als Mitglied der Alternativen Liste bekannt, als welches er seit dem Jahr 2002 im Zürcher Gemeinderat sitzt. Dort setzt er sich intensiv mit der Stadtentwicklung, dem Wohnungsbau, der Personalpolitik, den Finanzen oder auch den Gemeindebetrieben auseinander. Ausserdem organisierte er zahlreiche 1.-Mai-Anlässe mit und ist seit über zehn Jahren in der Menschenrechtsgruppe augenauf aktiv, welche sich für Betroffene von behördlichen Übergriffen, Diskriminierungen oder auch Menschenrechts- und Grundrechtsverletzungen einsetzt. Walter Angst hat zwei erwachsene Kinder aus einer früheren Partnerschaft. Heute wohnt er zusammen mit seiner Lebenspartnerin und dem gemeinsamen Kind in Zürich-Wiedikon.

Walter Angst

Zu sagen, dass mir Walter Angsts Name vor diesem Interview kein Begriff gewesen wäre, wäre gelogen. Denn einerseits ist er mir immer wieder einmal in den Medien entgegengetreten – meist im Zusammenhang mit relativ linken Anliegen –, andererseits war er mir aber noch von Wädenswil her, wo ich ja selbst aufgewachsen bin, geläufig. Da uns aber eine halbe Generation voneinander trennt, bringe ich diesen Namen eher mit seinem Vater in Verbindung, welcher gleich geheissen hatte. Vollends begriffen hatte ich die biographische Verbindung jedoch erst, als sich Walter Angst infolge meiner Anfrage danach erkundigt hatte, ob ich ebenfalls aus Wädenswil stammte. Dort sind wir uns meines Wissens aber nie begegnet.

Aus der Presse kam mir das Bild eines eher aufsässigen und manchmal vielleicht auch leicht ungehobelten Menschen herüber, wie es auch einem Zitat über ihn zu entnehmen ist, welches er auf seiner Homepage stehen hat: «Er übertreibt zwar manchmal und ist eine Spur zu scharf, oft ist er aber der Einzige, der die richtigen kritischen Fragen stellt. Ohne ihn würde das Parlament manche Geschäfte verschlafen.»[2] Einen solchen Mann wollte ich einerseits unbedingt kennenlernen, um mir ein eigenes Bild von ihm zu machen, und andererseits war ich schlicht neugierig darauf, ob und wie er das Aufwachsen in derselben Stadt wahrgenommen hatte.

Aus diesem Grunde machte ich mich an einem der letzten Oktobertage des Jahres 2013 auf, Walter Angst in seinem Büro des Mieterverbands, welches nahe der Langstrasse angesiedelt ist, aufzusuchen. Ich bin zu früh dran, weshalb ich noch durch das ehemals verruchte Quartier streife und da und dort neue Läden oder auch schnuckelige Beizen entdecke. Kurz vor neun Uhr klingle ich beim Zürcher Mieterverband, und Walter Angst empfängt mich in seinem Büro mit einem Glas Wasser. Nach einem kurzen Smalltalk beginnen wir mit dem Interview.

Walter Angst, wer sind Sie? Können Sie sich und Ihre Lebensumstände bitte kurz beschreiben?

Seit sicherlich zehn Jahren bin ich ganz auf Zürich konzentriert. Hier lebe ich mit meiner zweiten Partnerin und unserem dreijährigen Kind in einem Quartier in Zürich-Wiedikon. Meine beiden älteren Kinder sind bereits erwachsen und haben ihren Weg gemacht.
Arbeiten tue ich seit acht Jahren beim *Mieterverband.* Jener beschert mir eine intensive, aber auch spannende Arbeit. So habe ich viel mit Menschen zu tun, die sich teilweise in einfacheren, oft aber auch in schwierigeren Situationen wiederfinden. Verbinden kann ich meine Arbeit mit *Öffentlichkeitsarbeit,* was mir sehr liegt. Oder anders ausgedrückt, wenn man hier die verschiedensten Leute hereinspazieren sieht beziehungsweise deren Geschichten hautnah miterlebt, dann ist man sehr an den Alltagsfragen der Menschen orientiert und dadurch auch geerdet. (muss lachen)
Als drittes ist meine *Politische Arbeit* zu erwähnen, welche ich als *Mitglied der Alternativen Liste* leiste, unter anderem seit elf Jahren im Zürcher Gemeinderat, wo ich sehr viel Stadtentwicklungs- und Wohnpolitik betreibe. Wenn man so will, bewege ich mich also in einem Dreieck zwischen Mieterverband, Rathaus und meinem Wohnquartier, alles mitten in Zürich.

Können Sie Ihre Tätigkeit als Verantwortlicher für Öffentlichkeitsarbeit des Mieterverbands noch etwas ausführen?

Ich vermittle hier in erster Linie alle zentralen Fragen, die sich rund ums Mieten stellen. Mein Job als Kommunikationsverantwortlicher besteht vor allem darin, unsere Mitglieder zu instruieren, was sie wo und wann zu tun haben, damit sie nicht auf die Nase fallen oder unangenehme Dinge erleben müssen. Parallel zu unserer Dienstleistung, die vor allem in Hilfe zur Selbsthilfe besteht, gibt es aber auch diverse politische Aktivitäten an die Hand zu nehmen, wie zum Beispiel die Mobilisierung dafür, dass die Grundlagen für Mieterinnen und Mieter allgemein verbessert werden können. Gerade diese Kombination von verschiedenen Tätigkeiten finde ich spannend. Hätte ich nicht hin und wieder auch Zeit, an eine Mieterversammlung zu gehen, wenn jemand wieder die Kündigung erhalten hat oder eine grosse Sanierung ansteht, dann wäre mein Job eine Arbeit, die mir im Prinzip nicht passen würde. Gerade jene Vielfältigkeit aber macht mein Leben so interessant. Denn

erst wenn Theorie und Praxis miteinander verbunden sind, lässt sich meines Erachtens sinnvolle Kommunikationsarbeit verrichten.
Und wenn Sie mich nach meinem Tagesablauf fragten, so darf ich sagen, dass jeder Tag anders ausschaut. Für jemanden wie mich, mit einer solch vielfältigen Vergangenheit, ist das natürlich von Vorteil. (muss lachen) So habe ich viel mit Publikationen zu tun, etwa bezüglich Referenzzinssatz. Dann treffe ich die verschiedensten Seiten und verhandle mit ihnen, wie zum Beispiel mit Vertretern des Hauseigentümerverbandes, der Chefstadtentwicklerin der Stadt Zürich oder mit vielen Mieterinnen und Mietern. Gerade bei letzteren ist es ungemein wichtig, dass man eine Sprache spricht, die diese verstehen. Andererseits besteht meine Arbeit oft darin, dass ich jene dazu ermutige, bei Ungereimtheiten auch einmal hinzustehen und das eigene Recht einzufordern. Am effizientesten ist man in meinem Job sicherlich dann, wenn man die Bedürfnisse und die Interessenlagen der Grossinvestoren, aber auch diejenigen der Einzelvermieter relativ genau kennt. Auch hier kommt mir entgegen, dass man es quasi mit einem Querschnitt der Gesellschaft zu tun hat. So spreche ich an einem Tag mit Bankerinnen und Bankern, an einem anderen mit einer Erbengemeinschaft und an einem Dritten mit Menschen, die man mal gekannt hat, die jetzt aber, da sie in Besitz von Immobilien gelangt sind, einfach eine maximale Rendite anstreben.

In all Ihren Ausführungen kommt mir eine ziemliche Leidenschaft und Begeisterung entgegen. Stimmt meine Wahrnehmung? Und wenn ja, worauf führen Sie diese zurück?

Ich hatte noch an keiner Stelle gearbeitet, an der ich nicht voll und ganz dabei gewesen wäre. Ein anderes Arbeiten würde mich schlichtweg fertigmachen, da ich mich damit identifizieren können muss. Für die Work-Life-Balance ist das jetzt eher negativ, das ist mir schon klar (muss lachen), für die persönliche Zufriedenheit jedoch äusserst positiv.

Wie sind Sie aufgewachsen?

Mitten im alten Zentrum von Wädenswil, im Pfarrhaus mit einem riesigen Garten und sehr behütet. Leider in einer Phase, in welcher jene Stadt stark gewachsen war, so dass die Mehrheit meiner Schulgespanen in Aussenquartieren gewohnt hatte.

Mein Umfeld war sicherlich geprägt durch Vaters Arbeit und einem Clan von alteingesessenen Wädenswilerinnen und Wädenswilern, der ein äusserst kleines, aber eben auch bestimmendes Segment jener Stadt am linken Zürichseeufer abgebildet hatte. Im Gegensatz zu meinen älteren Brüdern, die alle für die höhere Bildung nach Zürich gegangen waren, machte ich jenen Schritt in den Hauptort bewusst erst am Ende der zweiten Sekundarschule. Von da weg hatte ich mir jedoch schnell eine neue Welt aufgebaut. Und so erstaunt es nicht, dass ich seit der Matura in Zürich wohne.

Wie haben Sie Ihren Vater wahrgenommen?

Als starke Figur. Eigentlich aber bildeten meine Eltern ein richtiges Team. Sie lebten noch stark das Modell des alten Dorfpfarrers, der die Leute bei sich empfing. Samstagabend hatte man ruhig zu sein, wenn Vater jeweils an seiner Predigt arbeitete, und Sonntagmorgens hatte man jene von der nahen Kirche her vernommen. Und Mutter leitete den Kirchenbasar oder auch Kränzchen für die Mission. Dann arbeitete sie daheim und vermittelte viel Geborgenheit.

Vielleicht könnte man unser Aufwachsen gut und gerne mit demjenigen auf einem Bauernhof vergleichen, wo Leben und Arbeit auch örtlich eine totale Einheit bilden. Ja, man könnte sagen, dass wir im Grunde genommen ein KMU lebten. (muss lachen)

Selbstverständlich hat man aber auch all die Spannungen, welche sich aus dem Erzählten der Bibel und des Glaubens und dem tatsächlich Gelebten ergeben, mitbekommen, zum Teil hautnah. Beispielsweise erfährt man dadurch den eigenen Vater ganz anders, so dass einem ganz verschiedene Dimensionen des Lebens bewusst werden, welchen man bei einem anderen Aufwachsen wahrscheinlich weniger mitbekommen hätte. Dito lernt man die verschiedensten Gesellschaftsschichten kennen; den Wädenswiler «Teig» habe ich schon erwähnt. Dann gab es da die Bauern, die vor allem im Berg oben angesiedelt waren, oder die Intellektuellen in der Stadt. Und was Vaters Arbeit angeht, hatte man schon ziemlich rasch deren breit abgestecktes Feld mitbekommen, zum Beispiel gerade, wenn es darum ging, sogenannten Kunden wie Bettlern, Landstreichern und anderen, die an der Haustür klingeln kamen, bis zu zwanzig Franken auszuhändigen. Das bildete früh Kompetenzen und hatte zur Folge, dass man schon als Kind ein sehr breites Feld von Arbeit kennenlernen konnte.

Hat sich der Beruf Ihres Vaters auf Ihre eigene Berufswahl ausgewirkt? Und wenn ja, wie?

Nein, eher, dass ich nicht wusste, was ich machen wollte, und dann auch, dass ich in einer bestimmten Zeit aufgewachsen war, in der ich bei meinen älteren Brüdern mitansehen konnte, wie sie angesichts der 68er-Nachwehen hin und wieder einen Aufstand erprobt hatten. Das hatte mich zunächst mehr geprägt als Vaters Beruf, ausser man begibt sich jetzt auf eine ganz tiefe Ebene, indem man sagt, dass Vater eine Person war, die mit Menschen arbeiten und Dinge in Bewegung bringen wollte. Wenn man so argumentiert, bestehen logischerweise Parallelen, die ich jedoch bis etwa dreissigjährig weit von mir gewiesen hatte.

Was würden Sie aufgrund Ihrer eigenen Erfahrung also sagen: Gibt es dieses «besondere Aroma» des Pfarrhauses?

Gut, zwischen Pfarrhaus und Pfarrhaus würde ich unterscheiden. Wenn wir dabei aber von einem Pfarrhaus sprechen, welches mitten im Dorf steht, wie jenes in Wädenswil, und in welchem der Schlüssel zur Kirche aufbewahrt wurde, so dass man mit irgendwelchen Kumpels spätabends bei der Orgel noch eine Party feiern konnte, dann führt das bestimmt zu einer anderen Atmosphäre, als wenn jenes irgendwo am Rand einer Gemeinde liegt. Wächst man so auf, wie ich es getan habe, ist man sicherlich ausgestellt und damit derart integral mit Vaters Arbeit, der Welt, dem protestantischen Leben oder auch der Kirchenpflege konfrontiert, dass das schon abfärbt.

Was hat das Aufwachsen in einem Pfarrhaus mit Ihnen gemacht?

Heute würde ich es so formulieren, dass man einfach eine ganz bestimmte Form von Beziehung zu den verschiedensten Menschen lernt. Leute waren und sind ein zentraler Punkt in der Arbeit eines Pfarrers, und man selbst befand sich ebenfalls ständig in Beziehungen. Ein Produkt, das zwischen zwei Menschen hätte stehen können, gab es praktisch nicht, wie das beispielsweise auf einem Bauernhof der Fall ist, wo es Kartoffeln gibt oder dergleichen. Vaters Arbeit hatte wirklich hauptsächlich aus der Interaktion mit

anderen Menschen bestanden: sie zu begleiten, zu unterstützen oder auch einmal zu disziplinieren. (muss lachen)
Und wenn ich jetzt meine eigene Arbeit anschaue, abgesehen davon, dass wir heute mit Computern arbeiten und Drucksachen herstellen, arbeite ich hier ähnlich. Insofern würde ich sagen, dass ich von der Art und Weise her, wie man arbeitet, schon sehr geprägt wurde. Durch das Aufwachsen im Pfarrhaus ist man vielleicht etwas davor gefeit, sich nur in bestimmte Segmente einzugraben und damit den umfassenden Blick auf die Gesellschaft schneller aus den Augen zu verlieren. Ja, jener ist sicherlich globaler, als wenn man «normal» aufwächst.

« Als Pfarrerskind lernt man ein sehr breites Feld von Arbeit kennen. »

Hat sich Ihre Einstellung zu Leben und Glück im Laufe der Zeit gewandelt, insbesondere auch, seit Sie das Pfarrhaus verlassen haben?

Wie schon erwähnt, war ich in Wädenswil leicht isoliert. Einerseits war ich immer der Sohn des Pfarrers, und die alten Frauen tätschelten einem auch noch als Sechzehnjährigem den Kopf und meinten «Ach, Walterli», was natürlich kein sonderlich jugendgerechtes Verhalten war. Andererseits machte mir eben die räumliche Distanz zu möglichen Kollegen zu schaffen. So gesehen stellte mein Gang nach Zürich für mich eine Befreiung dar. Dort konnte ich mir meine eigenen Beziehungen aufbauen, mich verlieben und so weiter. Zwar hatte mein Aufwachsen auch eine geborgene Seite an sich, trotzdem aber, oder vielleicht auch deswegen, war jenes natürlich etwas, das man dringend hinter sich lassen musste. Ein Verbleib auf Dauer wäre wahrscheinlich nicht gut gekommen. Das ist das eine. Zum anderen haben meine Wandlungen, so glaube ich, eher mit den eigenen Erfahrungen und dem Älterwerden zu tun als mit dem Aufwachsen in einem Pfarrhaus. Ich selbst hatte einfach oftmals Glück und bin nirgends voll daneben gelegen beziehungsweise konnte mich immer stark ausleben. Und mittlerweile geniesse ich es sogar, dass ich über einen angemessenen Lohn verfüge und nicht mehr so unten durch muss, wie auch schon.

Wie halten Sie es selbst mit der Religion?

In meinen Augen habe ich dazu ein unverkrampftes Verhältnis. Als der Zürcher Kirchenrat jedoch vor ein paar Jahren mit den Ausschaffern im Bundesamt für Migration zusammengespannt hatte, hatte es mir für einen Moment gereicht, so dass ich meiner Kirchenpflege mitgeteilt hatte, dass ich aus der Kirche austreten werde. Meines Erachtens geht das gar nicht, dass sich die Kirche auf die Seite der Herrschenden stellt und damit Brücken zur SVP schlägt.

Zwar hatte und habe ich durch meine politische Arbeit immer wieder mit Vertreterinnen und Vertretern der Kirche zu tun – durchaus angenehm und positiv –, mit der Vorstellung aber, dass da noch etwas anderes sein soll, tue ich mich enorm schwer. Insofern habe ich mit der Kirche nichts am Hut. Aus Tradition bin ich aber weiterhin dabei. Wahrscheinlich verhält es sich ähnlich wie beim eigenen Kleidungsstil. Der ist einfach eine Art, die man hat.

Haben Sie eine Botschaft? Wenn ja, welche?

Botschaften? – Also in meinem tiefsten Inneren bin ich nach wie vor *Kommunist,* der unsere Gesellschaft am Rumpf sieht. Wenn wir zum Beispiel unser westliches koloniales Erbe betrachten, jetzt aber so tun, wie wenn die Drittweltländer in der eigenen Schuld stünden – in Bezug auf den Zugang zu Ressourcen und dergleichen –, dann finde ich unser Verhalten schlicht hanebüchen. Wir leben ja wie die Maden im Speck, nicht? Natürlich haben wir auch unsere Sorgen und Schwierigkeiten, ganz klar. Die Dynamik aber, wie unsere Gesellschaft organisiert ist, tendiert meines Erachtens im Kleinen wie im Grossen eher zu einer negativen Entwicklung. Von daher bin ich der Meinung, dass es dringend einiger Gegenentwürfe bedarf, auch wenn ich jene, im Gegensatz zu früher, wo ich klar der Meinung war, dass ich darüber Bescheid wissen würde, jetzt auch nicht einfach aus dem Ärmel zaubern könnte. Trotzdem bin ich der Meinung, dass unsere konkurrenzorientierte Entwicklung, welche wir bei uns im Westen seit zweihundert Jahren veranstalten, keine Perspektive hat. Wir sind noch nicht am Ende der Geschichte angelangt! Die grossen Fragen müssen weiterhin angegangen und immer auch offen auf den Tisch gelegt werden. Ausserdem kann das Heil nicht bloss im Kopf gesucht werden, sondern es muss eine andere Organisation unserer Gesellschaft geben.

Aus diesem Grunde finde ich Ansätze wie Orto loco oder Neustart Schweiz,[3] welche eine Verbindung zwischen der Produktion, dem Konsum und der Arbeit herzustellen versuchen, spannend und nehme ich diese ernsthaft und interessiert wahr. Zwar sind solche Initiativen niemals ins Ganze eingebettet, da jenes ja vor allem die grosse Differenz zwischen Süd und Nord betrifft, weshalb solch lokale Aktionen demzufolge nicht viel mehr als ein paar Tropfen auf den heissen Stein sind. Aber trotzdem!
In meinen Ferien zum Beispiel, die ich oft auch im Ausland verbringe, bin ich natürlich immer wieder mit den dortigen Zuständen konfrontiert. Andere Welten und Kulturen gefallen mir. Gerne lasse ich mich dadurch herausfordern. Zwar ticken die Menschen, auf die ich dort stosse, im Vergleich zu uns ja nicht wirklich anders, meist aber befinden sie sich schlichtweg in einer anderen, ökonomischen Situation. Und das finde ich spannend. Wenn es also eine Botschaft gibt, dann folgende: «Auch wenn ich hier in Zürich örtlich sehr begrenzt wirke, kann man sich unser Leben nicht mehr bloss lokal denken. Wir wissen genau, mit welchen Geldern wir unseren Wohlstand entwickeln. Meiner Meinung nach müssten wir darum Modelle entwickeln, dass unsere Lebensform generalisierbar würde. Momentan ist sie das ja bei weitem nicht, nur schon, wenn wir unseren ökologischen Fussabdruck betrachten, welcher mindestens doppelt so hoch ist als global noch erträglich. Darum brauchen wir dringend gesellschaftliche Konzepte, die den Graben, anstatt weiter zu öffnen, wieder schliessen helfen. Denn je länger wir so weitermachen wie bisher, desto eher werden wir in kriegerische Konflikte geraten und desto weniger wird es uns möglich sein, aus unserer Produktivität Lebensqualität herausschälen zu können, die wir bis anhin noch geniessen.»

www.walterangst.ch

Update

Das kann man eigentlich alles so belassen.

Ernst-Martin Barck

Betriebssanitäter

Ernst-Martin Barck, Jahrgang 1954, wird als jüngeres von zwei Kindern in eine Pfarrfamilie im Schwarzwald geboren. Nach sechs Jahren zieht diese in den Landkreis Waldshut um, wo Ernst-Martin Barck aufwächst und die Schulen besucht. Mit etwas mehr als achtzehn Jahren begibt sich der Jungspund in die Schweiz, um sich vornehmlich am Stadtspital Triemli als Krankenpfleger ausbilden zu lassen. Im Jahre 1980 verschlägt es ihn allerdings zu den Verkehrsbetrieben der Stadt Zürich, welchen er seither treu bleibt, meist in der Funktion als Betriebssanitäter. Als solcher pflegt er allerlei Wehwehchen der an die zweitausendfünfhundert Mitarbeiter, macht Prävention, arbeitet als Masseur oder bietet sich als sogenanntes Sorgentelefon an. In seiner Freizeit widmet sich Ernst-Martin Barck intensiv seinen Rosen und im Dezember wird er, zusammen mit seiner Frau, jeweils während zweier Wochen zum Konditor. Gemeinsam backen sie dann rund neuntausend Guetzli in dreissig verschiedenen Sorten. Das Ehepaar Barck wohnt im Zürcher Säuliamt.

Ernst-Martin Barck

Auf Ernst-Martin Barck stosse ich erstmals auf einem Plakat, und zwar wirbt jenes für die Zürcher Verkehrsbetriebe im Rahmen der Mitarbeiterkampagne ‹Wir sind die VBZ›. Dort vernehme ich, dass es eine Betriebssanität gibt. Wörtlich steht da: «#35 Ernst-Martin Barck. Ein Pflaster für Körper und Seele als Betriebssanitäter bei den VBZ.» Im weiteren wird darauf hingewiesen, dass der Vorgestellte Pfarrerssohn ist und dass er sich deswegen nicht nur den physischen Nöten der Mitarbeiterinnen und Mitarbeiter annimmt, sondern ab und zu auch den seelischen.

Auf mein Schreiben, welches ich ihm nach Hause schicke, höre ich während geraumer Zeit nichts. Und auch meine offizielle Anfrage nach einem Interview bei Herrn Barcks Arbeitgeber bringt keinen nennenswerten Fortschritt. Also lasse ich das Jahr 2013 auslaufen und starte im darauffolgenden einen neuen Versuch. Und siehe da, ziemlich schnell ist es mir möglich, zunächst Ernst-Martin Barcks Frau ans Telefon zu kriegen, bevor ich schliesslich auch ihn selber sprechen kann. Herr Barck ist grundsätzlich mit meinem Vorhaben einverstanden, so dass wir einen Termin im VBZ-Zentrum in Zürich-Altstetten vereinbaren, wo ich ihn an einem sonnigen Freitagnachmittag Ende Januar 2014 besuche.

Dort angekommen, melde ich mich an der Rezeption und die Empfangsdame, bittet mich, noch einen Moment zu warten. Ich nehme im Empfangsbereich Platz und schaue direkt an eine Tür mit der Aufschrift ‹Sanitätsraum – bei Notfällen erreichbar unter …› und dann folgt die interne Telefonnummer. «Das muss der Zugang zu Herrn Barcks Reich sein», geht es mir durch den Kopf, und sogleich tritt dort eine Patientin aus der Tür, dicht gefolgt von einem stattlichen Herrn. «Das ist er also», denke ich mir, und tatsächlich, Ernst-Martin Barck kommt nach der Verabschiedung seiner Klientin direkt auf mich zu und begrüsst mich mit einem festen Händedruck. Wir nehmen Platz auf seiner zweckmässig eingerichteten Station und beginnen mit dem Interview.

Herr Barck, wer sind Sie? Können Sie sich und Ihre Lebensumstände kurz beschreiben?

Also, ich bin Jahrgang 1954 und wuchs ursprünglich in Deutschland auf (sagt Ernst-Martin Barck in beinahe astreinem Zürcher Dialekt), und zwar im Schwarzwald, in einem Dorf, das sich über sechs bis sieben Kilometer hinzieht. Später dann, im Jahre 1961, trat Vater eine neue Stelle an, so dass wir nach Küssaberg in die Nähe von Waldshut kamen. Dort wurde ich gross und ging zur Schule, bis und mit achtzehn Jahren.
Danach zog ich im November '72 in die Schweiz, um hier die Lehre als *Krankenpfleger* zu absolvieren. Der Grund dafür liegt bei meiner um ein Jahr älteren Schwester, welche diesen Schritt bereits vor mir unternommen hatte und von der hiesigen Atmosphäre begeistert war. Also tat ich es ihr gleich und kam so ans Stadtspital Triemli. Und ja, seit jenem Jahr befinde ich mich nun in der Schweiz.
Zur VBZ kam ich schliesslich 1980, wo ich zunächst während zweier Jahre im Depot arbeitete. Dort wusch ich Trams, leerte Papierkörbe, füllte Sand auf, schippte Schnee oder dergleichen. Nach etwa zwei Jahren bekam ich die Anfrage, wieder auf meinem alten Beruf arbeiten zu können. Zunächst fragte ich mich, wie und wo die VBZ denn einen Krankenpfleger einsetzen und gebrauchen könne. Ich kam nicht auf die Idee, dass so etwas wie eine Betriebssanität existieren könnte.[4] Ich wusste zwar, dass sich mein Vorgänger kurz vor seiner Pensionierung befunden hatte, doch mein Wunsch bestand eher darin, Wagenführer zu werden. Trotzdem kam ich dann hier ins Depot. Und jetzt bin ich nun schon seit zweiunddreissig Jahren da. So gesehen habe ich mich stets im Pflegeberuf aufgehalten: zunächst pflegte ich Menschen, später Trams und heute wieder Leute.

Können Sie Ihre Arbeit noch etwas ausführen?

Gerne. Dadurch, dass ich schon an diversen Orten innerhalb der VBZ gearbeitet hatte, konnte ich mir zahlreiche Betriebs- oder auch Stadtkenntnisse aneignen, was hier auf der Station einen Riesenvorteil bedeutet. Ich habe Kontakt zu sehr vielen, verschiedenen Kunden. Je nach Berufsgruppe verhalten sich die Menschen nämlich unterschiedlich. Das Büropersonal will einen anderen Umgang als die Handwerker, und die Chauffeure unterscheiden sich in ihren Ansprüchen klar von der Chefetage.

Dadurch, dass ich bereits an manchen Orten in der VZB tätig war, wurde es mir über die vergangenen zweiunddreissig Jahre möglich, zu den meisten der rund zweitausendfünfhundert Mitarbeitenden ein grosses Vertrauensverhältnis aufzubauen. Das ist entscheidend, denn oft möchten die Leute, die zu mir kommen, zunächst bloss erzählen. Zuhören ist deswegen sicherlich eine meiner Hauptaufgaben. Den Menschen ist es wichtig, einfach einmal ihre Sorgen loszuwerden. Eingriffe oder ähnliches erfolgen, wenn überhaupt, erst zu einem späteren Zeitpunkt, wie zum Beispiel mein Massageangebot für Mitarbeiterinnen und Mitarbeiter, die Probleme im Rücken- und Nackenbereich haben, vorwiegend Fahrdienstpersonal, Büroangestellte oder auch Handwerker.
Die Ausbildung zum *Masseur* habe ich übrigens nebenher bei einer Massagefachschule absolviert. Und nun gehe ich immer regelmässig als Masseur in die verschiedenen Depots und Garagen. Mit dieser Massnahme konnten wir dazu beitragen, die betrieblichen Ausfallstunden in der VBZ massiv zu reduzieren.

Wie sind Sie aufgewachsen?

Meine Kindheit verlief total gut; nennen wir es einmal wohl behütet. (muss lachen) Oft hielt ich mich draussen auf, spielte im Wald und lebte mich aus. Das hiess dann, dass man irgendwo eine Hütte baute, mit dem Leiterwagen einen Weg hinuntersauste oder auch mal in den Bach fiel. Ja, wir lebten wirklich auf dem Land, und unsere Kindheit war äusserst erlebnisreich. Wir konnten damals noch richtig Kind sein. Einschränkungen kannten wir kaum. Wir konnten also völlig mit Dreck beschmiert nach Hause kommen – das spielte keine grosse Rolle.

Wie haben Sie Ihren Vater wahrgenommen?

Eigentlich nicht speziell. Er war einfach so, wie er war. Wir sind damit aufgewachsen, dass Vater nun einmal Pfarrer war. Ob er jedoch evangelisch, lutherisch oder sonst etwas war, ist mir Wurst. Das ist sowieso alles dasselbe. (belustigt)
Weder Vater noch Mutter waren autoritäre Figuren. Bei uns ging es sehr ruhig und liebevoll zu und her. Natürlich kam es hie und da einmal zu einer

Ohrfeige, in der Regel aber wuchsen wir sehr behütet auf. Und was Vater und Mutter in der Gemeinde predigten, lebten sie uns und der Gemeinde auch vor. Heute ist dem ja oft anders.

(Ernst-Martin Barck kommt ins Erzählen. Er berichtet, wie Vater fürs Büro zuständig war und Mutter für Sekretariatsdienste. Ausserdem habe seine Mutter den örtlichen Frauenverein präsidiert oder auch Jugendarbeit betrieben, wohingegen Vater Barck dem Kirchenchor als Dirigent vorgestanden und sich ansonsten dem grossen Garten rund ums Pfarrhaus gewidmet habe.) Hat sich der Beruf Ihres Vaters auf Ihre eigene Berufswahl ausgewirkt? Und wenn ja, wie?

Eine Zeit lang, vor allem als ich während meiner Ausbildung in Einzimmerwohnungen im Schwesternwohnheim gewohnt hatte, befasste ich mich relativ intensiv mit der Bibel und verfasste auch einige religiöse Texte. Hätte ich mich damals weiter darauf eingelassen und später allenfalls Theologie studiert, wäre das unter Umständen zu einem Problem geworden, denn ergreift ein junger Mann denselben Beruf wie sein Vater, so wird er unweigerlich an dessen Leistungen gemessen. Wenn jener nun nicht gerade ein schlechter Hund oder eine üble Socke war, hat man es als Junior unheimlich schwer, aus dessen Schatten zu treten.
So gesehen hatte der Beruf meines Vaters vielleicht insofern einen Einfluss, als dass ich mich auch den Menschen widme, also etwas im sozialen Bereich mache. Damals, als Junger auf der Berufsberatung, kam ja eigentlich zum Vorschein, dass Arzt mein idealer Beruf gewesen wäre. Leider hat das dann infolge meiner fehlenden Schulleistungen nicht ganz hingehauen. Auf alle Fälle kamen wir nach meiner fehlgeschlagenen Laufbahn als Gymnasiast auf den Sozialbereich, insbesondere auf das Feld des Krankenpflegers.

Gab es Auswirkungen auf Ihr Leben? Und wenn ja, wie?

Vielleicht insofern, als wir als Pfarrerskinder an der Fastnacht, infolge einer Art Vorbildfunktion, nicht irgendwelchen Schabernack treiben oder mal einen über den Durst trinken konnten. Gelitten habe ich aber nicht darunter.
Oder dass ich von unseren Mitarbeiterinnen und Mitarbeitern einfach alles haben könnte. Da mir nämlich Wurst ist, was jemand ist oder darstellt, wo-

her er kommt, woran sie glaubt oder was er tut, habe ich mir über all die Jahre ein enormes Vertrauensverhältnis aufgebaut. Auch jagt mir körperlicher Kontakt keine Angst ein. Ich gehe einfach zu allen hin und frage, wie es geht. Kurz, ich nehme jeden und jede so, wie er oder sie ist. Das kommt mir in meiner Arbeit sehr zugute. Gerade diese Offenheit und Unvoreingenommenheit den verschiedensten Menschen gegenüber könnte man darum bestimmt als eine Prägung von zu Hause bezeichnen, dass man also darauf schaut, dass die Chemie oder die Ausstrahlung stimmt.

Hat sich Ihre Einstellung zu Leben und Glück im Laufe der Zeit gewandelt, insbesondere auch, seit Sie das Pfarrhaus verlassen haben?

(denkt nach) Die blieb eigentlich gleich. (Pause) Vielleicht kann ich es so formulieren: Ich bin nach wie vor äusserst dankbar, dass ich in einer solch behüteten Welt aufwachsen durfte. Und genau diese Atmosphäre, die ich im Pfarrhaus erfahren konnte, durfte ich auch schon mehrmals weitergeben, sei es durch meine unkomplizierte Art oder auch meine Furchtlosigkeit vor Berührungen.

Wie halten Sie es selbst mit der Religion?

Wenn Sie jetzt erwarten, dass ich jeden Sonntag zur Kirche pilgere, dann haben Sie Pech. (muss lachen) So gesehen bin ich eigentlich ein schlechter Pfarrerssohn. Dem Glauben aber bin ich nach wie vor treu und zugetan, aber weniger durch regelmässige Kirchgänge. Ich bin nämlich der Meinung, dass ich meinen Glauben genauso gut im Alltag leben kann, statt dafür stets ins Kirchengebäude zu pilgern. Hätte ich deswegen ein schlechtes Gewissen, würde ich mich als erbärmlichen Pfarrerssohn fühlen. Da mir ein solches aber nicht zu eigen ist, kann ich tun und lassen, was ich will. (muss erneut lachen)

Meine Eltern sind ja nun schon seit einigen Jahren tot. Bis jetzt habe ich sie auf dem Friedhof allerdings noch nie besucht. Und das Grab betreut der Gärtner. In Gedanken bin ich aber oft bei ihnen. Hin und wieder kommt mir dann eine Frage in den Sinn, vor allem wenn es um Lebens- und/oder Glaubensfragen geht, die ich beispielsweise gerne mit meinem Vater besprochen hätte. Doch Pech gehabt, das ist nun zu spät. Und eine Rufnummer besitze ich auch nicht, damit ich sie noch anrufen könnte. Wer weiss, vielleicht kommt das ja dereinst noch? (lacht) – Sie sehen, ich habe diesbezüglich ein ziemlich lockeres Verhältnis.

Haben Sie eine Botschaft? Wenn ja, welche?

Das ist eine gute Frage. (denkt nach) Also, meinen schlechten Charakter kann ich ja nicht gut weitergeben ... (muss lachen) Nein, ernsthaft, was für mich von Bedeutung ist, ist die Vorbildfunktion. Eine solche wäre als Pfarrer oder auch als Pfarrerskind, aber auch allgemein in der Berufswelt oder in der Gesellschaft wichtig, dass sich also Leute, die gesellschaftliche Positionen oder öffentliche Ämter innehaben, auch dementsprechend verhielten.
Und vielleicht noch mein Glück und meine Zufriedenheit. (welche wirklich sehr ansteckend wirken kann) Ja, das wäre so meine Lebenseinstellung oder -philosophie.

Update

Seit Ihrem Besuch im Januar 2014 ging es in der Sanität bei der VBZ den gewohnten Gang. Bei Nachforschungen über ein medizinisches Problem bin ich auf den Begriff der Spiraldynamik gestossen. Das interessierte mich. So habe ich mehrere Bücher gekauft und mich eingehend mit diesem Thema beschäftigt. Im Jahr 2015 habe ich schliesslich die Ausbildung dafür absolviert, was dann wiederum den VBZ-Angestellten zugute kam. Und am 31. Juli 2016 habe ich mich vorzeitig pensionieren lassen. So geniessen meine Frau und ich die schöne Zeit.

Renée Bonanomi

Heilerin[5]

Renée Bonanomi wird 1930 als fünftes Kind von zehn (eines davon stirbt als Bébé) in eine Pfarrersfamilie hineingeboren. Diese zieht dreimal um – von Basel nach Locarno und von dort nach Langenthal. Nach einer Ausbildung als Drogerieverkäuferin und der Erweiterung ihrer Sprachkenntnisse (E, F, I) im jeweiligen Land oder Kanton lernt sie 1953 ihren Mann kennen und lieben. Sie heiraten und lassen ihre drei Kinder in achtundzwanzig Jahren Ehe erwachsen werden. Ab 1974 gibt sie ihrem Interesse nach geistigem Wachsen freien Lauf, um später ihr Wissen in Kursen zu geistigem Heilen und Medialität an andere zu vermitteln. Als Heilerin hilft Renée Bonanomi den Menschen vor allem durch ihre grosse Liebe, aber auch durch eine ausgesprochene Klarheit und Authentizität. Sie lebt in Schönbühl. Renée Bonanomi ist stolze Omi von vier Enkeln und zwei Urgrosskindern.

Renée Bonanomi

Die erste E-Mail, die ich von Renée Bonanomi auf meine Anfrage bekomme, sagt eigentlich schon alles über diese spezielle Frau aus: «Hei, schön von dir zu hören, lieber Matthias. Mir gehts prima und ich bin auch ‹voll im Saft›. Mein Vater ist mir (zwar) als ausserordentlich lieber Mensch in Erinnerung, mehr aber eigentlich nicht. Ob du ein Interview machen willst? Eher nicht, aber wenn es für dich wichtig ist, nehme ich mir die Zeit. Ganz liebe Grüsse, deine Renée.»
Immer gradlinig, bei sich und voll auf den Kern des Seins zielend, so erlebte ich Renée nicht nur in der Ausbildung, in deren Genuss ich bei ihr im Jahre 2003 kommen durfte, sondern auch in zahlreichen weiteren Begegnungen. Und sie gibt einem unmissverständlich zu verstehen, was Sache ist – in meinem Fall also, dass dieses Interview vor allem mein Bedürfnis ist –, dass sie sich aber liebevoll dafür Zeit nehmen will und dies dann auch tut. Wir verbringen einen heiteren, tiefgründigen und liebevollen Vormittag in einer Gartenwirtschaft, nahe Renées Wohnung.

Also, liebe Renée, kannst du dich bitte kurz beschreiben. Wer bist du und was tust du?

Nein, das kannst du für mich tun.

(Ich leiste Renée Bonanomis Ansinnen gerne Folge und frage sie nach ein paar Eckdaten in ihrem Leben aus, zum Beispiel darüber, wie sie aufgewachsen ist. Davon weiss ich nämlich praktisch nichts.)

Ich habe das Gefühl, mein Leben perfekt gewählt zu haben. Ich hätte keine besseren Eltern finden können. Sie gaben mir genau das, wessen ich bedurfte.

Dein Vater war ja evangelischer Pfarrer. Verstehe ich das richtig, dass er an all diese Orte, an welche ihr hingezogen seid, gewählt wurde?

Ja. Aber weisst du, als wir im Tessin waren, hat es allen von uns so gut gefallen, dass niemand wegziehen wollte. Was aber die Studienmöglichkeiten für meine älteren Geschwister angeht, so war die deutsche Schweiz dafür natürlich bedeutend geeigneter. Gleichzeitig herrschte im nahen Ausland damals Krieg. Und da die offizielle Politik zu jener Zeit keinerlei Verteidigung der italienischsprachigen Schweiz vorgesehen hatte, zogen wir schweren Herzens nach Langenthal in den Oberaargau.

Magst du dich etwas ausführlicher über euch als Geschwister äussern?

Ich hatte mich mitten in ein Nest von herrlichen und lebendigen Geschwistern gesetzt. Zu keiner Zeit hatte ich es darum nötig, meine Freunde im Aussen zu suchen, wir waren uns einfach genug. Das war sehr schön. Wir waren ein Team voller Leben und kamen in den Genuss der grösstmöglichen Freiheit, welche sich ein Kind nur wünschen kann. Wir durften zu Hause alle so sein, wie wir eben waren.
Und weisst du, bei einer Schar von neun Kindern brauchten die Eltern nicht mehr zu erziehen. Das geschieht ganz von alleine. Darum kann ich mich auch an kein einziges ordnendes, geschweige denn befehlendes Wort erin-

nern. Alles lief einfach sehr natürlich ab. Das war die Ordnung innerhalb von sehr, sehr viel Freiheit.

Wie hast du deine Eltern sonst noch wahrgenommen?

Meine Maman entsprach nicht dem Bild einer klassischen Pfarrfrau. Sie war eine welsche, kleine Frau, die vor allem für die Kinder da war. Natürlich tat sie das, was damals von einer Pfarrfrau verlangt worden war, auch. Doch dem Bild, das wir in der Regel von einer solchen Frau haben, nämlich etwas rundlich und herzlich, hat sie nicht entsprochen. Für mich kommt sie nach wie vor dem Bild einer phantastischen Frau nach. So wusste sie beispielsweise klar, was sie wollte und was nicht. Wenn ich mir vorstelle, dass sie zehn Kinder zur Welt gebracht und neun davon gross gezogen hatte …
Und was unseren Vater angeht, so war dieser ein phantastischer Mann und die Liebe pur. Er konnte sehr viel Vertrauen und eine unglaubliche Liebe ausstrahlen, jetzt weniger vom Intellekt, sondern eher von seinem Dasein her, das wahrnehmbar und spürbar war. Auch wir Kinder waren ihm sehr wichtig. Er konnte mit uns ausgelassen spielen und lachen, uns Nähe und Wärme geben.
Kurz gesagt, Maman hat Struktur in unser Team gebracht, Papa Sicherheit und Halt.

Als ich bei dir im Kurs war, hast du einmal deinen Vater erwähnt und gesagt, dass er ein äusserst liebenswürdiger Mann gewesen war. Gleichzeitig hast du aber auch leichte Kritik an ihm geübt, und zwar in dem Sinne, dass er auf der spirituellen Ebene nicht alles gänzlich mitbekommen oder verstanden hätte.

Ich glaube, dass ich als Kind, so wie übrigens alle anderen Menschen auch, nur seine Liebe gespürt hatte. Er konnte beispielsweise auf der Kanzel stehen und diese einfach ausstrahlen. Das war ungemein schön.
Als wir damals vom Tessin her – wo wir uns im Übrigen so frei gefühlt hatten, dass wir Kinder sonntags oft den Gottesdienstbesuch sausen liessen, weil wir die Freiheit pur erleben durften – jedoch nach Langenthal gekommen waren, wo eben noch die Tradition bestanden hatte, dass die Pfarrerskinder am Sonntagvormittag anwesend zu sein hatten, gingen wir eben hin. Und auch dort hatte ich meinen Vater sehr lieb.

Bei ihm lief viel über den Glauben. So sagte er des öfteren, dass wir einfach nur zu glauben hätten, da nicht alles verstehbar sei. Aber gerade in meiner Jugendzeit stachelten mich solche Sätze an. Ich *musste* dem regelrecht nachgehen und überprüfen, ob dem auch wirklich so war und ist. Anders formuliert, könnte man auch sagen: Irgendwie hat mich seine Art so auch gefördert. Ich sagte mir dann nämlich «Renée, du willst nicht glauben, sondern wissen!» und machte mich auf die Suche nach der Wahrheit. Jetzt nicht in Abgrenzung zu meinem Vater, sondern eher in dem Sinne, dass ich *mehr* anstrebte. Ich wollte *alles* in Erfahrung bringen. Jene Suche wurde dann übrigens zu so etwas wie meinem Lebensthema. Ich wollte einfach unbedingt mehr wissen.
Wenn es an meinem Vater überhaupt etwas zu kritisieren gegeben hätte, dann den Umstand, dass für ihn Christus das alleinige Zentrum war. Zwar hat mein Vater diesen Glauben nicht sonderlich betont, mich jedoch hat er auf die Suche geführt, um zu erforschen, ob dem wirklich so ist. Irgendein Gefühl in mir sagte mir nämlich, dass es in jeder Form von Leben Gott gibt, sogar ohne Religion, und das wollte ich finden.[6]
Für meinen Vater aber war Christus die alleinige Basis. Jener hat ihm Glauben und Halt gegeben. Es gibt Christus, keine Frage, aber ich wollte und möchte ihn in allem suchen und finden können, so dass Dinge miteinander verbunden, statt voneinander abgegrenzt oder ausgeschlossen werden müssen. Schon damals sagte ich, «Jeder Glaube führt zu Wissen», und mein Vater hat mich darin gefördert.
Vielleicht kann man es auch noch so ausdrücken: «Ich glaube einfach»,[7] weshalb es mir noch heute ungemein viel Freude bereitet, voll zu arbeiten, indem ich in gewissen Menschen etwas wecken darf, das sie dann selbst weiter bearbeiten. Aber nochmals, ich gebe einfach ein paar Impulse, das ist alles. Und obwohl ich selbst immer noch so wenig weiss, verfüge ich doch über genügend Wissen, dass alles Leben reine Liebe ist.

Du erwähntest, dass du als Teenager damit begonnen hattest, dich auf einen eigenen, spirituellen Weg zu begeben.

Ja. Ich verfügte, was Vater angeht, immer über ein immenses Vertrauen und verspürte eine solche Liebe, die von ihm ausging, dass mir, solange er lebte, gar nichts hätte geschehen können. Vielleicht etwas kindlich-naiv, aber so war es. In meinen Teenagerjahren fing ich dann an, mich selber zu entwickeln. Zuvor war mein Vater dafür zuständig, danach aber durfte ich merken, dass ich es ja selbst bin, die eine solch geistige Suche einläuten kann und darf. Also machte ich mich dazu auf. Mein Vater half mir lediglich, meinen eigenen Weg zu finden. Er diente mir also quasi; eigentlich nichts anderes als das ganz normale Verhalten eines liebenden Elternteils und eines sich selbst suchenden Kindes.

Magst du noch ausführen, wie sich diese Suche abgespielt hat? Mir ist beispielsweise bekannt, dass du mit vierundzwanzig Jahren geheiratet und drei Kinder gross gezogen hast.

Ursprünglich wollte ich ja Diakonissin werden und jenen Weg gehen, doch auf eine gewisse Art und Weise hat es nicht sollen sein. Andererseits verspürte ich schon von klein auf den starken Wunsch, dereinst Kinder zu haben. Beides waren also Wünsche, die in mir angelegt waren, und ich durfte sie mir erfüllen.

In meiner Aufgabe als *Mutter* und *Ehefrau* war ich glücklich, und die damit zusammenhängenden Aufgaben hatte ich ebenfalls geliebt. Gerade jene Liebe aber half mir schliesslich auch weiterzugehen. Während der Familienzeit musste ich die geistigen Fragen natürlich etwas hintanstellen. Dafür traten sie, als es Zeit war, umso explosionsartiger hervor, und zwar so stark, dass mich nichts und niemand mehr halten konnte. Unsere Kinder waren bereits erwachsen und nach achtundzwanzig Ehejahren löste sich langsam auch die Bindung zu meinem Mann auf. Sogar wenn ich gewollt hätte, hätte ich meinen damaligen Prozess nicht bremsen können.

In der darauffolgenden Zeit zog es mich dann voll hinein. Einfach nichts vermochte mich zu stoppen. Ich probierte die verschiedensten Dinge aus. Unter anderem war ich mit Maharishi unterwegs, wo ich enorm viel lernen konnte. Zum Beispiel durfte ich bei ihm Antworten auf unbegrenzt viele Fragen finden.

Wie habe ich mir nun den Schritt zur Heilerin konkret vorzustellen? Bist du einfach deiner inneren Stimme gefolgt und eines Tages warst du es?

Ja, ich konnte und wollte meine Entwicklung nicht mehr aufhalten, und so wurde aus einer Lernenden allmählich eine *Lehrende*. Und je mehr ich selber heil war, desto stärker wirkte ich heilend auf andere.

Hmm, spannend. Aber dennoch, irgendwann muss es doch einen Punkt gegeben haben, bei dem die Leute damit begonnen haben, dich aufzusuchen. Magst du hierzu noch etwas sagen?

In jener Zeit wurde der Schweizerische Verband für natürliches Heilen[8] gegründet, und ich durfte mich bei dessen Anlässen präsentieren und heilend mitwirken. So kamen die ersten Leute zu mir heim und brachten Freunde und Familie mit.

Was würdest du aufgrund deiner eigenen Erfahrung sagen: Gibt es diese besondere Atmosphäre des Pfarrhauses? Und falls ja, wie hast du das erlebt?

Ich fühlte mich einfach geborgen. Wir durften sein, und alles hatte Platz. Nicht ein einziges Mal hatten wir uns eine Rüge oder dergleichen eingefangen. Ja, was sage ich da. Das ist schon zu hoch gegriffen. Da war einfach nichts Negatives. Natürlich hatten wir uns an den Eltern orientiert, sie geachtet und geliebt. Doch sie hatten uns auch den nötigen Freiraum gelassen. Das war einfach ein wunderbarer Ort. Aber die Konfrontation, wie das Leben auch noch sein kann, erlebten wir dazumal natürlich trotzdem hautnah, nämlich über den Hitlerkrieg. Ja, das war konfrontativ!
Insgesamt schätzte ich aber auch das. Denn was wir zu Hause hatten, war für uns einfach normal. Ich aber musste auch in Erfahrung bringen, was das andere ist oder war. Diesbezüglich hatte ich bis dato nämlich vor allem bei meinem Vater angeklopft, und seine Antworten lauteten in der Regel ja so, dass er auch nicht mehr wisse, weshalb es einfach zu glauben gälte. Bei diesen seinen Antworten war mir jedoch jeweils sofort klar, dass dies für mich so nicht stimmen konnte, da ich es zu hundert Prozent selbst wissen wollte, denn all die Leute, die mit dem Krieg etwas zu tun hatten und haben, waren und sind auch Menschen. Also genügte mir Vaters Antwort nicht. Stattdessen brachte sie mich mehr und mehr auf meinen eigenen Weg. Das musste wie sein. (längere Pause)
Ich bin wirklich allem gegenüber so dankbar. Nicht nur dem Lieblichen und Schönen, sondern genauso den verschiedenen Konfrontationen. So stellten sich Fragen nach dem Leben: «Was ist dieses letztlich, und zwar jetzt nicht nur das meinige, sondern auch dasjenige eines jeden Menschen? Warum verläuft eines so und das andere so?» Diese Fragen waren und sind meine Spur, auf der ich mich bewege.

Zuletzt noch, hast du eine Botschaft? Und wenn ja, welche?

Von Beginn weg gebe ich bloss mich selbst als Botschaft. Ich folge einfach der Intuition. Alles kommt direkt durch mich hindurch; und ich bin der Moment beziehungsweise im Moment. Vielleicht bin ich etwas naiv, doch kann ich mir einfach nichts behalten. Um wieviel leichter ist es dann, nur im Moment zu verweilen.
Wenn ich im Augenblick lebe, ist und wird nämlich alles so anziehend. Alles wird leicht, ich brauche nichts zu denken. Jetzt ist das aber nicht nur für mich der Fall, sondern auch für alle anderen. Und je mehr ich in diesem Moment bin, desto effektiver wird alles, desto stärker wird die alles durchdringende und gestaltende Kraft. Ich muss nichts tun – und die anderen übrigens auch nicht.
Wenn du aber unbedingt noch ein paar Worte brauchst, die das, was man als meine Botschaft bezeichnen könnte, ausdrücken, dann vielleicht so: «Liebe ist der Weg zum Wissen.» Das genügt.
Und vielleicht auch noch: «Es gibt keine Fehler», denn das Wissen kennt nur die Liebe, und das Leben ist ein reines Produkt der Liebe. Da wir aber oft einfach nicht mehr wissen, können wir das nicht mehr erkennen.

www.reneebonanomi.ch

Update

Renée Bonanomi ist von 2016 an vollständig pensioniert und hat ihre Arbeit an jüngere Menschen abgegeben beziehungsweise sich, wie sie es selber ausdrückt, «vollständig abgemeldet».

Wunsch nach Kreativität[9]

Das Leben ist der Wunsch nach Kreativität
zur Freude der Sinne
in jedem Moment neu geboren.

Eine Seifenblase, die das Licht farbig spiegelt,
ohne selbst etwas zu sein.

Das Leben Halten ist Nicht-Wissen,
ist Haften am «Überleben»,
ist nicht kreativ,
deshalb leidend,
krank,
sterbend.

Nur Wissen kann heilen,
Wissen vom Nichts,
das ewig den Moment kreiert,
weil es sein Wunsch ist.

Richard Broadnax

Gospelsänger

Richard Broadnax wird 1948 als letztes Kind von sechsen in eine Diakonenfamilie in Camden (Arkansas, USA) hineingeboren. Die Verhältnisse sind einfach. Richards Vater arbeitet als Farmer, später als Mitarbeiter in einer staatlichen Versuchsanstalt für Tiere. Nebenher verrichtet er Freiwilligenarbeit an der Velie Church of God in Christ, und zwar als Sigrist. Diese Tätigkeit versteht Elmer Broadnax als lebenslangen Dienst an Gott. Richard selbst besucht die Highschool, absolviert eine Lehre als Coiffeur, muss als Soldat nach Vietnam und jobbt danach in den unterschiedlichsten Berufen und Branchen. Das Singen begleitet ihn dabei, seit er denken kann. Bereits mit acht Jahren tritt Richard Broadnax als Solosänger in den Gottesdiensten der schwarzen Kirchgemeinden auf. Mit vierzehn wird ihm die Leitung des Chores seiner Kirche übertragen, und nach der Highschool wird er Mitglied eines bekannten Gospelchores in Texas. Er tritt in Radio und Fernsehen auf und geht in Texas, Arizona und Kalifornien auf Konzerttournee. In den 1970er Jahren folgen Auftritte in Europa mit dem Frankfurter Gospelchor, und zwischen 1990 und 1996 ist er Leadsänger der berühmten Jackson Singers. 1997 gründet der charismatische Mann seinen eigenen Chor, The Zion Gospel Singers, welcher sich aus Sängerinnen und Musikern unterschiedlicher religiöser, kultureller und ethnischer Herkunft zusammensetzt. Zur gleichen Zeit verschlägt es ihn in die Schweiz, wo er seither zusammen mit seiner Frau, einer Ärztin, lebt. Gospel zu den Leuten zu bringen, ist Richards Leidenschaft und Ziel, und das ist aus jeder seiner Faser spürbar.

Richard Broadnax

Das Treffen mit Richard – wir kennen uns von ein paar eindrücklichen Trauungen her – gestaltet sich zunächst eher mühsam. Richard plagt eine hartnäckige Grippe, und wir finden für dieses Interview keinen Ort, an dem es uns beiden wohl ist. Nach einer halben Stunde des Suchens ist jener schliesslich in einem Restaurant gefunden, und wir können uns entspannen. In den folgenden drei Stunden hat Richard unheimlich viel erzählt, doch meine Fragen für dieses Buch haben wir lediglich erst gestreift. Es gibt so viel zu erzählen und zu betrachten. Unter anderem hat Richard zwei Hefte über die beiden Kirchen, welchen er in jungen Jahren angehört hatte, mitgebracht, dann seine Lizenz, die ihn als ‹Master Barber› auszeichnet, oder auch Photos aus seiner Militärzeit. Wir vertiefen uns in diese Zeitdokumente und damit in seine reiche Vergangenheit. Richard kommt vom Hundertsten ins Tausendste, und ich höre einfach zu. Was dieser Mann alles zu erzählen hat. Einfach unglaublich, was in ein knapp fünfundsechzigjähriges Leben hineinpasst. Als ich ihm dies sage, wird Richard verlegen und meint kleinlaut, dass er das meiste davon, abgesehen von seiner Frau, noch niemandem mitgeteilt habe. Das ehrt mich einerseits, andererseits macht es mich aber auch betroffen. Richard Broadnax könnte Bände von Geschichten und Erlebnissen erzählen, und das zu so unterschiedlichen Themen wie Kirche, Glaube, den Vietnamkrieg oder auch Rassismus.

Weil ich nach intensivem Zuhören keine weiteren Informationen mehr aufzunehmen vermag, beschliessen wir, unser Interview ein paar Wochen später an gleicher Stätte fortzusetzen. Beim zweiten Mal erscheint Richard Broadnax äusserst vorbereitet. Will heissen, er hat alle Fragen, die ich ihm in der Zwischenzeit auf englisch habe zukommen lassen, handschriftlich auf ein paar Blatt Papier notiert und sich dazu stichwortartig Notizen gemacht, da ihm seine vielen Erzählungen vom letzten Mal peinlich waren. Einerseits arbeiten wir nun diesen Fragenkatalog ab, andererseits entwickelt sich weiterhin ein äusserst interessantes und lehrreiches Gespräch, das hiermit in eingedämpfter Form vorliegt.

Richard, wer bist du? Kannst du dich und deine Lebensumstände kurz beschreiben?

Oh my Lord, das finde ich jetzt ausserordentlich schwierig. Ich kenne dich, aber kenne ich auch mich?

Vielleicht kannst du es ja einfach einmal mit ein paar äusseren Fakten probieren?

(muss lachen) Oft kenne ich doch nicht einmal das Äussere. Wie soll ich mich denn da genauer beschreiben? (wirkt verlegen)

Um aber doch einen Antwortversuch zu wagen, ich spüre, dass ich eine Person bin, die nach folgendem Motto handelt: «Behandle andere so, wie du von ihnen gerne behandelt werden willst.»[10] Das ist meine Art zu leben, das kann ich schon sagen. Woran ich beispielsweise nicht glaube, ist «Auge um Auge und Zahn um Zahn».[11]

Wie ich dir bereits im Vorgespräch erzählt habe, glaube ich an einen immerwährenden Ausgleich zwischen den Menschen. Wenn mich Leute gut behandeln, tue ich dies auch. Und wenn sie zu mir schlecht sind, versuche ich, weiterhin positiv zu ihnen zu sein, ganz im Stile von das Böse mit Gutem überwinden.[12] Diesen Satz könnte man geradezu als mein Überlebenswerkzeug bezeichnen, hat er mir doch schon des öfteren aus der Patsche geholfen, gerade auch in Angelegenheiten mit Rassismus. Also das Gute tun, wenn sie dir schlecht wollen, und wenn die rechte Zeit dafür gekommen ist, auch darüber sprechen.

Es kam und kommt noch häufig vor, dass, wenn Leute ungerecht behandelt werden, ich ziemlich schnell auf der Matte stehe, ich also für diejenigen eintrete, die sich selbst nicht wehren können. Das ist einfach eine Chance, die man unbedingt zu ergreifen hat, und zwar immer wieder. So legte ich mich einmal beim Militär schützend auf einen wehrlosen Kameraden, der sich am Boden befunden hatte und von all seinen Kollegen körperlich misshandelt wurde. Dann schrie ich: «Give me some of his punishment!»[13] Jene Strafe hatte er bekommen, weil er eines Tages unentschuldigt seine kranke Freundin im Krankenhaus besucht hatte. Dessen Misshandlung wurde vom Sergeant quasi als kleine Strafe befohlen. Hätten ihn meine Kollegen nicht bestraft, so hätte es eine Kollektivstrafe abgesetzt. Daraufhin hörten die Misshandlungen augenblicklich auf, und ich raunte ihnen zu, dass sie sich schämen sollten, was sie auch taten. Sie fühlten sich äusserst schuldig. In der darauffolgenden Zeit genoss ich einigen Respekt, allerdings mit der Konsequenz, dass ich bald nach Vietnam abkommandiert wurde. Trotz meiner Angst, die ich selbstverständlich vor dem bevorstehenden Kriegseinsatz empfunden hatte, hatte sich mein Engagement aber gelohnt.

Wie bist du aufgewachsen?

Von der Religion her bin ich zunächst in der *Velie Church of God in Christ* gross geworden, später dann in der *Great Mount Olive Baptist Church,* eher pfingstlich-orientierten Kirchen. Ich sage dir, die waren wirklich «die hard».[14] Das heisst nun nicht, dass ich selbst «die hard» wäre, doch meine ganze Familie war es, und das hat natürlich auf mich abgefärbt.
Unter anderem meinte das, dass wir als Kinder keinen Sport treiben durften, im speziellen kein Basketball.[15] (Richards Enttäuschung darüber ist ihm auch sechzig Jahre später noch gut anzumerken.) Es versteht sich von selbst, dass Besuche von Nachtclubs oder auch nur schon von Kinos strengstens verboten waren. Okay, bezüglich der Nachtclubs kann ich die Haltung ja noch verstehen. Was aber das Kino angeht, so hört mein Verständnis unvermittelt auf.
Vielleicht muss man dazu sagen, dass wir wirklich auf dem Lande gross geworden sind, wo es absolut keine Möglichkeiten zur Zerstreuung gegeben hatte. Natürlich versteht es sich von selbst, dass Dinge wie Sex vor der Ehe, Tanzen, Fluchen, Rauchen, Trinken oder nur schon Schwimmen ebenfalls verboten waren. Auch ein Sichverlieben über die eigenen Kirchengrenzen hinaus wurde nicht akzeptiert, wie es beispielsweise einem meiner Brüder geschehen ist. Gerade was den letzten Punkt betrifft, habe ich eines Tages allen Mut zusammengenommen und meine Mutter diesbezüglich ausgefragt. Sie meinte jedoch bloss, dass ich dafür noch zu jung sei.

Wie hast du deine Eltern wahrgenommen?

Mein Vater war ein yes-men. Will heissen, dass, wenn er um etwas gebeten wurde, nicht ablehnen konnte. Das Wort Nein kam in seinem Sprachgebrauch nicht vor. Er sagte immer: «Yes, yes, yes.» Aus diesem Grunde oblag es unserer Mutter, dafür zu schauen, dass er nicht missbraucht wurde, denn

er war so gentle … (muss lachen) Er war einfach für die Leute da, also hatte meine Mutter nach dem Rechten zu sehen, vor allem auch finanziell, denn mein Vater hätte am liebsten alles Geld der Kirche vermacht. Vater war zwar Farmer und später Tierpfleger, wenn es aber um die Kirche ging, liess er einfach nichts anbrennen. An der Velie Church of God in Christ war er Diakon.[16] Dort fühlte er sich für alles, was damit zusammenhing, verantwortlich. Man könnte auch sagen, dass für ihn Kirche so etwas wie ein zweites Zuhause war. So war er Chef des Verwaltungsausschusses, Chef des Sigristen-Boards und auch Chef bei den Sonntagsschullehrern. Und in unserem Haus hatte er extra einen Raum für den jeweiligen Pfarrer und dessen Ehefrau reserviert. Wir wuchsen also mit einem Extraraum für die umherziehenden Pfarrer auf. Und wenn es bei uns mal Huhn gab, hofften wir inständig, dass die Pfarrer noch etwas übriglassen würden.
Unsere Mutter hingegen war die Chefin. Sie schaute zum Rechten in Haus, Garten und bei uns Kindern. Wir waren ihr ein und alles. Sie war es auch, die uns zu lieben gelehrt hat. Ja, ich würde sogar sagen, sie zeigte uns mehr als Liebe, wenn man das überhaupt so sagen kann.
Was aber auch nicht verschwiegen werden darf, ist, dass wir nach alter Schule aufwuchsen, will heissen, Mutter hatte uns immer wieder einmal gezüchtigt, ganz im Sinne von: «I beat you because I love you.»[17] Natürlich war diese Art von Erziehung in meinen Augen keine Liebe, jedoch war das einfach die Weise, wie wir gross wurden. Vater hätte uns nie geschlagen, Mutter hingegen war eine strenge Frau. Das hatte sie bei einem Ehemann, für den alles okay war, auch zu sein. Ihre Augen waren dabei schärfer als ihre Hände. Immer, wenn wir etwas angestellt hatten, hat sie uns zur Seite genommen, uns angeschaut, etwas gesagt oder auch nicht. So oder so wussten wir, was das zu bedeuten hatte, nämlich: «Du bist der Sohn eines Diakons. Also hast du dem zu genügen!» Da gab es keine Ausnahmen.

(Nun kommt Richard ins Erzählen. Unter anderem berichtet er von einer Begebenheit, in der er sich von einer Lüge zur anderen gehangelt und damit immer mehr Personen involviert hatte inklusive seinem Lehrer, der Rektorin und seiner Mutter. Es muss nicht weiter ausgeführt werden, dass Richards Mutter diesem Treiben nicht allzu lange zugeschaut hatte und dass Richard zu Hause etwas erwartete. Auch wird es nicht weiter erstaunen, dass er es von da weg für immer bleiben lassen sollte, jegliche weitere Lügen in die Welt zu setzen.)

Du siehst also, bei uns war die Mutter der Boss, und Vater hatte ihr zu gehorchen. Das war aber auch nötig, um unsere Familie zusammenzuhalten, da er als Mitarbeiter jener staatlichen Versuchsanstalt auswärts arbeitete und nur an den Wochenenden daheim war. Also hatte jemand die Zügel in der Hand zu halten, und das war bei uns die Mutter.

(Richard kommt auf seine Kindheit zu sprechen.)
Einmal, ich befand mich zu jener Zeit bereits in der Schweiz, hätte ich im Deutschunterricht von einer schönen Begebenheit aus meiner Kindheit erzählen sollen. Ich weiss noch, wie wenn es heute gewesen wäre, dass ich mir deswegen den Kopf zerbrochen hatte. Doch mir wollte einfach nichts einfallen, da es schlicht nichts gegeben hat. (Richard nimmt sich eine Auszeit, da ihm das eben Gesagte immer noch nahe geht.) Weisst du, als Schwarze hatten wir überhaupt keine Freiheit besessen, auch nicht als Kinder. Unsere Kindheit war im Vergleich zu derjenigen von heutigen Heranwachsenden alles andere als perfekt. Trotzdem waren wir von viel Liebe umgeben, einfach bei uns zu Hause.
Das ist auch der Grund, weshalb ich oben erwähnt hatte, dass wir mit sehr viel Liebe aufwachsen durften. Unsere Mutter hatte uns nicht des Schlagens wegen gezüchtigt, sondern weil sie uns auf Kurs halten wollte. Natürlich war sie tough,[18] aber das hat gerade auch geholfen. Lange Zeit war ich der Meinung, dass eine gewisse Strenge mehr schaden als nützen würde. Mittlerweile sehe ich das anders, auch durch Erfahrungen, die ich im Militär, auf meinen Reisen als Sänger oder durch meine Auswanderung in die Schweiz erlangt habe.

Hat sich der Beruf deines Vaters auf deine eigene Berufswahl ausgewirkt? Und wenn ja, wie?

Was mein *Musikerdasein* angeht, so kann ich sagen, dass mein Vater diesbezüglich einfach grossartig war. Er war ein super Sänger. Ihm selbst war gar nicht bewusst, wie gut er darin war. Manchmal hat er die Kirche mit seinem Gesang richtiggehend zum Kochen gebracht, was meiner Mutter natürlich nicht sonderlich gefallen hatte, denn weisst du, all die Frauen ... (lacht lauthals heraus)

Ob ich diese Gabe jetzt aber von ihm geerbt habe oder nicht, ist für mich schwierig zu beantworten. Ich hatte beispielsweise einen Bruder, der ebenfalls göttlich singen konnte. Vielleicht so, ich war einfach von früh auf von Gesang umgeben, was mir entsprochen hat. Denn immer dann, wenn ich Musik und/oder gute Leute um mich herum habe, fühle ich mich glücklich. Dies erleben zu dürfen, war und ist mein Traum. So gesehen tat ich schon immer, was sich für mich am besten angefühlt hatte, nämlich eben zu singen und mit tollen Menschen zusammen zu sein. Das Verfolgen jenes Zieles war schliesslich auch der Grund, weshalb ich mich mit vierundzwanzig, fünfundzwanzig Jahren voll und ganz der Musik verschrieben hatte, weil jenes für mich einfach der Schlüssel zu meinem Glück darstellt. Voll ab ging es aber erst, als ich 1990 den Jackson Singers über den Weg gelaufen war. Von da weg startete ich richtig durch.
Und weisst du, in meiner Jugend hatte ich alle Lieder auswendig zu lernen. Das hat mich sehr geprägt. Bis zum heutigen Tag kann ich alle Songs, die ich darbiete, auswendig. Das ist mir wichtig. Denn würde ich von einem Blatt Papier ablesen, wären die Wirkung und die Kraft, die von den Gospelliedern ausgehen, nur halb so stark.
Exakt diese Einstellung versuche ich auch meinem eigenen Chor zu vermitteln. Kennt man einen Song nämlich einmal auswendig, kann man relaxen und das Lied erspüren, was einem enorme Power verleiht. Singt man jedoch vom Blatt ab, ist die Gefahr gross, dass man die Botschaft jener Lieder verliert oder verpasst, weil man zu sehr auf den Text fixiert ist. Das ist schade. Da fehlt ganz einfach der Geist.

Hatte das Amt deines Vaters als Sigrist auch Auswirkungen auf dein Leben? Und wenn ja, wie?

Nein. Denn wie ich dir schon erzählt habe, war ich meinen Eltern gegenüber zwar gehorsam, doch hatte ich immer auch schon meine eigene Meinung vertreten. Insofern gab es diesbezüglich keinen Einfluss. Von achtzehn an traf ich fortan meine eigenen Entscheidungen. Seit jeher hege ich nämlich meine eigenen Gedanken und tue ich das, was mir richtig erscheint.
Unter anderem hatte ich nie Angst davor, meine Meinung kundzutun, allerdings immer auf eine takt- und respektvolle Art. So konnte ich mich zu dem Menschen entwickeln, der ich heute bin. Meine Eltern haben mir diesbezüglich nie hineingeredet, sondern liessen mich machen. Natürlich hätten

sie es gerne gesehen, wenn ich auch nach Erreichen der Volljährigkeit noch pfingstlich orientiert geblieben wäre, doch mein Ausprobieren respektierten sie schliesslich bedingungslos.
Eine weitere Auswirkung, jetzt nicht so sehr auf das Nebenamt meines Vaters bezogen, sondern eher auf mein allgemeines Aufwachsen in einer evangelikal orientieren Kirche, war, dass ich sehr genau zu beobachten angefangen hatte, was mit dem Geld des Zehnten geschieht.[19] Einer der Pastoren einer Täufergemeinde fuhr beispielsweise einen schicken Cadillac, und dessen ganze Familie – sie war immerhin vierzehn Kinder stark – hatte die Zähne mit Gold reparieren lassen. Nun, als es wieder einmal um das Entrichten der Kollekte ging beziehungsweise darum, wer diese vorenthalten hatte – worunter auch ich zu zählen war, da mich das Verhalten jenes Pastors, gelinde gesagt, in Rage gebracht hatte –, beschloss ich, mit dem Geld meines Zehnten am darauffolgenden Sonntag vor dem Gottesdienst einkaufen zu gehen, um es einer wirklich bedürftigen Familie zukommen zu lassen, schliesslich wollte ich mein Geld nicht im Rachen jenes geldgierigen Pastors verschwinden sehen. Nach vollbrachter Tat hatte ich mich ausgesprochen gesegnet gefühlt, weil jene von wirklichem Wert war, da ich real Hungerleidenden geholfen hatte, statt dem Pastoren zu einem neuen Cadillac zu verhelfen. Mit dieser Geschichte will ich dir zeigen, dass ich von da weg begonnen hatte, zwischen der Kirche und den Menschen zu unterscheiden. Und das handhabe ich weiterhin so. Unter anderem hat das dazu geführt, dass ich von jenem Augenblick an das, was in der Kirche, aber auch anderswo gesagt wird, sehr genau überprüfe. In der Folge konnte es ab und an vorkommen, dass ich während des Gottesdienstes meine Hand hochgehalten hatte, nur um die Pastoren auf das, was sie von sich gegeben hatten, festzunageln. Und in der Regel bekam ich Recht.

Was würdest du aufgrund deiner eigenen Erfahrung sagen: Gibt es das, dieses «besondere Aroma» eines Diakonhauses?

Ich würde Ja sagen, denn wir haben ständig versucht, Vater durch unser Verhalten oder auch durch die Art, wie wir mit den Leuten kommunizierten – respektvoll und in einer gemässigten Art –, stolz zu machen. Denn alles, was wir von uns gegeben hatten, hätte auch auf uns zurückfallen können. Kurz, wir setzten alles daran, die tollen Sigristen-Söhne zu sein. Wir waren nice boys, und alle Erwachsenen aus unserer Kirchgemeinde, welche Töchter hatten, waren darauf versessen, diese mit einem Broadnax-Sohn zu verkuppeln. (lacht schallend heraus) Aber natürlich wollte ich mir meine Optionen offenhalten.[20]

Hat sich deine Einstellung zu Leben und Glück im Laufe der Zeit gewandelt, insbesondere seit du das Diakonhaus verlassen hast?

Nein, das würde ich nicht sagen. Zwar habe ich einen etwas anderen Weg eingeschlagen, als er von meinen Eltern oder auch der Kirche vorgesehen war, doch meine Einstellung hat sich nicht verändert. Ich versuche seit jeher von meinen Fehlern zu lernen. Dann fürchte ich mich nicht davor, Veränderungen in meinem Leben einzuleiten; ich bin offen für Herausforderungen. Und last, but not least versuche ich, niemals denselben Fehler zweimal zu machen, denn dies ist gerade die Art und Weise, wie man lernt und wächst, aus seinen Fehlern.

Wie denkst du eigentlich über Religion?

Ich bin der Meinung, dass Menschen nur in totaler Freiheit Gott dienen können. Egal welcher Denomination man angehört, sollte man es unterlassen, andere von einem bestimmten Glauben überzeugen zu wollen.
In meinem Chor passiert es hin und wieder, dass Leute nach ihrem Glauben gefragt werden. Das zu tun ist in Ordnung. Was ich jedoch auf alle Fälle vermeiden möchte, ist, dass jemand seinen Glauben einer anderen Person überstülpt. Mir ist es wichtiger, dass diese unterschiedlich glaubenden Menschen miteinander auskommen. Das liegt mir am Herzen. Ist ein solches Zusammensein möglich, kann man im Prinzip glauben, was man will.

Wie hältst du selbst es mit der Religion?

Ich selbst würde mich als religiös bezeichnen, jedoch nicht auf eine fanatische Art. Ich glaube an Gott, und mir ist es wichtig, den Nächsten zu lieben. Doch gehöre ich jetzt nicht zu denen, die um ihren Glauben viele Worte machen oder diesen an die grosse Glocke hängen. Ich glaube «in a sensitive way». Wie schon erwähnt, ist mir die Freiheit, Gott in der Weise zu loben, wie sie einem persönlich zusagt, enorm wichtig. So lebe ich.

Zuletzt noch, hast du eine Botschaft? Und wenn ja, welche?

Jetzt kommen wir also noch zur hard question, nicht? (muss lachen und denkt nach) Ja, ich habe eine Botschaft, vielleicht sogar mehrere. Die wichtigste lautet: «Immer die Hoffnung bewahren, kommt es auch noch so hart.» Weitere wären: «Deine eigene Meinung ist nicht immer korrekt. Darum ist es wichtig, andere Leute zu verstehen versuchen.» Dann noch: «Verbreite Liebe.» Das ist meine liebste Message. Sowie: «Versuche immer in Frieden zu leben.» Das ist alles.

Wenn ich diese Frage für dich noch ergänzen dürfte, dann würde ich sagen, so, wie ich dich verschiedene Male habe singen hören, hast du immer wieder mein Herz berührt. Und das war in jenen Fällen die Botschaft, die mich von dir aus erreicht hat. (Richard ist berührt.)

www.broadnax.ch

Update

Da die verschiedenen Gespräche, welche zu diesem Interview geführt haben, mittlerweile eine gewisse Zeit her sind, und diese stets in zwei Richtungen – englisch und deutsch – übersetzt werden mussten, beschliessen Richard und ich, das Update folgendermassen anzugehen. Wir treffen uns ein letztes Mal, wo er mich auf den neusten Stand bezüglich seines Lebens bringt. So teilt mir der bald Neunundsechzigjährige (O-Ton dazu: «It' scary, but wonderful»)[21] mit, dass er in den 1990er Jahren unter anderem auch als Schauspieler im französischen Spielfilm *Le Nouveau Monde*[22] tätig war, und zwar in der Rolle als Armee-Seelsorger Captain Johnson. Daneben erfahre ich, wie wichtig dem vitalen Mann die Musikrichtung des Blues ist und war, dass ihm das Singen desselbigen in seiner Jugend jedoch ebenfalls aus religiösen Gründen verboten war und was für eine Befreiung es für ihn darstellte, jenen seit ungefähr der Jahrtausendwende vermehrt darbieten zu können. Richard blüht dabei richtiggehend auf. Zum Schluss händigt er mir noch eine A4-Seite mit einem schriftlichen Update aus, in dem er mich auf den neusten Stand bringt, was hier auf deutsch wiedergegeben wird.

Richard Broadnax, Gospel- und Bluessänger.
Informationen für Matthias A. Weiss
Mein Vater, Diakon Elmer Broadnax, ging im Jahre des Herrn 1995 nach Hause. Nettie Broadnax, meine Mutter, tat ihm dies acht Jahre später nach.
Als Musiker, welcher schon immer das Bedürfnis hatte, Blues zu singen, dem dies in seiner Jugend aber aus religiösen Gründen verwehrt war und welchem es deswegen auch schon einmal während dreier Jahre die Stimme verschlagen hatte, entschied ich mich nach dem Tod meiner Eltern und meinem Umzug in die Schweiz, dass es Zeit ist, meiner zweiten Leidenschaft nachzugehen. Nach jahrelangem Warten war es am 8. Oktober 2012 schliesslich soweit: Ich feierte mit meinem ersten Blueskonzert Premiere. Dies war ein erfolgreicher Abend. Danach durfte ich den Blues in manch weiteren Konzerten zum Besten geben, unter anderem bei der Blues Association in Genf oder dem Internationalen Blues Festival im Albisgüetli, Zürich. Für dieses Jahr ist eine Deutschlandtournee geplant, mit Start in Stuttgart.
Und was den Gospel betrifft, so durfte dieser seit unserem letzten Treffen stark wachsen. Ich engagierte beispielsweise ein neues Management, absolvierte im Jahr 2013 eine kleine Tour durch Deutschland und die Schweiz oder durfte mit meinem Chor ein paar Lieder für die CD *Oh Happy Day* (Black Gospel) beisteuern, neben so bekannten Interpreten wie Mahalia Jackson, Whitney Houstons Mutter Cissy und anderen. Ausserdem feiert der Zion Gospel Singers-Chor dieses Jahr sein zwanzigjähriges Bestehen. In der Tat, Gott hat den kleinen Jungen aus Arkansas wirklich gesegnet, und zwar in so mancher Art, dass er sich das niemals hätte träumen können.

Ronja Dobler

Schülerin

Ronja Rebecca Dobler, Jahrgang 2006, wächst mit ihrem um vier Jahre jüngeren Bruder Jovin im Freiamt im Kanton Aargau auf. Ihr Vater ist Finanzchef einer grösseren Firma, ihre Mutter zu fünfzig Prozent Pfarrerin in Bremgarten. Ronjas Eltern leben getrennt. Eben ist das quirlige Mädchen eingeschult worden, sie empfindet die Schule jedoch bereits als langweilig, «ausser Rechnen». Ronjas sonstige Lieblingsbeschäftigungen sind Klettern, Basteln, Malen, unzählige Photos auf ihrem eigenen Photoapparat knipsen oder auch Singen. Ihre Mutter ist sowohl in der Armee wie auch in der Feuerwehr aktiv, weshalb Ronja dereinst gerne in deren Fussstapfen treten möchte.

Ronja Dobler

Mir ist es wichtig, in diesem Buch verschiedene Generationen zu Wort kommen zu lassen und – beinahe noch von grösserer Bedeutung – auch ein paar Kinder von Pfarrerinnen porträtieren zu können. In letzterem bin ich nicht sehr erfolgreich, Ronja war diesbezüglich die einzige. Immerhin ein Anfang.
Das vorwitzige Mädchen ist die Tochter einer Berufskollegin und, wie mir zu Ohren kommt, eine äusserst vor- und auch aberwitzige Person. Nicht zuletzt jene Beschreibungen machen mich neugierig auf dieses Kind, weshalb ich mich an einem Herbsttag voller Freude ins Freiamt aufmache, gespannt darauf, was mich erwarten wird.
Wie mir zu eigen, bin ich bei diesem Interview zu früh dran. Ich mache es mir in der Nähe der doblerschen Wohnung bequem und schon bald einmal kommt ein Mädchen auf mich zu. Ich frage sie, ob sie Ronja sei. Sie bejaht und meint, dass mich ihre Mami schon gesehen habe, ich solle doch hereinkommen. Auf dem Weg zu ihrer Wohnung plaudern wir über dies und das, unter anderem darüber, dass die Holztreppe äusserst rutschig sei, was ich bestätigen kann. Oben angelangt, begrüsse ich meine Kollegin, bekomme ein Glas Wasser, und kurz darauf begeben wir uns ins Wohnzimmer. Ronja hampelt herum. Sie sei schon den ganzen Vormittag über äusserst aufgeregt gewesen, meint die Mutter. Unsicher, wie wir dieses Interview gestalten sollen, frage ich Ronja selbst. Am liebsten würde sie zuerst ein Photo machen, draussen auf dem Baum. Da sie auf einem solchen Bild aber wahrscheinlich nicht gut sichtbar wäre, verschieben wir unser outdoor shooting auf später. Und tatsächlich, als wir soweit sind, wäre von der unbändigen Sechsjährigen nicht viel zu sehen gewesen. Stattdessen versuche ich es noch mit ein wenig Smalltalk, der sich vor allem von der kecken Schülerin her in ein paar lustigen Witzen äussert.

Ronja, wer bist du? Kannst du dich kurz beschreiben?

Ich bin Ronja und heisse zum Vornamen Dobler, und in Wirklichkeit kommt es ein wenig darauf an, was ich gerade tun will. Manchmal bin ich einfach etwas frech.

Was tust du, wenn du frech bist?

Zum Beispiel Schokolade klauen. Das habe ich übrigens schon zwei Mal bei Papi gemacht, einmal eine Riesentafel und einmal etwas Kleines. Beide Male hat Papi die Schoggi jedoch nicht mehr finden können. (muss lachen und ist stolz)

« Lesen ist langweilig. »

Du gehst ja auch in die Schule, gell? Was sagt dir dort am meisten zu?

(wie aus der Pistole geschossen) Rechnen. Lesen ist langweilig.[23] Sollten wir demnächst jedoch mit den Buchstaben beginnen, so wird mich das freuen.

Magst du mir erzählen, wie du aufwächst?

(Ronja versteht die Frage anders und berichtet stattdessen, wie sie manchmal früh erwacht und was sie dann in jenen Momenten zu tun pflegt, nämlich Joghurt essen, zu Mami unter die Decke schlüpfen oder auch mit dem jüngeren Bruder herumtollen. Wir weichen vom Fragebogen ab, und Ronja erzählt mir Diverses, zum Beispiel wie sie mit einem Schulkollegen Rodeo reitet, was ihre Familie in den bevorstehenden Ferien zu tun gedenkt, und wie man am besten mit dem Auto zu ihrem Papa gelangt.[24] Ob all dieser Informationen verliere ich leicht den Faden und tue dies auch kund, was Ronja belustigt hinnimmt.)

Wie nimmst du deine Mutter wahr?

Also, wenn ich keine Dummheiten veranstalte, ist sie lieb. Ist sie hingegen gestresst, dann empfinde ich sie eher als mühsam. Dann brechen die Kanonen aus.

Weshalb ist sie denn gestresst? Muss sie viel arbeiten?

Ja, aber Papi noch viel mehr. Der bekommt aber auch ein Auto von seinem Geschäft zur Verfügung gestellt, egal wie teuer es ist. Das finde ich toll.

Weisst du, was Mami so macht?

Ja, sie ist Pfarrerin, das heisst, sie hat vor allem viele Sitzungen. Und ihr Hobby ist das Militär und die Feuerwehr.
Einmal, da hat es hier in der Nähe gebrannt. Da musste sie sofort ausrücken. Also musste sie rasch, rasch einen Babysitter für uns organisieren. Jener ist ein Bub, der älter ist als ich, nämlich der schnellste Bremgartner. Dieser hat aber Angst vor mir, weil ich ihn k. o. schlagen könnte. (voller Stolz) Und wenn er mit dem Fahrrad fährt, dann hole ich ihn locker ein, und zwar rennend.

Warst du auch schon bei Mami in der Kirche?

(gelangweilt) Ja, viel zu viele Male. Was aber noch schön ist, dass man dort singen kann. Einmal durfte ich dies sogar mit dem Mikrophon tun. Das war noch cool. Und ein anderes Mal hat es in der Kirche für die Kinder Disco gegeben. Das war auch lässig. Ich sage dir, ich hatte den ganzen Nachmittag über nichts gegessen, dafür voll durchgetanzt.

(Ronja erzählt mir, wo sie schon überall im Ausland war.)
Russland, Finnland, Türkei und und und. Einfach schon überall. Und vieles mit dem Auto. Das ist noch cool, denn da können wir uns sogar Filme anschauen.

Ronja, ich habe vernommen, dass du dereinst selber Pfarrerin werden möchtest. Was reizt dich daran?

Mir ist es einfach wichtig, Dinge über Gott zu erzählen. Auch kann man als Pfarrerin einmal im Jahr mit den Konfirmanden einen Ausflug machen, auf dem nicht die Pfarrerin, sondern die Konfirmandinnen und Konfirmanden das Geschirr abwaschen müssen.

(Die Erzählung über den Ausflug mit den Konfirmanden bringt Ronja dazu, über ihre Aufenthalte in diversen, kirchlichen Skifreizeiten zu berichten, unter anderem auch, dass sie im kommenden Winter wahrscheinlich in die höchste Stufe der Skischule eingeteilt werden wird. Plötzlich:)
Gell, ich bin eine Plaudertasche?

Ich finde das gut, denn so bekommen wir ein spannendes Interview.
Also, wenn es sein muss, könnte ich im Fall noch viel länger sprechen. Weisst du, unsere Turnleiterin, die ist eine wirkliche Plaudertasche! In der Schule hat die bestimmt während zwölf Stunden gesprochen.

« Gell, ich bin eine Plaudertasche? »

Ronja, sag mal, kannst du eigentlich auch gut zuhören oder sprichst du vorwiegend?

Äh ..., (Pause) beides. Wenn mir eine gute Geschichte erzählt wird, höre ich gerne zu. Erzähle ich jedoch Witze, dann natürlich nicht.

(Ronja erzählt einen Witz nach dem anderen. Teilweise überschlägt sie sich dabei, da es ihr dabei nicht schnell genug gehen kann. Währenddessen schiesse ich probehalber ein paar Photos, da zu diesem Zeitpunkt die Bebilderung der Porträts noch nicht klar ist. Als es mir schliesslich gelingt, Ronjas Erzählfluss für einmal zu stoppen, zeige ich ihr die gemachten Aufnahmen.

Gefallen findet sie insbesondere an einer Aufnahme, welche sie in voller Fahrt zeigt.) Vorhin hast du Gott erwähnt. Magst du das noch etwas ausführen?

(Ronja kommt leicht ins Stolpern.) Ja, also, ich möchte einfach, dass die Leute zur Vernunft kommen. Wenn man jetzt Pfarrerin ist, kann sie die Leute zum Beispiel dazu bringen, nicht mehr an Statuen zu glauben oder ähnliches. Weil zu der Zeit, als Jesus gelebt hatte, war dem eben so. Er aber konnte die Menschen wieder zur Vernunft bringen.

« Mir liegt am Herzen,
dass der Segen
einfach immer weitergeht. »

Ronja, wir sind bereits bei der letzten Frage angelangt. Was ist dir wichtig?

Was für mich ganz wichtig ist, ist, Gottes Segen weiterzugeben.

Wie macht man das?

Ähm, wenn beispielsweise ein Kind getauft wird, dann bekommt es doch Gottes Segen. Mir liegt am Herzen, dass der Segen einfach immer weitergeht.
Und was mir auch noch wichtig ist, dass ich an Hochzeiten die Blumen streuen darf. Das war schön. Denn weisst du, für solche Anlässe habe ich ein extra schönes Kleid, das ich nur dann anziehe. Jenes dürfen wir auf keinen Fall verkaufen.
Und was ich auch noch sagen möchte, ist, dass ich mit meinen Plüschtieren, aber auch mit mir selber, immer wieder einmal Ärztin oder auch Krankenschwester spiele. So kann ich mit der Schere beispielsweise meinem Lieblingsbären ins Bein schneiden, um es im Anschluss zu verbinden.

(An dieser Stelle beende ich die Aufnahme. Ronja möchte das Aufgenommene gleich anhören, was ich ihr auch gewähre. Allerdings wird es ihr schon nach wenigen Sätzen langweilig. Zum Ausklang setzen wir uns darum noch

in die Küche. Meine Kollegin hat leckere Muffins gebacken. Ronjas Bruder Jovin wird geweckt und gesellt sich noch etwas schlaftrunken zu uns. Zum Abschluss schenkt mir Ronja eine Kastanie, die sie vor ein paar Tagen für sich gesammelt hat. Ich nehme diese dankbar an, und die drei Doblers begleiten mich in Richtung Bushaltestelle.)

Zweites Interview

Auf dem Weg zum zweiten Interview mit Ronja erlebe ich an diesem Wintertag jegliche Stimmungen, im Innen wie im Aussen; das geht dann von wolkenverhangen über munteres Schneegestöber bis hin zu klarer Winterluft. Als ich an der Haustür zu Doblers Wohnung klingle, holen mich eine sichtlich gewachsene Ronja, ihr Bruder Jovin sowie Freundin Amy im Treppenhaus ab. Wir machen es uns im Wohnzimmer bequem und die ganze Kinderschar hört sich unser Gespräch an:

Ronja, wer bist du heute?

Also, ich bin Ronja, bin zehn Jahre alt und habe im Oktober Geburtstag.

Was machst du in diesen Tagen am liebsten?

Schwimmen. Ich bin im Schwimmclub, gehe an Wettkämpfe und mein Lieblingsstil ist Kraulen. Daneben lese ich sehr gerne. So habe ich zum Beispiel schon alle Harry-Potter-Bücher verschlungen. Aktuell bin ich an der Eragon-Tetralogie. Schliesslich schaue ich mir gerne Filme an, spiele ich Gitarre oder gehe ich in die Jungschar.

Wenn dich deine Familienmitglieder heutzutage mit einem Wort beschreiben würde, wie lautete jenes?

Mami wahrscheinlich «kreativ», Bruder Jovin «lustig» (worauf jener einen Lachanfall kriegt) und meine Freundin Amy «meine beste Freundin».

Im Interview von vor ein paar Jahren sagtest du mir, dass Rechnen dein absolutes Lieblingsfach sei. Ist dem immer noch so?

Nein, aber ich bin nach wie vor gut darin. Sport zu machen sagt mir allerdings mehr zu. Und Sprachen mag ich noch immer nicht besonders, bin aber trotzdem gut in Englisch und Deutsch. (muss lachen)

Weisst du schon, was du dereinst werden möchtest?

(wie aus der Pistole geschossen) Jawohl, Kriminalpolizistin (Bruder Jovin meldet sich dazwischen, dass es ihm gleich ginge, weil man so böse Einbrecher einsperren könne), denn bei jenem Beruf muss man nicht bloss im Büro sitzen, sondern kann auch draussen arbeiten oder sich bewegen und bleibt dabei fit. (Und Ronjas Mutter ergänzt: «Weil man dadurch den Menschen sagen kann, wo es lang geht», worauf alle lachen müssen.)

Im Interview von vor ein paar Jahren sagtest du mir, dass du den Gottesdienst eher langweilig finden würdest. Ist das noch gleich?

Ja. (muss lachen) Also, wenn eine Geschichte erzählt oder etwas vorgespielt wird, finde ich dies meistens spannend, ansonsten aber kenne ich das Meiste halt schon zu Genüge.

(Meine anderen Fragen, vor allem jene bezüglich Aufwachsen im Pfarrhaus, ihrer Einstellung zu Leben und Glück oder auch ihres Glaubens, greifen ins Leere und sind beziehungsweise werden der Zehnjährigen nicht gerecht, weshalb ich es sein lasse. Die drei Kinder gehen spielen, währenddessen Ronjas Mutter und ich uns noch über unsere neusten spirituellen Erkenntnisse austauschen. Als ich das doblersche Heim verlasse, hat es drinnen und draussen aufgeklart. Auf dem Nachhauseweg scheint wärmend die Wintersonne.)

Ueli Dubs

Umtriebiger Finanzfachmann

Ueli Dubs wird 1953 als Jakob Ulrich Dubs in eine Pfarrfamilie in Elgg geboren, wo er mit zwei älteren Schwestern aufwächst. Nach dem Wirtschaftsgymnasium wird er Ökonom. Gleichzeitig schlägt er eine militärische Karriere als Mitrailleur ein und wird Hauptmann der Infanterie. Bevor er sich allerdings noch zum Juristen ausbilden lässt, unternimmt Ueli Dubs zwei Studienreisen um die Welt. Und während seines Zweitstudiums widmet sich der vielseitige Mann obendrein zwei eher unbekannten Lehrgängen, nämlich zur Klauenpflege und zum Störmetzger. Von 1984 bis 2003 dient Ueli Dubs dann auf der ganzen Welt für eine kleine Zürcher Privatbank im Private Banking. Anschliessend wird er unabhängiger Vermögensverwalter. Heute arbeitet Ueli Dubs nur noch für humanitäre Projekte. Neben seinem eh schon breit gefächerten Berufsfeld bringt der versierte Finanzfachmann auch noch vertiefte Interessen an der Chronometrie, der Objektkunst oder dem Design mit, dito an der Musik oder der Lyrik. Im weiteren faszinieren ihn die Welt-, Kirchen- und Kunstgeschichte sowie Psychologie, Physiologie, Motorrad- und Kulturreisen oder auch Laufsport. Ueli Dubs spricht sieben Fremdsprachen, darunter Russisch und Mandarin, lebt medienabstinent und ernährt sich vegetarisch. Zusammen mit seiner Frau hat Ueli Dubs drei erwachsene Kinder und wohnt in Wollerau.

Ueli Dubs

Auf Ueli Dubs' Namen stosse ich durch einen Tip meines Vaters, welchem ich beim Auswechseln der Winterpneus behilflich bin. Wir kommen auf das vorliegende Buch zu sprechen und Vater sprudelt richtiggehend über vor möglichen Namen; kein Wunder bei jemandem, der über dreissig Jahre in derselben Kirchgemeinde tätig war und weit herum vernetzt ist. Ueli Dubs sei ein spannender Mensch, der schon viel in seinem Leben gemacht habe, unter anderem auch im Finanzsektor. Letzteres lässt mich aufhorchen. Ein Pfarrerssohn in der Welt der Banken und des Geldes? Interessant! Dem musste ich nachgehen.

Die Adresse ist schnell ausfindig gemacht und dito ein Schreiben aufgesetzt. Und auch die Antwort lässt nicht lange auf sich warten. Dort heisst es: «Lieber Herr Weiss, […] im März weilte ich in Guatemala, wo ich das Buch ‹Das Deutsche Pfarrhaus›[25] mit Interesse verschlungen habe. Sehr gerne nehme ich an Ihrem Projekt teil. Sie finden erste Angaben unter www.alpmagie.ch oder wenn Sie ‹Ueli Dubs› bei Professor Google erfragen, inkl. Radiointerview ‹Persönlich› und Laienpredigt in Lachen.» Es folgt eine herzliche Einladung zu ihm nach Hause, ich solle ihm mitteilen, wann es mir passt.

Gesagt, getan, und ein Termin wird auf Anfang November 2013 festgesetzt, dankbar über die gemachten Vorinformationen, die ich mir genüsslich zu Gemüte führe. Was dieser Mann in seinem sechzigjährigen Leben alles schon gemacht hat? Nach meinem Dafürhalten bräuchte es dafür mindestens drei weitere Leben. Nur schon der Inhalt seines Berufes, welchen ich mir auch nach dem x-ten Mal Anhören noch immer nicht so richtig erschliessen kann, gäbe Stoff für achtzig Jahre her. Egal. An einem der ersten, nebligen Herbsttage habe ich ja die Gelegenheit, meinen interessanten Gegenüber selbst zu befragen. In gespannter Erwartung mache ich mich also auf in den Bezirk Höfe, Kanton Schwyz, und harre der Dinge, die da kommen werden.

Ueli Dubs, wer sind Sie? Können Sie sich und Ihre Lebensumstände bitte kurz beschreiben?

Ich bin Ueli Dubs, wuchs in Elgg auf, schloss das Wirtschaftsgymnasium in Winterthur ab, studierte danach *Ökonomie* an der Hochschule St. Gallen und *Jurisprudenz* an der Universität Bern, sammelte später interessante Erfahrungen in der *Baustoffindustrie,* bevor ich während neunzehn Jahren im *Private Banking* tätig war, und zwar global. Danach machte ich mich mit zwei Freunden zusammen selbständig. Dort hatte es drei Jahre gedauert, bis ich merken musste, dass es mir dabei nicht wohl war, so dass ich aus jenem Job aussteigen musste und seither etwas sehr Exotisches tue: Ich organisiere nämlich sogenannte Hinterlagen (Collateral) für die Finanzierung von primär humanitären Projekten, teilweise aber auch Infrastrukturprojekte wie öffentliche Verkehrsmittel, Schulen und Universitäten.

«Ich mag den Überblick,
liebe Polaritäten und Gegensätze,
beziehungsweise deren manchmal
kaum vorstellbare Vereinigung.»

Könnten Sie Ihre derzeitige Tätigkeit noch etwas erläutern, denn gerade den Begriff der Hinterlagen höre ich heute zum ersten Mal?

Wenn Sie beispielsweise als Notenbank die Geldmenge ausweiten wollen, können Sie nicht einfach beschliessen, von heute auf morgen Geld zu drukken. Zwar lässt sich die Geldmenge mit dem Lombard- oder Diskontsatz ein wenig steuern, es gibt dafür jedoch auch andere Möglichkeiten, was mit Leverage, also Hebelwirkung, vor allem mit sogenannten Medium Term Notes gemacht wird. Solches kann nun aber nicht beliebig ausgeführt werden, sondern muss eine Hinterlage von privatem Geld oder auch einer juristischen Person haben. Ist jenes vorhanden, dann lässt sich die Geldmenge ausweiten. Wäre dem nicht so, hätte beispielsweise die Schweiz schon lange die chinesische Nationalbank übernommen. Wir hätten dann einfach gesagt, dass wir ab morgen über vier Trillionen Schweizer Franken mehr verfügen, so dass wir uns jene einverleiben könnten.

Sie sehen, ich arbeite hier also mit Regularien, die sich wahrscheinlich in keinem Gesetz exakt finden lassen. Oft geht man in diesem Sektor darum sehr diskret vor, sicherlich nicht illegal, aber auch nicht von der FINMA kontrolliert. Wie erwähnt, ein äusserst exotisches Gebiet, das mir aber enorm viel Freude zubereitet.

Das klingt recht spannend. Können Sie mir erzählen, wie man dazu kommt, in einem derart speziellen Gebiet tätig zu sein?

Das hat wahrscheinlich mit meiner Schwäche für alles Exotische zu tun, aber auch mit dem Hang, meine Neugier auszuleben, und meinem Faible für das Skurrile. Hinzu kommt, dass in diesem Gebiet nur ein kleiner Kreis von Menschen unterwegs ist. Ausserdem spielen in diesem Bereich etliche Scharlatane, Hochstapler oder auch Schattengestalten mit, so dass dem Unterscheiden eine enorm wichtige Rolle zukommt, was mir behagt. Dass ein solches Arbeiten aber auch einmal misslingen kann, versteht sich von selbst. Auch ich hatte einmal mit einem deutschen Partner zu tun, welcher nicht nur Autist und Alkoholiker war, sondern auch über eine erhebliche kriminelle Energie verfügt hatte, so dass er schliesslich für sieben Monate in Untersuchungshaft gelandet war und dort nach wie vor auf seinen Prozess wartet. Ja, solche Geschichten kommen in meinem Beruf immer wieder einmal vor.
Vieles spielt sich auch ausserhalb der Logik ab, was mir ebenfalls zusagt. Wenn ich Ihnen beispielsweise sage, dass Sie, wenn Sie über genügend Geld verfügen, ohne Risiko innert kürzester Zeit enorm viel dazuverdienen können, dann sagen Sie, dass das jedem ökonomischen Prinzip widerspricht. Dem ist jedoch nicht so. Auf der ganzen Welt gibt es nämlich Dinge, die unter dem Motto by invitation only laufen, also Sachen, zu denen man nur auf Einladung Zugang bekommt, wie es beispielsweise Stanley Kubricks Film *Eyes wide shut* gut darstellt. Ohne passenden Schlüssel oder Schuhlöffel, kommen Sie also niemals dorthin, und das fasziniert mich.
Dito haben es mir die vielen Wechsel und Änderungen auf meinem Gebiet angetan. Etwas kann sich in null Komma plötzlich von heute auf morgen ändern.[26] Dass dem immer wieder einmal so ist, dass es also Sachen gibt, die gegen jegliche Vernunft laufen und dennoch beziehungsweise gerade deswegen funktionieren, ist für mich wohltuend.

Zusammenfassend könnte man sagen, dass ich stets von Dingen fasziniert war, die anders sind oder laufen, und dass ich mich seit eh und je zur Exzentrik hingezogen fühle. Halte ich mich dort auf, kann ich eine enorme Freude oder auch kreative Schübe entwickeln, was zwar für meine Umgebung, insbesondere für meine Frau, nicht immer sehr einfach ist, mir jedoch eine immense Befriedigung verschafft. Darum lebe ich meinen Weg auch konsequent aus, denn auf einer Gratwanderung sehe ich wesentlich mehr, als wenn ich mich unten im Tal bewege. Ich mag also den Überblick, liebe Polaritäten und Gegensätze beziehungsweise deren manchmal kaum vorstellbare Vereinigung.

« Unser Aufwachsen war von einer enormen Weltoffenheit geprägt. »

Können Sie mir Ihr Aufwachsen als Pfarrerssohn schildern?

Die zwanzig Jahre von meiner Geburt bis zu meinem Auszug haben in einem sehr ländlichen Umfeld stattgefunden. Der Lehrer, der Notar und der Pfarrer waren noch Respektspersonen. Das bedeutete einerseits, dass wir als Familie im Glashaus gesessen hatten, was uns aber auch bewusst war. Konkret meinte dies, dass wir über sehr viel Einblick ins Gemeindeleben und private Schicksale verfügt und demzufolge schon früh auch die Schweigepflicht einzuhalten hatten.
Andererseits war unser Aufwachsen von einer enormen Weltoffenheit geprägt. Vaters Vorfahren waren mehrheitlich Ärzte und diejenigen der Mutter stammten aus der Textilindustrie. Das führte dazu, dass wir ein offenes Haus hatten, zum Beispiel mit Missionaren, die bei uns ein- und ausgingen, oder Musikgruppen aus einem fernen Land. Auch das Sammeln für die Gefangenen- und Entlassenenfürsorge kommt mir jetzt in den Sinn.
Für mich war und ist es ein unglaubliches Privileg, in einem Pfarrhaus aufgewachsen zu sein, denn ein solches Umfeld verschafft einem sowohl enorm viele Einblicke in Glücksmomente wie auch in solche der Tragik. Nebenbei hatte ein derartiges Aufwachsen bestimmt auch mein Sensorium für soziale Konflikte und ethische Fragen geschärft, die mich stellenweise bis heute beschäftigen.

Im nachhinein muss ich aber sagen, dass ich zwar einerseits eine enorm privilegierte Stellung innehatte, auch materiell gesehen – unsere Ferien hatten wir beispielsweise stets auswärts verbracht –, andererseits war ich aber auch stigmatisiert. Wurden beispielsweise zwei Fussballmannschaften gebildet, so gehörte ich regelmässig zu den letzten, die ausgewählt wurden, da man mit mir einfach nichts zu tun haben wollte. Darum hatte ich meine Rolle hin und wieder auch auf die Spitze getrieben, indem ich beispielsweise Streiche spielte, nur um wie alle anderen zu sein. Mit vierzehn, fünfzehn Jahren musste ich allerdings feststellen, dass das gar nicht möglich ist, weshalb ich meine Strategie sofort wieder änderte. Fortan versuchte ich alles anders zu machen. Ich begann gegen den Strom zu schwimmen, weil man nur so zur Quelle kommt. Beispielsweise war ich ein grosser Verehrer von Winston Churchill, der ja auch keine glückliche Schulzeit genossen hatte, danach aber trotzdem eine gewisse Brillanz in Rhetorik und Politik entwickeln konnte. Starke Vorbilder waren mir aber auch mein Grossonkel Hermann Dubs als Musiker oder, ebenfalls Grossonkel, Jean Rudolf von Salis auf Schloss Brunegg, und nicht zuletzt auch Professoren wie Hans Christoph Binswanger, Frederic Vester oder der Ethiker Hans Ruh.

« Das Aufwachsen in einem Pfarrhaus verschafft einem viele Einblicke in Glücksmomente wie auch in solche der Tragik. »

Wie haben Sie Ihren Vater wahrgenommen?

Vater war ein überzeugender Prediger und hatte die Kirche stets gut gefüllt. Er blieb ein engagierter «Arbeiter im Rebberg des Herrn». Er war ein äusserst toleranter Mann. Wir Kinder kannten nach der Konfirmation beispielsweise keinen Kirchenzwang. Der Kirchgang wurde so zu einer regelrechten Passion, so dass mich Predigten und Kirchenlieder auch heute noch beflügeln.

(Ein paar Tage nach unserem Interview erreicht mich ein Mail-Nachtrag, in welchem sich Ueli Dubs für unser Gespräch bedankt und sagt, dass in ihm meine Fragen noch nachhallen würden. Im weiteren schreibt er:)

«Noch ein Gedanke ist mir ins Gedankenfach geschossen: Belesenheit. Mein Vater besass ein photographisches Gedächtnis und griff zielgerichtet in die umfangreiche Bibliothek in seinem Studierzimmer. Vater wie Mutter lasen viel, bei uns wurde viel über Bücher diskutiert. Einen ‹Fernsiech› gab es nie ...»

Hat sich der Beruf Ihres Vaters auf Ihre eigene Berufswahl ausgewirkt? Und wenn ja, wie?

Ich selbst wollte nie Pfarrer werden, obwohl es immer wieder Leute gegeben hat oder gibt, die mir einen gewissen Hang zum Pastoralen oder auch Sakralen attestieren. Für uns Kinder war jedoch immer klar, dass jedes von uns das machen durfte, wozu es geeignet war. Bis zum Ende der Sekundarschule war ich jedoch ein überaus schlechter Schüler. Erst danach konnte ich so richtig den Knopf aufmachen. Die Anregungen, um akademisch interessiert zu sein, waren aber jedoch da. Wir pflegten schliesslich ein weltoffenes Haus und lernten viele Fremdsprachen. Meine diesbezüglichen Ausprägungen wuchsen also bestimmt auf jenem pfarrherrlichen Boden.

Oder sogar auf Ihr Leben? Und wenn ja, wie?

Sicherlich die Offenheit oder auch die Toleranz, gerade auch anderen Konfessionen und Religionen gegenüber. Vater war damals als Korps-Feldprediger ein grosser Verfechter der Ökumene gewesen.
Wenn ich mir meine Geschichte des Aufwachsens, aber auch diejenigen meiner beiden Schwestern vor Augen führe, so darf ich sagen, dass das Gemeinnützige oder das Sichaufopfern für andere schon Elemente aus der «Suppe» des Pfarrhauses sind. Sein Herz für Mitmenschen zu öffnen und täglich eine gute Tat zu tun, will auch ich beherzigen.

Was würden Sie aufgrund Ihrer eigenen Erfahrung sagen: Gibt es dieses «besondere Aroma» des Pfarrhauses?

Musikalität, das Pflegen der Musik, sei es in Volksliedern oder auch in Hausmusik im klassischen Sinne, das gemeinsame Singen, Kanon, Gemeinschaft und Geborgenheit, ja, das sind sicherlich Züge, die in Pfarrhäusern gepflegt

wurden. Dann vielleicht auch das Bewusstsein, höheren Ansprüchen genügen zu müssen, dass man beobachtet wird und allenfalls auch Gegenwind ausgesetzt ist. All diese Dinge haben bestimmt zu meinen Exzentrizitäten, die mein Leben prägen, beigetragen.
Ein Pfarrhaus ist aber schon rein architektonisch etwas Besonderes. In der Regel erlaubt solches ein Familienleben mit einem grossen Freundeskreis und Einladungen, Gärten und meist dem nötigen Ausblick. Ja, wahrscheinlich ist ein Pfarrhaus an sich bereits ein prägendes Element. Wenn jetzt ein Pfarrer aus irgendwelchen Gründen lieber in einer Blockwohnung wohnen möchte, dann verpasst er meines Erachtens den Puck.

«Ohne Religiosität könnte ich nicht leben.»

Hat sich Ihre Einstellung zu Leben und Glück im Laufe der Zeit gewandelt, insbesondere auch, seit Sie das Pfarrhaus verlassen haben?

Einerseits war es immer klar, dass man gewissermassen aus einer von Max Weber beschriebenen Antriebskraft heraus stets das Maximum aus seinen Talenten herausholen und auch materiell etwas erreichen, leisten und darstellen wollte. Andererseits gab es da eine hohe Achtung vor der Schöpfung, die mich geprägt und insofern auch zum Vegetarismus gebracht hat.
Dann hat einen natürlich jederzeit die Ethik begleitet, gerade auch in beruflichen Herausforderungen, die, wie Sie sich vorstellen können, nicht immer einfach waren. Als Stichwort nenne ich hier jetzt nur einmal die Schwarzgeldpolitik. Ja, all diese Dinge haben mich sicherlich nie mehr losgelassen, ich bin aber auch froh darüber, so geprägt worden zu sein.
Grundsätzlich hat sich diesbezüglich jedoch nichts geändert. Ich bin der Meinung, dass ich mir bis heute einfach einen Mikrokosmos geschaffen habe, der primär von der Ästhetik lebt, von Skurrilitäten und auch von der Musik, von all diesen immateriellen Werten also, die mir in die Wiege gelegt wurden. Und auch wenn ich während ein paar Jahren einmal ein sehr grosses Einkommen erzielt hatte, weiss ich, dass Geld allein nicht glücklich macht, obwohl es beruhigt und eine Konserve von Luxus darstellt, wenn einem der Gegenwind einmal heftiger ins Gesicht weht. All meine Werte, die ich im Pfarrhaus mitbekommen habe, blieben darum also konstant

Wie halten Sie es selbst mit der Religion?

Ich bin ein gläubiger Mensch, auf reformiert-zwinglianischer Basis. Ich bete vor allem morgens für mich persönlich, und dann gibt es praktisch kein Mittag- oder Abendessen, an welchen ich nicht davor kurz ein Gebet spreche, es sei denn, es handelt sich dabei um einen Business-Lunch. Ohne Religiosität könnte ich allerdings nicht leben.
Es gibt Phasen, in denen ich in der Bibel lese, dann wiederum Zeiten, in denen ich mich eher C. G. Jungs *Antwort auf Hiob* hinwende. Gerade dieser Text hat mich wesentlich mehr geprägt als manch alttestamentliche Stellen. Hin und wieder bin ich darum leicht boshaft, indem ich sage, dass man die Bibel grosso modo auf die Bergpredigt zusammenstreichen könnte.
Und, wie schon erwähnt, hat mich auch die Kirchenmusik geprägt, insbesondere jene von Johann Sebastian Bach, aber auch von Heinrich Schütz und anderen. In dieser Musiktradition bin ich gut verwurzelt und freue ich mich auch immer, wenn sie in den Gottesdiensten zum Zuge kommt. Mein Lieblingskirchenlied ist *Wir wolln uns gerne wagen, in unseren Tagen,*[27] ein sehr reformiertes Lied, was mich aber auch ausmacht und bestimmt.
Vielleicht in Klammern noch bemerkt: In der Kirche bringe ich mich insofern ein, als dass ich mich für Pfarrwahl-Kommissionen wählen lasse oder als Synodaler und auch als Jurist in diversen synodalen Kommissionen wirke. Kirchenpfleger oder Kirchenrat wollte ich hingegen nie werden, da ich einfach zu viel reise und im Ausland unterwegs bin, so dass ich mit der Annahme einer solchen Wahl niemandem einen Dienst erweise. Punktuelle Dinge locken mich aber und fordern mich heraus.
Und zum Schluss muss ich natürlich noch auf den reformierten Kirchenfonds,[28] welcher ein Kind von mir darstellt, zu sprechen kommen. Diesen hatte ich als Motionär in die Synode eingebracht, und heute bin ich dessen Gründungspräsident. Ich habe die feste Überzeugung, dass die reformierte Kirche des Kantons Schwyz in fünfzig Jahren Geld in der Kasse benötigen wird. Zum jetzigen Zeitpunkt sind wir darum dabei, ein Netz zu weben und Geld zu sammeln. Spektakuläre Erfolge müssen sich nicht schon heute einstellen; der Gedanke aber ist wichtig, dass die Kirche auch in 50 Jahren davon profitieren kann.

Das dünkt mich jetzt sehr umsichtig …
Wissen Sie, ich befasse mich wirklich stark mit der abendländischen Kultur, auch von der Kunstgeschichte her.[29] Und Demographie ist etwas, das man

nicht gross ändern kann. Wenn Sie beispielsweise die Reproduktionsrate von eingewanderten Muslimen in der Schweiz betrachten – diese ist gegenüber derjenigen von Christinnen und Christen nämlich dramatisch höher, vier plus oder noch mehr gegenüber eins komma zwei –, kann man relativ genau extrapolieren, wann wir im Schweizer National- und Ständerat eine muslimische Mehrheit haben werden, so dass diese dann die Scharia einführen könnte. Gut, möglicherweise wird es nicht so dramatisch werden, doch unsere Werte, gerade auch in der Diaspora, müssen einfach gepflegt werden können.
Und geschäftlich hatte ich ja sehr viel mit Chinesinnen und Chinesen zu tun. Ich sage Ihnen, dort herrscht purer Materialismus. Themen wie Ökologie oder Ethik sind nicht gefragt, allenfalls noch im eigenen Clan. Ausserhalb der eigenen Mauern interessiert das jedoch niemanden mehr.
All dies beschäftigt mich einfach, weshalb ich bereits heute Gegensteuer geben möchte, so dass wenigstens das letzte, dreckige Häufchen von ethisch orientierten Christinnen und Christen ihren Pfarrer bezahlen oder das Kirchgemeindehaus heizen können.

Vielen Dank für diese vorausschauende Haltung. Das beeindruckt mich. Damit wären wir bereits bei der letzten Frage angelangt, die da lautet: Haben Sie eine Botschaft? Wenn ja, welche?

In Bezug auf das vorliegende Buch kann ich nur raten, dass sich Pfarrerskinder untereinander austauschen, weil es in unserem Aufwachsen sehr viel prägende Dinge geben kann, die teilweise sicherlich auch traumatisch erlebt worden sind. Ein solcher Austausch kann aber auch versöhnen, da die Väter oder Mütter als Pfarrer hie und da halt auch auf dem Grill waren.[30] Ja, eine Versöhnung durch gegenseitigen Austausch wäre mir ein Bedürfnis.
Und allen anderen kann ich nur wünschen, mit Pfarrerskindern Kontakt zu pflegen, da jene normalerweise Papageien unter Amseln darstellen. Zwar haben sie manchmal vielleicht einen leichten Essigstich[31] oder auch ein paar schiefe Seiten an sich, doch sind sie sicherlich stets wohltuend kauzig, da ihr Aufwachsen auf einer reichen und gepflegten Kultur basiert.

www.alpmagie.ch

Update

Gross Dank, lieber Herr Weiss, für den Rückblick auf das Interview von 2013.
Wenig ist meinen damaligen Ausführungen beizufügen. Als Vizepräsident der ev.-ref. Kirchensynode des Kantons Schwyz stelle ich mich zur Wiederwahl Ende 2017. Der Reformierte Kirchenfonds kann erste Finanzreserven verbuchen. Meine beruflichen Aktivitäten schreiten fort und Leerzeiten fülle ich mit einer kunsthistorischen Dissertation. Weil ich von der Antik-Uhrmacherei her immer der Mikromechanik verbunden war, habe ich eine kleine Kollektion von religiösen Kleinstschnitzereien zusammen getragen. Jetzt schreibe ich zum Thema *Eine vergleichende Ikonographie postbyzantinischer religiöser Mikroschnitzereien am Beispiel der Segenskreuze aus dem Umfeld von Georgios Làskaris (1538–1583).* Die Einführung umfasst bisher gute 360 Seiten, streift die byzantinische Kultur und schildert detailliert deren religiöse Ausstrahlung nach 1453, besonders in die griechische und russische Orthodoxie. Für den Kernteil befasse ich mich jetzt mit den Möglichkeiten und Grenzen des 3D-Scannings nebst digitalen Aufnahmen. Dann ist der Gang durch über 40 Museen zwischen Sevilla und St. Petersburg, zwischen Patmos und London angesagt mit drei Seitenreislein nach den USA und Kanada. Das erfordert eine gute Vorbereitung, professionelle Durchführung und dann eine Nachbearbeitung, welche besonders mit der vergleichenden Ikonographie, den Bildprogrammen, meine Thesen stützen, abschwächen oder aber umstossen soll. Das wird mich noch ein paar Jahre geistig und physisch auf Achse halten. Ziel ist es, am Schluss die Arbeit in mehreren Sprachen ins Netz zu stellen, um so Museumskuratoren, Auktionatoren, Antiquitätenhändlern und Sammlern wie auch Kunsthistorikern eine Plattform zu liefern, die noch nie da war. Diese Arbeit fordert mich wohltuend heraus, öffnet neue Kontakte und beflügelt. Dass ich damit stark in das Alte und Neue Testament hinein gerate, tut meiner Bibelfestigkeit auch gut. So bleibe ich technisch und akademisch herausgefordert, dabei auch kontrolliert unruhig und umsichtig.
Herzliche Segenswünsche für Ihr Wohlergehen und gutes Gelingen kommen von Ihrem Ueli Dubs.

Stephanie Gysel

Fachfrau Vorschulzeit

Stephanie Gysel, Jahrgang 1972, wächst mit zwei jüngeren Brüdern im Haus des ehemaligen Reformators Heinrich Bullinger im Zürcher Niederdorf auf. Vater und Mutter Gysel sind beide sehr in Kirchenangelegenheiten engagiert, so dass die drei Kinder oft von den Grosseltern gehütet werden. Nach dem Gymnasium beginnt Stephanie nahtlos mit dem Theologiestudium und nach dessen Ende beginnt sie ohne Unterbruch als Pfarrerin in einer Zürcher Landgemeinde zu wirken. Nach acht Jahren lernt sie ihren Mann kennen und lieben, wird schwanger und sieht sich darum nach einer Arbeitsstelle um, bei der Familie und Karriere unter einen Hut zu bringen sind. Da dies im Jahre 2007 bei Hundertprozentstellen im Einzelpfarramt in der Zürcher Landeskirche noch nicht möglich ist, kündet Stephanie Gysel kurzerhand ihren Job und beginnt in Teilzeit als Fachfrau für kirchliche Vorschulzeit in den Gesamtkirchlichen Diensten zu arbeiten. In der Zwischenzeit zieht sie bei ihrem Mann ein, und seither lebt Familie Gysel mit zwei Kindern im Alter von neun und sechs Jahren in einem alten, umgebauten Restaurant im Zürcher Weinland. Seit neustem unterrichtet die engagierte Pfarrerin in ihrer ehemaligen Gemeinde Sonntagsschule, während sie sich auch anderweitig sehr einsetzt.

Stephanie Gysel

Wenn man so will, verbindet Stephanie Gysel und mich eine lange Geschichte, die wir aber weder selber geschrieben, geschweige denn gelebt haben. Ihr Name ist mir zwar schon als Kind geläufig, da sich unsere Väter von der Arbeit her kennen, persönlich habe ich sie aber erst getroffen, als ich mich für das Studium der evangelisch-reformierten Theologie in Zürich entschieden hatte. Damals, in den 1990er Jahren, hat sich Steffi, unter dessen Namen sie mir bekannt war, ein paar Semester über mir befunden. Doch auch im Studium blieb unser Kontakt eher lose.
Eine Begebenheit ist bei mir jedoch haften geblieben. Eines Tages fragte mich Stephanie nämlich, ob ich nicht ihr Nachfolger für das Präsidium des theologischen Fachvereins, einer Art fachlichen Studentenverbindung, werden möchte. Da ich damals bereits vor hatte, noch für ein paar Semester an die Universität Bern zu wechseln, schlug ich Stephanies Angebot aus, und unser Kontakt verliert sich für ein paar Jahre im nirgendwo.
Erst als ich mit der Arbeit am vorliegenden Buch beginne, kommt sie mir wieder in den Sinn und ich mache mich daran, sie aufzuspüren. Stand meines Wissens ist Stephanie Pfarrerin in einer Zürcher Landgemeinde und in nicht konventioneller Art und Weise verheiratet. Was ich vernommen zu haben vermeinte, war, dass ihr Mann und sie sich zwei Wohnungen oder Häuser teilten und sie als Familie hin- und herpendelten. Als ich feststelle, dass Stephanie nicht mehr bloss als gewöhnliche Pfarrerin tätig ist, was mir für dieses Buch zu wenig gewesen wäre, ist mein Interesse geweckt und ein Kontakt rasch hergestellt. Da wir uns bei meiner Kontaktaufnahme aber noch mitten in den Sommerferien befinden, nimmt es noch eine gewisse Zeit in Anspruch, bis wir uns für das vorliegende Gespräch treffen können. Schliesslich kommt ein solches im Spätsommer 2013 zustande und wir verbringen eine inhaltlich äusserst dichte und wertvolle Zeit an einem regnerischen Nachmittag in den Räumlichkeiten der Gesamtkirchlichen Dienste der Zürcher Landeskirche.

Stephanie, wer bist du? Kannst du dich und deine Lebensumstände kurz beschreiben?

(muss lachen und nimmt sich Zeit, dann aber klar und deutlich) Ich bin eine Frau und 41 Jahre alt. Ich studierte *Evangelisch-Reformierte Theologie* und gleich nach dem Vikariatsende packte ich meine sieben Sachen, um eine volle Pfarrstelle auf dem Land zu übernehmen. Dort war ich während acht Jahren tätig. Und dann bin ich unter lustigen Umständen meinem Mann über den Weg gelaufen. Dieser wohnte nämlich gleich vis-à-vis der Kirche. Da er damals aber konfessionslos gewesen war, hatte ich ihn als Neuzuzüger nie besucht und darum auch nicht kennengelernt. Eines Tages aber sind wir uns einfach so begegnet. Ja, und dann bin ich bald aus dem Pfarrhaus aus- und bei ihm eingezogen, da ich schwanger wurde.

Meinen Job hätte ich zwar gerne weiter betrieben, doch damals, im Jahre 2007, galt noch die alte Kirchenordnung, welche für Hundertprozentstellen im Einzelpfarramt keine teilbaren Pfarrstellen vorgesehen hatte. Obwohl ich meinen Wunsch, beides vereinbaren zu können, beim Kirchenrat vorgebracht hatte, war nichts zu machen. Ich war mit meinem Anliegen einfach zu früh. Ab dem Jahre 2010, also mit Inkrafttreten der neuen Kirchenordnung der Zürcher Landeskirche, hätte die Erfüllung meines Wunsches jedoch keinerlei Probleme mehr verursacht.

Nun gut, dem war nun so, weshalb ich meine Stelle kündigte, da das Ausüben einer vollzeitlichen Pfarramtsstelle mit dem Führen einer Familie für mich nicht vereinbar ist. Und da sich mein Mann damals beruflich auch gerade in einer Umbruchphase befunden hatte – er absolvierte noch die Anwaltsprüfung und hatte demzufolge nur einen Praktikantenlohn –, war klar, dass ich weiter arbeiten musste. Also machte ich mich auf die Suche und wurde ich gleich bei drei Stellen fündig, an zweien befristet. Die einzige unbefristete Arbeitsstelle war jene, an der ich mich noch heute befinde, da mich das Thema Kirche und Kinder wirklich interessiert. Ja, und seit August 2008 bin ich also hier, zu vierzig Stellenprozenten.

Was soll ich sonst noch sagen? Natürlich war der berufliche Wiedereinstieg nach der Geburt meiner beiden Kinder emotional eher beschwerlich, aber für mich lohnte es sich. Meines Erachtens kommen sowohl mein Mann wie auch ich selbst mit dieser Mehrfachbelastung von Familie und Arbeit gut zurecht. Allerdings muss ich auch sagen, dass wir über eine super Tagesmutter verfügen, welche nur eine Tür weiter weg wohnt und uns bei meiner beruflichen Abwesenheit sehr gut unterstützt.

Kannst du noch näher beschreiben, was du heute tust?

Kurz gesagt, unterstütze ich alle Lehrerinnen und Lehrer der Kirche, die Kinder von drei bis acht Jahren in die Grundformen des Glaubens einführen, beispielsweise indem ich Kurse im Bereich des kirchlichen Unterrichts im Vorschulalter anbiete, also für Sonntagsschullehrerinnen, Kolibri-Leiterinnen oder auch solche, die Fiire mit de Chliine unterrichten. Ausserdem berate ich die Kirchgemeinden in diesen Fragen oder erarbeite ich Grundlagenmaterialien.
Anders formuliert, könnte man auch sagen, ich leite Menschen im kirchlichen Rahmen dazu an, wie man eine biblische Geschichte erzählt, was ein sinnvolles Gebet für die Kleinen ist, wie man einen guten Einstieg gestaltet oder auch, wie eine Geschichte geschickt kreativ vertieft werden kann.

« Für uns Kinder war das Wohnzimmer tabu. Jenes hatte immer in einem picobello Zustand zu sein, aufgeräumt und sauber. »

Wie bist du aufgewachsen?

Nur schon der Geschichte unseres Pfarrhauses wegen hatte ich das Gefühl, am Mittelpunkt der Welt aufgewachsen zu sein. (muss lachen) Auch hatte ich mich als Kind ernsthaft gefragt, warum viele nicht wussten, dass in jenen Gemäuern die Zürcher Reformationen ihren Anfang genommen hatte. (muss erneut lachen) Mit der Zeit musste ich aber merken, dass sowohl die Meinung, am Nabel der Welt gross geworden zu sein, wie auch jene, dass alle von der Geschichtsträchtigkeit unseres Hauses wussten, verfehlt waren. Nichtsdestotrotz bin ich in jener Stimmung gross geworden. Unser Zuhause war einfach ein wichtiger Ort. Weisst du, zu uns kamen so verschiedene Schriftsteller und Künstler zu Besuch wie zum Beispiel Friedrich Dürrenmatt, Max Frisch, Günter Wallraff oder auch Befreiungstheologen wie Dom Hélder Câmara.
Gerade aus diesem Grunde hat es bei uns ein paar unumstössliche Regeln gegeben. Beispielsweise war das Wohnzimmer für uns Kinder tabu. Zwar verfügten wir auch über ein Spielzimmer, das Wohnzimmer jedoch hatte immer

in einem picobello Zustand zu sein, aufgeräumt und sauber. Ausserdem hat da stets ein frischer Blumenstrauss auf dem Tisch gestanden, und gewisse Besprechungen meines Vaters haben nur dort stattgefunden. Es versteht sich von selbst, dass wir da nicht einfach hineinstürmen durften. Auch jegliches Anklopfen war verboten, geschweige denn das Betreten.
Als ich älter wurde, hat mich das, was hinter jenen Türen stattgefunden hatte, allerdings mehr und mehr zu interessieren begonnen, weshalb ich hin und wieder darum gebeten hatte, mithören zu dürfen. Dem wurde manchmal stattgegeben, was für mich natürlich grossartig war.
Eine weitere Regel besagte, dass, wenn die Zimmertür zur Studierstube unseres Vaters verschlossen war, wir ihn nicht stören durften, weil er gerade an seiner Predigt feilte. Ja, alles war bei uns einfach sehr ritualisiert, und wir Kinder hatten uns daran zu halten, was wir auch taten.

Wie hast du deinen Vater wahrgenommen?

Er war gedanklich oft bei seinem Beruf, weswegen er emotional nicht sehr präsent war. Beim Mittagessen war er beispielsweise meistens zu Hause. Wenn er allerdings seine Ruhe brauchte und ungestört sein wollte, hatte er sich einfach mittels der Neuen Zürcher Zeitung von uns abgegrenzt, indem er diese vor sich hingehalten hatte.
Aus der Retrospektive kann ich gut verstehen, dass du dich in diesem Beruf emotional auch einmal distanzieren möchtest. Für uns Kinder war dies jedoch manchmal etwas bemühend. Um ihn aber dennoch zu erreichen, hatte ich mir mit der Zeit wie eine Taktik zugelegt, und zwar, indem ich ab und zu irgend etwas Schlimmes erzählt hatte, zum Beispiel, dass ich das Gymnasium abbrechen würde oder ähnliches. Ich sage dir, in jenen Momenten war die Zeitung dann schnurstracks unten. (muss lachen)

Was hat diese emotionale Absenz deines Vaters mit dir gemacht?

Ich denke, heute sind Väter anders. Dass meiner so war, wie er war, hat sicherlich auch mit seiner Generation zu tun. Nur schon wenn ich meinen Mann im Umgang mit unseren Kindern betrachte ... Jener ist seinen Nachkommen viel näher. Mein Vater war diesbezüglich halt wirklich Kind seiner Zeit.

In der jüngeren Vergangenheit hat Vater jedoch hin und wieder verlauten lassen, dass er es heute teilweise anders machen würde. Es verhält sich jetzt aber nicht so, dass ich irgendwie darunter gelitten hätte. Es war bei uns einfach so.

Hat sich der Beruf deines Vaters auf deine eigene Berufswahl ausgewirkt? Und wenn ja, wie?

Gut, bei mir war es ja nicht nur der Vater, der theologisch tätig und interessiert war, sondern auch die Mutter, die sich diesbezüglich stark engagiert hatte.[32] Aus diesem Grunde sind sie sich des öfteren in die Haare geraten, einfach weil beide so bei der Sache waren. Auch wenn dies mitzuerleben nicht immer nur einfach war, habe ich dennoch das Gefühl mitbekommen, dass Theologie etwas derart Spannendes ist, dass es sich weiterzuverfolgen lohnt.

> « Aus dem Pfarrhaus mitgenommen habe ich, dass man sich einmischt und versucht, etwas zu gestalten. »

Was würdest du heute, vom Standpunkt aus, dass du selbst Pfarrerin warst und heute als Fachfrau für kirchliche Vorschulzeit gerade nochmals aus einer anderen Perspektive darauf blicken kannst, dazu sagen?

Theologie würde ich sofort wieder studieren. Aber ich bin der Meinung, dass der Bruch, der unweigerlich auf das Studium folgt, da die Arbeit in einer Gemeinde etwas völlig anderes darstellt, recht extrem ist. Vieles, das wir gelernt haben, lässt sich einfach nur schwer in der täglichen Arbeit einbringen, und das bedaure ich.
Und auch, dass und wie die Gesellschaft mit Urteilen beziehungsweise Vorurteilen gegenüber der Kirche auftritt, finde ich schade. Zuweilen kann ich darüber nur staunen, weil ich Kirche ganz anders erlebt habe und es auch weiterhin tue. Die diesbezüglichen Stereotypen aber bleiben, wider jegliche

Erfahrung. Das finde ich schwierig. Genau aus diesem Grunde finde ich jedoch die religiöse Entwicklungspsychologie so spannend, weil man dort sehen kann, was so abgeht und wie in der Kindheit Gottesbilder geprägt werden.

Verstehe ich das richtig, dass es dir wichtig ist, gerade diesbezüglich deinen Beitrag zu leisten?

Genau. So stelle ich mir beispielsweise die Frage, wie man bei Kindern im Alter von neun, zehn Jahren eine angemessene Diskussionskultur über Theologie und Religion etablieren kann, die ihnen im Anschluss daran auch etwas bringt, sozusagen angst- und wertfrei. Das ist mir wichtig, ja.

Was würdest du sagen, hat der Fakt, dass du in einem Pfarrhaus gross geworden bist, Auswirkungen auf dein Leben gehabt? Wenn ja, wie?

Ob das Pfarramt meines Vaters, abgesehen von meiner Berufswahl, Auswirkungen auf mein Leben gehabt hat, weiss ich jetzt gar nicht. Vielleicht so, dass meine Eltern beide sehr engagiert und darum viel ausser Haus waren. Schliesslich aber denke ich, dass dies für uns Kinder besser war, als wenn sie ständig daheim gewesen wären, da sie uns auf diese Art und Weise vorgelebt hatten, wie man sich engagiert. Mit Kirche oder dem Pfarramt hat dies direkt aber nicht viel zu tun. Was ich mitgenommen habe, ist eher grundsätzlicher Art, nämlich dass man sich einmischt und versucht etwas mitzugestalten.

Was würdest du aufgrund deiner eigenen Erfahrung sagen: Gibt es dieses «besondere Aroma» des Pfarrhauses?

Bei uns war es einfach sehr lebendig. Man hat immer jemanden angetroffen; so hat mein Vater oft spontan Leute zum Abendessen eingeladen. Auch hatten wir immer mindestens drei Untermieter im Haus, die wiederum Besuch mitbrachten und so weiter. Es war ein ständiges Kommen und Gehen. Stellenweise hatten wir zu acht auch eine einzige Dusche geteilt, etwas, was du dir heute nicht mehr vorstellen könntest. (lacht)

Hat sich deine Einstellung zu Leben und Glück im Laufe der Zeit gewandelt, insbesondere seit du dein Elternhaus verlassen hast?

Was ich feststelle, ist, dass eine Mutterschaft einen wirklichen Einschnitt darstellt. Früher war es mir beispielsweise in einem viel grösseren Umfang möglich, mich mit spirituellen Themen zu beschäftigen. Aktuell kann ich das nicht. Dafür zeigt einem eine Mutterschaft das Leben nochmals von einer völlig anderen Seite, was sicher auch wertvoll ist. Die Zeit mit meinen Kindern möchte ich überhaupt nicht missen. Doch fühle ich mich oft gestresst, weil sie viel schreien und ich selber überhaupt keine Zeit mehr habe, zur Ruhe zu kommen. Du hörst, dass ich die Tage, an denen ich mich über längere Zeit reichlich einem Thema widmen konnte, vermisse und ich mich auch danach sehne, dies in ferner Zukunft wieder öfters tun zu können.

Wie hältst du es eigentlich selbst mit der Religion?

Früher hatte ich alles, was mit Religion zu tun hat, in mir aufgesogen, und zwar nicht nur im christlichen Rahmen. Heute ist dies infolge meiner aktuellen Lebenssituation nicht mehr möglich. Ich hoffe, dass sich das bald ändern wird.

Als *Theologin* stufe ich mich als sehr liberal ein. Eine Position, wie ich sie vertrete, wird bei uns in der Kirche meines Erachtens aber etwas tabuisiert. Vielleicht wird man dadurch auch leicht profillos, jetzt im Gegensatz zu einer evangelikalen Glaubensrichtung.

Und was auch noch zu sagen ist: Kürzlich war ich auf einer Party, an der vor allem Leute aus hohen Positionen anwesend waren. Dort kam eine Frau auf mich zu, die wusste, dass ich *Pfarrerin* bin. Bestimmt während einer halben Stunde hat sie dann auf mich eingeredet, dass sie zwar gerne glauben möchte, es aber einfach nicht schaffe. Gerade jenes Dilemma tritt mir in solchen Kreisen noch öfters entgegen.

Natürlich wollte sie dann auch wissen, wie ich es selber handhabe. Ich selbst halte jedoch schon das Wort gläubig für einen äusserst schwierigen Begriff. Was heisst das und was beinhaltet es genau? Ich bin der Meinung, dass, wenn man dieses Wort benützt, man vielleicht zuerst darüber diskutieren müsste, was für Bilder man in dieser Beziehung braucht und wie man sie anwendet. Obwohl ich jener Frau natürlich auch keine Antwort geben konnte, sagen mir solche Unterhaltungen noch zu.

Hast du eine Botschaft? Wenn ja, welche?

(muss lachen und denkt nach) Es ist schön, wenn man über Religion im Gespräch bleiben kann. Ich bin der Meinung, dass in den Kirchgemeinden fast zu wenig darüber gesprochen wird. Aber Glauben hat für mich jetzt nicht nur mit Gesprächen zu tun, sondern auch mit Gastfreundschaft, mit Begegnungen und Austausch. Ich fände es schön, wenn wir das wieder vermehrt leben könnten.
Und auch wenn die Kirche immer wieder einmal für Negativschlagzeilen sorgt, liegt sie mir doch sehr am Herzen. Ich arbeite gerne in diesem Laden. Allerdings wäre es gelogen, zu verneinen, nicht auch schon daran gedacht zu haben, noch etwas anderes machen zu wollen. Heute weiss ich jedoch, dass ich in solchen Momenten immer wieder an den Punkt komme, wo ich doch wieder zur Theologie zurückfinde. Gerade wenn ich Leute treffe, mit denen ich über Kirche und Religion ins Gespräch komme, wie letzthin an jener Party, gibt mir das einiges. Auch stelle ich dann fest, dass das Interesse an Religion und Kirche nach wie vor existiert.
Dito bei den Kindern. Glaube ist ihnen wichtig. Er bedeutet ihnen etwas. Und ich bin darauf bedacht, jenen nicht zu missbrauchen, den Kindern dafür Wege zu zeigen, wie sie selber darüber nachdenken können. Insofern lautet meine Botschaft, dass man zur Kirche Sorge tragen möge.

Update

Ich bin seit August 2014 Pfarrerin in der Kirchgemeinde Buch am Irchel, welche per 1. Januar 2016 mit den Gemeinden Berg am Irchel und Flaach fusioniert hat und sich seither Kirchgemeinde Flaachtal nennt. Jene hat also als erste Kirchgemeinde den Fusionsprozess, welcher im Kanton Zürich seit einiger Zeit in Gang ist, absolviert. Es gefällt mir sehr gut dort, ich bin zu 60% gewählt. Wohnen tun wir aber weiterhin in Truttikon.

Stephan Hostettler

Flight-Attendant

Stephan Hostettler kommt 1966 in Bern als Einzelkind auf die Welt. Seine Eltern sind beide Theologen. Der Vater, meist in traditionellen Pfarrämtern tätig, arbeitet zunächst im Emmental, danach in Berns Agglomeration und schliesslich im Schwarzenburgerland, wobei die Familie Hostettler meist an dessen verschiedenen Arbeitsorte mitzieht. Stephans Mutter amtet währenddessen in unterschiedlichen Jobs, etwa im Verlagswesen, natürlich aber auch als Mutter, Haus- und Pfarrfrau. Nach der obligatorischen Schule lässt sich Stephan Hostettler zum Detailhandelsangestellten ausbilden, und zwar in der Orientteppich- und Einrichtungsbranche. Als solcher arbeitet er für ein paar Jahre weiter auf dem Beruf, unter anderem auch einmal im Welschland. Das Reisen, die Faszination für fremde Kulturen und Religionen, aber auch das Interesse an den Menschen drängen ihn nach einem Abstecher in die Gastronomie jedoch dazu, sich bei der Swissair als Flight-Attendant zu bewerben. Stephan Hostettler wird angenommen und verdient seine Brötchen seit 1993 als solcher, seit dem Grounding der Fluglinie natürlich bei der heutigen Swiss. In seiner Freizeit, in welcher er weiterhin gerne auf Erkundungstouren rund um den Erdball geht – insbesondere haben es ihm alte, historische Städte angetan –, widmet er sich auch der Kunst, und zwar vornehmlich in der Form von Filmen, Tanz, Theater, Ballett oder auch Ausstellungen. Seit Mitte 2014 lebt Stephan Hostettler, welcher eigentlich in Zürich wohnhaft ist, bei seinem Freund in Winterthur.

Stephan Hostettler

Von Stephan Hostettler erfahre ich an einer Feier für einen erfolgten Umzug. Ein Freund hat seine Helferinnen und Helfer eingeladen und sich mit einem leckeren Essen für ihre Tragdienste bedankt. In der lockeren Runde kommen wir auch auf meine aktuellen Projekte zu sprechen. Da merke ich an, dass mir für das vorliegende Werk noch eine Person fehlt. Sofort fliegen mir mögliche Namen zu. Ich entscheide mich ziemlich rasch für den Flight-Attendant, weil ich a) bislang noch keinen Flugbegleiter porträtiert habe und mir b) sein Leben äusserst interessant vorkommt.

Kurzerhand rufe ich Stephan Hostettler darum eines Morgens an und erreiche ihn sogleich. Ich stelle mich und mein Buchprojekt vor, viel erklären muss ich jedoch nicht, da er bereits gebrieft wurde. Also verabreden wir uns auf einen Vormittag im August 2014.

An einem regnerischen Morgen fahre ich dann nach Oberwinterthur. Stephan Hostettler holt mich am Bahnhof ab, leider habe ich vergessen, ihm mitzuteilen, dass mich für die letzte Strecke der Bus bringt. Als ich ankomme, sehe ich einen etwas ratlosen Mann auf dem Bahnsteig stehen. Als ich ihm jedoch zurufe, ist alles klar. Stephan und ich wechseln zum Du über und befinden uns gleich in einem Gespräch. In der Wohnung angekommen, machen wir es uns am Esstisch gemütlich und er beginnt zu erzählen. Stephan hat so viel erlebt und weiss unzählig viele, interessante und auch wichtige Geschichten zum Besten zu geben, dass wir nach zweieinhalb Stunden vielleicht die Hälfte aller Fragen angegangen sind. Themen wie Glaube und Christentum, aber auch Homosexualität oder Gesundheit werden von uns dabei nur gestreift.

Fürs erste unterbrechen wir, und ich mache mich nach Hause auf, um all die vielen Eindrücke zunächst einmal sinken zu lassen. Um dieses Interview zu vervollständigen, verabreden wir uns schliesslich für zwei weitere, aufschlussreiche Gespräche.

Stephan, wer bist du? Kannst du dich und deine Lebensumstände kurz beschreiben?

Ich bin ein relativ offener Mensch, welcher gerne Kontakt hat und mit anderen Leuten kommuniziert. Dann verfüge ich über viele Interessen. Auch bin ich eher chaotisch veranlagt und nicht sonderlich gut organisiert, so dass ich mich immer wieder einmal selber am Schopf packen muss.

Im Job habe ich diese, meine Seite ziemlich im Griff. Pünktlichkeit ist dort ja zentral. Im Privaten übe ich allerdings noch, da ich von meiner Art her einfach sehr spontan bin. Ich weiss, dass ich andere Menschen damit schnell überfordern oder auch verwirren kann. Und gerade in unserer Beziehung hält mir mein Partner diesbezüglich immer wieder einmal den Spiegel vor.

Kannst du mir deine Faszination fürs Fliegen und deinen Beruf als Flugbegleiter noch etwas ausführen?

Diese ist eigentlich nach wie vor dieselbe, wie zum Zeitpunkt, als ich damit begonnen hatte: eine Arbeit, die mit Menschen zu tun hat – durchaus auch gerne immer wieder mit unterschiedlichen und unbekannten Leuten, betreffe das jetzt unsere stets neu zusammengestellten Crews oder auch die Passagiere aus aller Herren Ländern und Kulturen. Zwar ist der Umgang untereinander in solch wechselnden Konstellationen nicht immer einfach, sie machen meine Arbeit aber auch spannend. Dazu kommt, dass mir ein eher unregelmässiger Arbeitsrhythmus behagt. Und schliesslich sagt mir auch das Unterwegssein nach wie vor zu. Ich habe praktisch jeden Tag ein neues Reiseziel.

Danke. Wie bist du aufgewachsen?

Ursprünglich als völliges Landei, was ich jetzt nicht abschätzig meine. Für mich war es als Kind wichtig, draussen auf dem Lande aufzuwachsen. Dadurch, dass ich Einzelkind bin, war es mir dort nämlich gut möglich, mich mit vielen Spielkameraden zu umgeben. Mit jenen hielt ich mich oft im Wald oder in der Natur auf, was mir sehr gut getan hatte.

Später, in der Agglomeration, wurde das Knüpfen von Kontakten für mich schwieriger. Ich fühlte mich zu Beginn ziemlich unwohl und einsam. Auch

wurde mir erst dort, in jener Berner Vorstadt, so richtig bewusst, dass ich Einzel- und auch Pfarrerskind war. In Lauperswil im Emmental wurde meine Einsamkeit durch das viele Draussensein und/oder die ständigen Spielkameraden wie wettgemacht. Und mit dem Pfarrersohn wurde auch eher natürlich und respektvoller umgegangen. In Stettlen hingegen wurde anfangs oft auf mich herabgeschaut, oder dann wurde ich gehänselt, ausgelacht und oft sogar zusammengeschlagen. Ja, das war keine einfache Zeit. Dort musste ich regelrecht lernen, mich zu behaupten.
In Bern schliesslich entspannte sich dann alles wieder. Beim Umzug in die Hauptstadt war ich aber auch schon beinahe erwachsen und hatte damit angefangen, meine eigenen Wege zu gehen, so dass mich die Probleme, welche ich zuvor hatte, rasch in den Hintergrund rückten.

« Meine Eltern führten immer total offene Häuser, welche während 24 Stunden ‹in Betrieb› waren. **»**

Wie hast du deine Eltern wahrgenommen?

Wie soll ich sagen? – Ich denke, dass meine Erziehung nicht immer einfach war. Einerseits weil ich als Säugling und Kleinkind oft krank war und den Eltern so immer wieder einmal Sorgen bereitet hatte, andererseits aber auch durch etliche Probleme, welche ich in der Schule hatte. Wie oben erwähnt, hielt ich mich lieber in der Natur auf und hatte eher Mühe, mich auf den Schulstoff zu konzentrieren, natürlich auch infolge meines eher chaotisch veranlagten Charakters. Trotz alledem hatte und habe ich eigentlich stets ein intensives und gutes Verhältnis zu meinen Eltern. Unseren Kontakt würde ich als *herzlich, offen* und *gut* bezeichnen.
Meinen Vater würde ich als jemanden beschreiben, welcher lange Zeit äusserst streng mit sich ins Gericht ging und sich ständig selber geprüft hatte. Ausserdem setzte er sich meines Erachtens praktisch unablässig ein, vor allem natürlich in seiner Arbeit, aber auch in Sachen Pazifismus oder weltweite Kirche. Sein Beruf war für ihn in diesem Sinne eine Berufung, währenddessen Mutter sich anderweitig ausrichtete. Dass sie als Pfarrerin gleichermassen hätte aufgehen können, kann ich mir weniger vorstellen. Sie war

und ist eine äusserst spontane Frau. Ausserdem wäre ihr eine Arbeit ausschliesslich als Pfarrerin wahrscheinlich zu einseitig gewesen. So gesehen war es gut, dass sie nicht nur eine Stelle – und damit nur eine Rolle – als Pfarrerin angenommen hatte, sondern sich daneben stets noch anderweitig engagieren konnte. Vor allem mit der von ihr so geliebten Arbeit mit Kindern und Jugendlichen konnte sie sich wie ihren eigenen Bereich kreieren. Auch erteilte sie Unterricht, schrieb eine Kinderbibel oder arbeitete für längere Zeit im Verlagswesen, was sie alles sehr erfüllte.
Und neben all diesen Aufgaben gab es für sie noch die Rolle der Pfarrfrau, die gelebt werden wollte und sollte. Auch jene bekam sie gut hin. Zwar war sie beileibe nicht die klassische Pfarrfrau, die einfach in Vaters Schatten gestanden hätte, nur schon, weil sie von Haus aus jemand äusserst Initiatives war und ist. Aber, wie schon erwähnt, sicherlich auch dank ihres ebenfalls grossen Engagements machte sie vieles wett. Einzig in ihrer Rolle als Mutter und Hausfrau kam sie hin und wieder an ihre Grenzen. Ich selber würde jetzt aber nicht behaupten, dass sie mir zu wenig Zuwendung entgegengebracht hätte, der Haushalt hat unter ihren Mehrfachrollen und -aufgaben allerdings schon gelitten. (muss lachen)
Meine Eltern waren und sind ausserdem von einem äusserst grossen und aufgeschlossenen Geist beseelt. Bis auf unsere Station in Bern, wo wir ja nicht mehr in einem offiziellen Pfarrhaus gewohnt haben, führten sie nämlich immer total offene Häuser, welche im Grunde während vierundzwanzig Stunden am Tag «in Betrieb» waren. Jene Haltung führte dann dazu, dass man nie so genau wissen konnte, wer auch noch mit am Mittags- oder Abendtisch sitzen würde. Das konnten Mitarbeiterinnen und Mitarbeiter sein, die schon beinahe zum erweiterten Familienkreis gehörten, oder auch Hausierer. Insbesondere ein Clochard kehrte praktisch alle paar Monate bei uns ein und wohnte dann auch für etliche Tage bei uns.

Was hat das mit dir gemacht?

Die Offenheit meiner Eltern hat mich insofern geprägt, als dass ich gelernt hatte, auch Menschen, die am Rande der Gesellschaft leben oder nicht sonderlich geachtet sind, Respekt entgegenzubringen und auch an solchen Kontakten ein Interesse zu haben.
Ebenso öffnete mir Vaters Engagement in Sachen weltweiter Kirche meinen Horizont ein weiteres Mal. Auf alle Fälle würde ich die Kontakte, die wir

dadurch hatten – ich denke da an afrikanische oder asiatische Kirchenleute, welche bei uns zu Gast waren –, schon als zumindest *einen* Auslöser für meine Faszination an fremden Kulturen, anderen Religionen und fremdländischem Essen bezeichnen.
Und obwohl ich als Pfarrerssohn ja auch angefeindet wurde, habe ich mich für meine Eltern nie geschämt. Trotzdem habe ich mir den Weg, welchen sie eingeschlagen haben, für mich nie vorstellen können, vor allem auch, als es dann um das Praktische ging, da ich ja nicht sonderlich akademisch unterwegs bin. Als Kind hatte ich im Spiel allerdings des öfteren die Rolle des Pfarrers inne. (muss lachen) Und der Klang von Glocken oder auch das Spiel der Orgel vermögen mich nach wie vor zu berühren.

Hat sich der Beruf deiner Eltern auf dein Leben ausgewirkt? Wenn ja, wie?

Selbstverständlich hat mich der christliche Glaube geprägt, vor allem durch die Kinder- und Jugendarbeit, in die ich hineingewachsen bin, aber auch durch meine Teilnahme an der CVJM-Jungschar, am Ende sogar als Leiter von Gruppen und Freizeiten.
Dann bekam ich natürlich viel vom kirchlichen Leben mit auf den Weg. So habe ich unzählige Gottesdienste besucht und *weiss,* wie jene ablaufen. Oder dann durfte ich hin und wieder auch dem Orgelstimmer bei der Arbeit über die Schulter schauen und danach auf der imposanten Kirchenorgel spielen, sicherlich Erfahrungen, die nicht jedermann macht.
Ebenfalls mag ich mich an den Besuch einer katholischen Firmung eines Cousins von mir mit all den spannenden Ritualen, geheimnisvollen Düften, feierlichen Gesängen, prunkvollen und bunten Gewändern et cetera erinnern. Als ich im Anschluss daran lauthals verkündet hatte, dass ich fortan katholisch sein wollte, einfach nur aus dem Grund, weil mir jene Riten sehr viel spannender vorgekommen waren, stiess dies bei meinen Eltern, trotz aller Offenheit und ökumenischer Haltung, auf keine so grosse Gegenliebe. (muss lachen)
Und ich meine, dass ich ein Stück weit in einer wohlbehüteten und, man könnte auch sagen, ziemlich heilen Welt aufgewachsen bin. Dass mir jene eines Tages dann zu viel und zu eng wurde, versteht sich beinahe von selbst. So gab es auch mal eine Zeit, in welcher ich mich davon los strampelte. Gerade dadurch, dass ich über keine Geschwister verfügte, war die ganze Elternliebe natürlich auf mich konzentriert. Und obwohl meinen Eltern dieser

leicht einseitige Fokus an Liebe bewusst war, wurde ich dadurch trotzdem ein wenig vom Rest der Welt abgeschirmt. Mit dem Gang ins Militär und meinem Auszug wurde es mir jedoch allmählich möglich, meinen eigenen Weg zu gehen. Ja, in jener Zeit begann ich mich vermehrt über die Art und Weise, wie ich aufgewachsen war, zu hinterfragen.

«Zwischendurch bete ich auch. Das kann dann an Jesus Christus gerichtet sein oder auch weniger an eine bestimmte Gestalt adressiert.»

Noch mehr Raum und Zeit nahm allerdings die Auseinandersetzung mit meiner sexuellen Orientierung ein. Allmählich hatte ich nämlich damit begonnen, mich mehr darauf einzulassen und je länger je mehr zu merken, dass das, was ich im Prinzip schon seit langem gespürt hatte, Wirklichkeit war. Ganz im Sinne von: «Doch, ich empfinde anders als die Mehrheit. Ich bin schwul.» Nun habe ich dir von der bei uns herrschenden Offenheit ja schon berichtet. Demzufolge waren auch Gespräche über Sexualität bei uns keine Seltenheit, doch beim homosexuellen Geschlechtsleben hatten meine Eltern wie einen Knorz. Leider, leider, muss ich heute sagen. Aus diesem Grunde erstaunt es nicht weiter, dass die Zeit bis zu meinem Comingout eher einem steinigen Weg glich. Durch einen Freund, mit dem ich in der damaligen WG zusammen gewohnt hatte, lernte ich jedoch erstmals Schwule kennen. Und als ich während eines halben Jahres in England weilte, um mein Englisch aufzubessern und zu reisen, fühlte ich mich erstmals vollständig von der elterlichen Kontrolle befreit. Dort öffnete ich mich dann auch ersten, sexuellen Erfahrungen, machte also den Knopf auf ... Und zurück in Bern suchte ich sogleich Anschluss an die schwule Szene. Von dem, was mir da entgegentrat, war ich zunächst jedoch geschockt, da mir vieles nicht vertraut war. Im nachhinein betrachtet, darf ich jedoch sagen, dass ich ziemlich rasch Anschluss gefunden habe und es für mich seither auch nichts mehr Aussergewöhnliches darstellt, wenn sich zwei Frauen an den Händen halten oder sich Männer küssen.
Als es schliesslich darum ging, meine Homosexualität auch den Eltern gegenüber offenzulegen, war ich zunächst unsicher. Mir war jedoch von Beginn

weg klar, dass ich mich auch ihnen gegenüber outen wollte. Den Zeitpunkt dafür hatte ich schliesslich auf den Heiligabend des Jahres 1988 gelegt. Entgegen meiner Erwartung protestierte Vater nicht gross. Zwar musste er sich zunächst mit dem Comingout anfreunden. Diese Auseinandersetzung fiel ihm nicht leicht, mein Sohn-Sein kam bei ihm aber vor allem andern. Und das war und ist sehr schön. Mutter hingegen hatte mehr zu beissen. Sie erlitt einen Zusammenbruch und fiel im Anschluss regelrecht in eine Depression. Lange Zeit hatte sie nämlich wie das Gefühl, dass der Grund, dass ich schwul bin, darin liegt, dass sie mich mit allzu viel Zuwendung bedacht und darum falsch erzogen oder gar verzogen hätte. Heute aber stellt meine sexuelle Orientierung bei meinen Eltern überhaupt kein Problem mehr dar. Und Mutter hat sogar eine Wende um hundertachtzig Grad gemacht. Nach intensiver Beschäftigung mit dem Thema verteidigt sie uns Homosexuelle heute durchs Band, was mich enorm freut. Vater hingegen hat mein Comingout eher im Stillen verarbeitet. Aber auch für ihn ist meine sexuelle Ausrichtung heute das Normalste der Welt.

Wie hältst du es selbst mit dem Glauben?

Um es kurz zu fassen: Alles, was ich bis hierhin erzählt habe, hat mich geprägt. Und trotzdem war für mich auch während der härtesten Zeiten immer klar, dass ich den christlichen Glauben nicht über den Haufen werfen würde, denn dessen Werte halte ich ziemlich hoch.
Mit der Kirche als Institution hingegen habe ich jedoch nicht mehr viel am Hut. Auch aufgrund gewisser negativer Reaktionen aus der Gemeinde betreffend meiner Homosexualität habe ich mich eher davon distanziert. Zwar besuche ich hin und wieder einen Gottesdienst, mit der institutionalisierten Religion aber habe ich grundsätzlich meine Probleme. Trotz alledem würde ich meinen, mir vieles vom christlichen Glauben bewahrt zu haben, eine bestimmte Grundhaltung etwa, die meine Einstellung zum Leben prägt. Oder dann bete ich zwischendurch auch. Das kann dann an Jesus Christus gerichtet sein, welcher nach wie vor eine grosse Bedeutung für mich hat, oder auch weniger an eine bestimmte Gestalt adressiert.
Diesbezüglich finde ich es zum Beispiel äusserst spannend, mit meinem Partner zu diskutieren, welcher durch sein thailändische Herkunft einerseits eine buddhistische Prägung mitbringt, durch seine Taufe und das Aufwachsen in der Innerschweiz aber auch eine ziemlich katholische Sozialisation hat.

Am wichtigsten ist mir allerdings schon mein persönlicher Glaube, der meine Ausrichtung aufs Leben wiedergibt und mir auch immer wieder beim Verarbeiten von Rückschlägen und Problemen hilft.
Anzumerken ist vielleicht noch, dass ich gerade auch in Bezug auf Glaube und Religion immer wieder einmal mit meinen Eltern diskutiere. Seit beide pensioniert sind und sich an ihrem neuen Wohnort neu ausrichten mussten, hat sich bei ihnen nämlich einiges verändert. Es ist nicht mehr alles derart in Stein gemeisselt, was den gegenseitigen Austausch enorm bereichert.

Hast du eine Botschaft? Wenn ja, welche?

Du stellst mir da keine einfache Frage. (Pause) Vielleicht so, meine Botschaft lautet, dass ich jener Mensch sein will und kann, welcher ich wirklich bin. Dass ich also das leben kann, was für mich stimmig ist.
Ich bin ja aber kein Missionar. Die beste Art des Übermittelns einer Botschaft ist sicherlich jene, wenn Menschen einfach *das* leben, was für sie wichtig ist und sie prägt, im besten Sinne also von «Liebe weitergeben». Ja, die Liebe ist sowieso das Wichtigste im Leben, und diese gebe ich, auch wenn solcherlei Tun gar nicht immer einfach ist, gerne weiter.

Update

Lieber Matthias,
Zwar liegt dieses Interview nun schon etwas mehr als zweieinhalb Jahre zurück und stellt so gesehen eine Moment- und Zeitaufnahme dar. Grundsätzlich kann ich jedoch nach wie vor gut dahinter stehen. Es gibt nichts, das man noch hinzufügen müsste. Ein Update ist also nicht nötig.

Regula Kaeser-Bonanomi

Keramikerin[33]

Regula Kaeser-Bonanomi, die Nichte der in diesem Buch ebenfalls porträtierten Renée Bonanomi, wird 1966 als Jüngste in eine eben entstehende Pfarrfamilie hineingeboren. Vater Bonanomi studiert auf dem zweiten Bildungsweg Theologie und wird erst Pfarrer, als Regula selbst in die Schule kommt. Diese absolviert sie in Zollikofen. Nach ein paar Semestern auf dem Gymnasium hat die kreative Frau jedoch genug vom intellektuellen Unterricht und besucht stattdessen den Vorkurs an der Schule für Gestaltung in Bern. Daran hängt sie noch die vierjährige Keramikfachklasse an. Regula Kaeser heiratet, bekommt zwei Söhne und erschafft in ihrer eigenen Töpferei seit zwanzig Jahren poetische Keramik – inspiriert von Begegnungen an Jahreskreisfesten in der Natur. Ihre Begeisterung gibt sie ausserdem in Ritualen in ihrer Töpferei weiter. Für ihren Lebensunterhalt, und um den erwachsenen Söhnen den Abschluss ihrer Studien zu ermöglichen, arbeitet Regula Kaeser-Bonanomi nebenbei noch Teilzeit als Arbeitsagogin in einer Töpferei mit Menschen mit einer geistigen Behinderung. Zusammen mit ihrem Mann lebt sie in Münsingen.

Regula Kaeser-Bonanomi

Regula Kaeser-Bonanomi wird mir von Freunden aus dem Bernbiet empfohlen, als ich ihnen auf einer Reise ins nahe Norditalien von meinem neuen Buchprojekt erzähle. Sie sei eine tolle Person, die sie vom gemeinsamen Singen in einem Chor kennen. Sie müsse ich unbedingt treffen und interviewen, was ich gerne tue.
Als ich Regula Kaeser-Bonanomi nach meiner offiziellen Informations-Mail anrufe, kommt mir am Telefon eine fröhliche Person entgegen, die meinem Ansinnen gegenüber äusserst aufgeschlossen ist. Ich erkläre ihr das Prozedere, sie zeigt sich interessiert und meint zum Schluss, dass man durch diese Arbeit doch immer auch recht viel über sich selber in Erfahrung bringe und damit eine Gelegenheit bekomme, die eigene Geschichte zu reflektieren. Sie sage zu, was mich freut.
Als ich an einem wunderbar warmen Herbsttag im Jahre 2013 im Berner Aaretal ankomme, empfängt mich eine warmherzige Frau in ihrem Garten. Wo wir das Interview machen sollen? Drinnen oder draussen? Meine Standardantwort, dass es ruhig und vor allem angenehm sein soll, greift diesmal nicht, da es Regula, wie ich sie fortan nennen darf, sowohl im Haus wie im grossen, wilden Garten äusserst angenehm ist. Und dieses Wohlsein mit sich und der Welt strahlt sie auch aus. Schliesslich entscheiden wir uns für ein schnuckeliges Plätzchen, draussen, an der noch äusserst warmen Sonne, direkt vor ihrem Atelier. Regula tischt Zwetschgen, Heidelbeeren und andere Köstlichkeiten auf, und wir beginnen mit dem Gespräch.

Regula, wer bist du? Kannst du dich und deine Lebensumstände bitte kurz beschreiben?

(muss herzhaft lachen) Was für eine Frage gleich zu Beginn? Wer bist denn du? (Da ich vorderhand schweige, fährt sie fort.) Also, ich bin Regula. Und was meine Lebensumstände angeht, so befinden wir uns hier im Garten unseres Hauses, welches wir seit fünfundzwanzig Jahren bewohnen. Es handelt sich dabei um das Haus meiner Grosseltern, wo meine Mutter gross wurde. Damals sind mein Mann und ich hier eingezogen, als unsere Buben noch klein waren. Mittlerweile sind diese aber erwachsen und längst ausgeflogen, so dass wir jetzt hier alleine leben. Wir geniessen es sehr an diesem wunderbaren Platz. Einerseits haben wir das Dorf, die Eisenbahn oder auch die Einkaufsläden in der Nähe, andererseits sind aber auch die Berge, der Wald und die Felder nicht weit weg. Ausserdem verfügen wir über einen wunderbaren, wilden Garten, welcher uns ebenfalls sehr entspricht. Zwar nehmen wir uns alljährlich vor, mehr darin zu arbeiten, lassen es dann schliesslich aber doch bleiben, so dass er nach und nach überwuchert. Aber auch diesen Zustand können wir geniessen. Es ist einfach schön, dass unser Garten so sein kann, wie er ist, und wir freuen uns über alles, was sich da von selbst ergibt. Und was wir daraus alles ernten können ... Dieses Jahr haben sich hier zum Beispiel zum ersten Mal Karden gezeigt, gerade jetzt, wo ich ihrer so bedarf. Das ist unglaublich schön.

Und zu meinen Lebensumständen: Als junge Frau besuchte ich einmal das Gymnasium, wollte aber eigentlich schon immer mit den Händen arbeiten, so dass ich den Vorkurs an der Kunstgewerbeschule und im Anschluss daran auch noch die Keramikfachklasse absolviert hatte; ich wurde also *Keramikerin.* Das wunderbare am Besitz eines eigenen Hauses nun ist, dass ich vor ungefähr zwanzig Jahren ein Atelier daran anbauen konnte, so dass ich heute über die schönste Töpferei verfüge, die es überhaupt gibt. (muss lachen) Wie du siehst, besteht diese aus sehr viel Glas. Wenn man sich darin aufhält, habe ich das Gefühl, draussen zu sein, oder wenn es aufs Dach regnet, höre ich jeden Tropfen. Auch sieht man von dort in den Garten, welchen ich so liebe, hinaus und ist trotzdem sehr geborgen.

Zu Beginn wollte ich mit meiner Töpferei ja Geld verdienen, was jedoch nicht funktioniert hat, weil das Verkaufen von Keramik allgemein eher harzig ist. Aus diesem Grunde habe ich bald einmal damit begonnen, in diversen Institutionen mit Menschen mit einer Behinderung zu töpfern. Aus demselben Grund machte ich berufsbegleitend auch die Ausbildung zur *Arbeitsagogin,* und als solche arbeite ich nach wie vor zu sechzig Stellenprozenten, und zwar ausschliesslich im Töpfereibereich. Das sagt mir zu, da ich so den ganzen Tag über Lehm in der Hand haben kann und Menschen mit Behinderung in ihrer Kreativität unterstützen darf.

Wie bist du aufgewachsen?

Ich wuchs mit drei älteren Geschwistern in einer äusserst warmen, liebevollen und schönen Atmosphäre auf, wo ich stets das Gefühl hatte, willkommen und geliebt zu sein.

Dadurch, dass mein Vater erst kurz nach meiner Geburt mit dem Theologiestudium begonnen hatte, sind wir zu jener Zeit viel umgezogen. Zuvor war er Vermessungsingenieur. Wir haben also oft in kleinen Wohnungen gehaust und immer wieder auch einmal an einem anderen Ort. Während seines Pfarrvikariates lebten wir dann in Flamatt, bevor es uns nach Zollikofen verschlagen hatte, wo meine Eltern heute nach wie vor leben. Bei meinem Aufwachsen gab es also wie zwei Teile, einen ersten, in dem wir viel umhergezogen waren und auch schmal durch mussten – beispielsweise, dass alle vier Kinder im selben Zimmer und die Eltern im Wohnzimmer schliefen –, und dann einen zweiten, wo wir fest in Zollikofen installiert waren, mit einem grossen Pfarrhaus und allem, was dazugehört.

Was meine älteren Geschwister angeht, so hatten diese schon darunter zu leiden, dass sie plötzlich Pfarrerskinder waren und dadurch wie unter erhöhter Beobachtung standen und so auch etwas wie Massstab zu sein hatten. Darum versteht es sich von selbst, dass diese irgendwann ausbrachen. Als dann ich drauf und daran war, in die Schule zu gehen, hatten die Lehrer wie gar keine Lust mehr zu schauen, wer nun die jüngste Bonanomi wirklich war. Jedermann ging wie selbstverständlich davon aus, dass es bei mir wie mit meinen älteren Geschwistern sein würde, was wiederum mir zu schaffen machte, da ich mich dadurch einfach nicht als diejenige wahrgenommen fühlte, die ich wirklich war. Deshalb wechselte ich bei der erstbesten Möglichkeit nach Bern ans Untergymnasium, wo es mir endlich wieder möglich war, ich selber zu sein und mich zu entfalten.

Wie hast du deine Eltern wahrgenommen?

Vater war stets offen für alle Schichten und Menschen um uns herum, weshalb unser Haus immer voll war. Das war noch schön. Unter anderem hatte er immer wieder junge Frauen aus dem nahen Frauengefängnis zu uns eingeladen, was für Mutter dann natürlich Mehrarbeit bedeutet hatte. (muss lachen) In dieser Richtung gäbe es übrigens noch einige Stories zu erzählen …
Mutter war durch und durch Pfarrfrau, die auch die strengen Seiten eines solchen Daseins mitbekommen hatte. Erst kürzlich hat sie mir beispielsweise anvertraut, dass es nicht immer einfach gewesen sei, in ein und derselben Küche streng zu den straffällig gewordenen jungen Frauen zu sein, währenddessen für die eigenen Kinder das Herz weich, weit und offen war. Wenn du mich fragst, hat sie jenen Spagat aber super hingekriegt. Meine Mutter habe ich darum immer als sehr lieb empfunden. Bei ihr konnte ich viel Liebe und Wärme tanken.

Was hat das mit dir gemacht?

Was ich geschätzt hatte, war, dass Vater oft daheim anzutreffen war. Nicht so wie viele andere Papis, die morgens ins Büro gehen und abends wieder heimkehren. Hatte ich irgendein Anliegen, so konnte ich praktisch jederzeit zu ihm gehen und ihm jenes vorlegen, denn dafür war er äusserst aufgeschlossen, wie zum Beispiel nachmittags Rollschuhe kaufen zu gehen oder ähnliches. (muss lachen) Und wenn ich es mir so recht überlege, hatte ich diese «Dienste» auch in Anspruch genommen. Denn ich galt als «die kleine Freche». Und Vater mochte es, dass und wenn ich laut und wild war.
Was auch noch zu erwähnen wäre, ist, dass wir uns praktisch keine biblischen Geschichten anzuhören hatten. Vater war diesbezüglich äusserst zurückhaltend. Sein eigener Vater – auch ein Pfarrer – war nämlich sehr missionarisch gewesen. Und so wollte Vater definitiv nicht sein. Natürlich erfuhren wir das eine oder andere oder schauten wir uns auch Bilderbücher von biblischen Geschichten an. Niemals aber hätten wir in den Gottesdienst gehen müssen, wenn wir dazu keine Lust hatten, weshalb ich heute wenig über biblische Geschichte weiss. Wahrscheinlich ist das aber schon in Ordnung.

Hat sich der Beruf deines Vaters auf deine eigene Berufswahl ausgewirkt? Und wenn ja, wie?

(denkt nach) Also meine direkte Berufswahl mit fünfzehn, sechzehn Jahren sicherlich nicht, höchstens in Abgrenzung dazu, dass ich also etwas Handwerkliches lernen wollte, das im Gegensatz zum Studierten steht und weniger hoch angesehen ist.

Was aktuell jedoch gerade am Wandeln ist, ist der Umstand, dass es mich mehr und mehr dahin zieht, Rituale draussen in der Natur und auch mit Ton in meiner Werkstatt anzubieten und zu gestalten. Wie mein Vater ermögliche ich Menschen spirituelle Erlebnisse und mystische Erfahrungen; und gerade diesbezüglich übt Vaters Beruf selbstverständlich einen bestimmten Einfluss auf mich aus. Einerseits abermals in Abgrenzung zu ihm, indem ich meine Rituale nämlich nicht an ein Dogma kopple, sondern an die Jahreszeiten, die ja von Natur her gegeben sind. Andererseits aber auch in Übereinstimmung zu ihm, weil beim Feiern jener Feste immer wieder auch äusserst schöne und magische Momente entstehen, die er so sicherlich auch kennt und erlebt hat.

Auf den Punkt gebracht, kann man es vielleicht so ausdrücken, dass zwar mein Weg, mehr Rituale anzubieten, noch am Wachsen ist, beim Feiern jener Feste es aber auch um Religion und um spirituelle Handlungen geht. Und diese haben natürlich viel mit Vater und seinem Beruf gemein.

Oder sogar auf dein Leben? Und wenn ja, wie?

Vielleicht so, wie ich es dir zuvor gesagt hatte, dass ich so rasch wie möglich aus dem Dorf weggehen wollte.

Was würdest du aufgrund deiner eigenen Erfahrung sagen: Gibt es dieses «besondere Aroma» des Pfarrhauses?

Ja, das würde ich bejahen, denn ich selber habe natürlich schon das Bild des traditionellen Pfarrhauses mitbekommen. So verfügten wir, wie erwähnt, über ein grosses Haus mit sehr viel Platz. Oder dann kamen, wie damals noch gesagt wurde, Landstreicher bei uns vorbei, die bei uns eine Suppe

oder auch einen Mantel bekommen hatten, und auch Dorfjugendliche, die es zu Hause schwer hatten. Alle landeten schliesslich bei uns.
Auch mag ich mich erinnern, dass wir einmal für eine gewisse Zeit einen Musiker bei uns beherbergt hatten oder eine schwarze Familie aus Afrika. Wie hatte ich dieses bunte Leben geliebt. Und was die Landstreicher immer wieder für verschiedene Geschichten parat hatten – Erfundene oder Erlebtes. Das war herrlich!

Hat sich deine Einstellung zu Leben und Glück im Laufe der Zeit gewandelt, insbesondere seit du das Pfarrhaus verlassen hast?

(denkt nach) Mir kommt jetzt eher das Sterben in den Sinn. Zwar weiss ich nicht, ob das zum Thema passt, das ist aber das, war mir jetzt gerade einfällt. Kurz nach meinem Auszug aus dem Elternhaus hatte ich einen Suizid aus nächster Nähe erlebt, welcher mich enorm geprägt und auch meine Einstellung zur Kirche beeinflusst hatte. Bei jener Person handelte es sich um meine damals beste Freundin. Die Beerdigung hatte zwar mein Vater gehalten, und auch die Kirche als Raum zum gemeinsamen Abschiednehmen gefiel mir, ebenso das Lied mit der schluchzenden Stimme und die Töne des Kontrabasses unseres Freundes aus der gemeinsamen WG. Doch Religion und Kirche vermochten mir damals einfach keine Antworten auf meine Fragen zu geben. Das dort Geäusserte konnte mich nicht erreichen, und ich selbst fand keinen Trost in den herkömmlich überlieferten Worten. Ich erhielt schlicht nicht, was ich gebraucht hätte.
Jener Moment der grossen Fragen stellte damals wie eine Art Wendepunkt in meinem Leben dar, indem ich mir sagte, dass ich mich anderswo auf die Suche zu machen hatte. Das Überlieferte war für mich nichts mehr. Zwar bin und bleibe ich auch heute offiziell in der Kirche, einfach, weil ich nur schon beim eigenen Aufwachsen gesehen habe, wie wichtig diese gerade auch in sozialen Dingen ist. Vom Spirituellen her wurde ich damals im Herzen jedoch nicht erreicht, weshalb ich mich auf die Suche gemacht hatte. Unter anderem ging ich als Schwangere ins Yoga. Einmal, das weiss ich noch gut, sagte ich zu meiner Yoga-Lehrerin, dass ich so viele Fragen zum Suizid meiner Freundin hätte, jedoch keinerlei Antworten. Daraufhin meinte jene bloss, dass es gar keine Fragen gäbe, was mir enorm gut getan hatte. Jene Antwort gab mir immerhin während mindestens zehn Jahren einmal Ruhe. Danach beschäftigte mich der Tod und das Sterben erneut. Ich suchte abermals im

Osten nach Antworten, aus heutiger Sicht wurde ich dort allerdings auch nicht mehr wirklich abgeholt. Erst als ich die Jahreskreisfeste kennenlernte, durfte ich merken, dass ich ja *hier* suchen musste, jedoch nicht im Christentum, sondern eher in dem, was es davor und darunter gab. Dort komme ich persönlich nach Hause. Ich sage nicht, dass dies der Weg für jedefrau und jedermann sein muss. Für mich aber stimmt er so, der Weg des Zyklischen. Jener hilft mir, Frieden zu schliessen, gerade auch mit dem Suizid meiner Freundin.
Anfügen möchte ich noch, dass ich Kirche und Religion an und für sich nicht schlecht finde. Ich will keine Energie darauf verwenden, mich gegen sie zu stellen. Damals war ich einfach spirituell unterernährt. Wenn sich aber Kirche und die neueren Formen der Spiritualität, wie sie mehr und mehr von vielen Leuten gelebt werden, begegnen, befruchten, ergänzen und bereichern können, dann finde ich das toll und helfe ich gerne mit.

Jetzt hast du mir bereits die nächste Frage beantwortet, die da lautet: Wie hältst du es selbst mit der Religion?

Okay, wobei ich es nach wie vor schwierig finde, das, was ich meine, mit Religion zu bezeichnen. Zwar meint Religion vom Wort her ja eigentlich «Rückverbindung», was mir gefällt, doch bereitet es mir auch immer wieder Mühe zu, da ich damit Dinge wie Buch, Institution, Festgesetztes, Geschriebenes oder auch dogmatische Richtigkeit in Zusammenhang bringe. Da aber auch Spiritualität mittlerweile bereits ein abgenutzter Begriff ist, finde ich es wirklich nicht einfach. Unsere eigenen Feiern nennen wir zwar *Rituale,* doch auch darunter kann natürlich alles mögliche laufen. Dennoch stellt jener Begriff jetzt, für das, was ich tue, noch den stimmigsten dar. Zwar ist auch er nicht in Stein gemeisselt und kann sich womöglich noch wandeln, im Moment arbeite ich aber gerne damit.

Hast du eine Botschaft? Wenn ja, welche?

(muss lachen) Mein Gott, du hast Fragen ... (denkt nach) Mir kommt wieder eine Geschichte in den Sinn. (Regula steht auf und holt etwas aus ihrem Atelier.) Als ich damit begonnen hatte, in Institutionen zu arbeiten und so Geld zu verdienen, hatte ich mich dahingehend befreit, hier im Atelier nur noch das zu tun, was ich wirklich tun will. Ich fing an, innere Bilder zu materialisieren, die ich *Göttinnen* nannte, und so entstand auch ein Wesen namens *Gaia*, die Mutter Erde also. An einer Ausstellung hiess sie jedoch *Zwischen Himmel und Höhle.* Und die Story, die ich dir dazu erzählen möchte, ist gleichzeitig auch meine Botschaft. An jenem Skulpturenweg kam eine Frau auf mich zu, die meinte, dass dadurch, dass ich es wage, meine eigenen, inneren Bilder hervorzuholen und nach draussen zu bringen, sie selbst dazu ermutigt werde, es mir gleich zu tun. Das berührte mich sehr und tut es weiterhin. Genau darum geht es mir. Dass Menschen sich von meiner Kunst oder meinen Ritualen berühren lassen und dadurch zu sich und ihrem Eigenen finden können.

www.keramikerin.ch

Update

Seit 2014 arbeite ich selbstständig als Keramikerin, Trauerbegleiterin und Ritualleiterin, draussen in der wilden Natur oder hier in meiner Töpferei, geleitet von den zyklischen Vorgängen in Allem. Immer wieder bin ich beeindruckt, wenn ich miterleben kann, wie die Menschen, die ich begleite, ihre Lösung, den nächsten Schritt, das Wunder bei sich selber finden. Wie sich im Kleinen das Grosse wiederfindet. Da machen plötzlich Handabdrücke im Ton etwas Unsagbares sichtbar und so entstehen magische Momente im Rauschen des regenbogenfarbigen Wasserfalles. Auch bei mir selber läuft es ja so: Ich sitze ruhig am Bach und da springt mir die Kröte in den Schoss, welche mir zuvor als Traumbild erschienen ist und die ich so gross wie mich modelliert habe, um sie ins Wasser zu setzen, wo sie sich auflöst und Schlamm wird, aus dem ich wieder formbaren Ton kneten kann …

Andreas Leupin

Physiker

Andreas Leupin, Jahrgang 1961, wird als ältestes von vier Kindern in eine Pfarrfamilie in Wangen bei Dübendorf geboren, wächst vornehmlich aber in Küsnacht auf. Dort wird er begeisterter Pfadfinder und bekommt das Interesse an der Naturwissenschaft von seinem Vater vermittelt; insbesondere hat es ihm dabei die Astronomie angetan. Trotzdem absolviert Andreas Leupin die A-Matura, bevor er sich für ein Studium der Experimentalphysik an der ETH Zürich entscheidet. Kurz nach Abschluss seiner Dissertation beginnt er bei der Hauptabteilung für die Sicherheit der Kernanlagen in Brugg zu arbeiten, dem heutigen Eidgenössischen Nuklearsicherheitsinspektorat, wo er mittlerweile die Stelle als Leiter des Messlabors innehat. Kurz nach seinem Umzug in den Aargau gründet der stattliche Mann einen Gospelchor, welchen er während fünf Jahren auch leitet. Mit der Heirat und der Adoption zweier Adoptivkinder, heute elf und vierzehn Jahre alt, verschieben sich aber seine Prioritäten. Momentan widmet sich Andreas Leupin vorwiegend dem Beruf und seiner Familie. Diese lebt im Bezirk Baden.

Andreas Leupin

Auf Andreas Leupin stosse ich durch eine Freundin. Sie und er haben über Jahre zusammen in seinem Gospelchor gesungen. Vor allem der Umstand, dass mein Interviewpartner Physiker ist, lässt mich interessiert aufhorchen, schlagen Pfarrerskinder meiner Erfahrung nach oft musische, soziale oder allenfalls noch politische Wege ein. Dass sie sich hingegen auch auf naturwissenschaftliche Gebiete vorwagen, war mir bislang nicht bewusst, was Herr Leupin für mich zu einer umso interessanteren Person macht.
Kaum verfüge ich darum über seine Koordinaten, melde ich mich umgehend mit einer Anfrage bei seinem Arbeitgeber, vorerst jedoch ohne Erfolg. Herr Leupins Telefon ist offenbar ständig besetzt, und meine E-Mail scheint für immer im elektronischen Nirvana gelandet zu sein; auf alle Fälle höre ich lange nichts. Ich lasse etwas Zeit verstreichen und versuche es in der Vorweihnachtszeit 2013 eines Abends mit einem Telefonat nach Hause. Prompt nimmt Andreas Leupins Tochter ab und reicht den Hörer an ihren Vater weiter. Sie wisse auch nicht, wer am Apparat sei, ein gewisser Herr verlange aber nach ihm.

Endlich in Kontakt, stelle ich mich vor, und Andreas Leupin ist sofort im Bilde. Er habe meine Anfrage bekommen, möchte sich jedoch Bedenkzeit ausbedingen. Schon am nächsten Tag trifft folgende Mail bei mir ein: «Sehr geehrter Herr Weiss, vielen Dank für Ihre Anfrage und Ihren Anruf von gestern Abend. Ich habe mir Ihr Anliegen nochmals reiflich durch den Kopf gehen lassen. Grundsätzlich wäre ein solches Interview für mich möglich, allerdings sicher nicht mehr in der Zeit vor Weihnachten. Wäre das aus Ihrer Sicht eine mögliche Option?» Natürlich gestehe ich ihm diese Zeit gerne zu; der Advent ist bekanntlich nicht die beste Zeit, um Termine mit unbekannten Leuten zu machen. Wir vereinbaren darum ein Datum auf Anfang 2014, und Ende Januar ist es dann soweit.
An einem klaren und sonnigen Wintertag mache ich mich nachmittags nach Brugg auf, um diesen Naturwissenschaftler zu treffen. Dort angekommen, bittet mich die Sekretärin zwar herein, irgend etwas scheint aber nicht zu stimmen. «Hat das etwas mit der allgemeinen Sicherheit zu tun?» schwirrt es mir durch den Kopf. Doch bald darauf folgt die Entwarnung, Herr Leupin würde mich demnächst empfangen. Und so ist es dann auch. Bei unserem Kontakt klärt er mich auf, dass er unseren Termin erst für zwei Tage später eingetragen habe. Ich hätte jedoch Glück, ihn zu erreichen, er komme nämlich gerade von einer Reise zurück und verfüge jetzt über ein wenig Zeit. Ausserdem sei es ihm noch kurzfristig möglich gewesen, einen Besprechungsraum zu buchen, wohin wir uns für das Interview sofort hinbegeben. Ich entschuldige mich, und die Sache ist geritzt. Andreas Leupin hört sich interessiert meine Fragen an und gibt wohlwollend Antwort.

Herr Leupin, wer sind Sie? Können Sie sich und Ihre Lebensumstände kurz beschreiben?

Mein Name ist Andreas Leupin, und ich werde dieses Jahr 53 Jahre alt, bin also 1961 geboren. Damals war mein Vater noch Pfarrer in Wangen bei Dübendorf. Viel habe ich davon jedoch nicht mitbekommen, da wir, als ich vier war, nach Küsnacht gezogen sind, wo ich bis zu meinem Auszug nach Ende des Studiums auch wohnhaft blieb.
Dass ich jemals Physik studieren würde, war lange Zeit nicht klar. Ich absolvierte ja die A-Matura, und meine Interessen waren – und sind es im übrigen auch heute noch – ziemlich ausgeglichen. Unter anderem bedauere ich es, dass das Griechische, welches ich damals gelernt habe, mehr und mehr

verblasst. Je älter man wird, desto weniger Wissens- und Fachgebiete kann man jedoch noch abdecken. Den Ausschlag für ein naturwissenschaftliches Studium hat schliesslich doch mein stärkeres Interesse gegeben. Als Hobby pflegte ich damals nämlich über viele Jahre hinweg die Astronomie; unter anderem habe ich mir damals einen Spiegel für ein Teleskop selbst geschliffen. Eine studienmässige Auseinandersetzung mit Sprachen wäre mir darum auf die Länge wahrscheinlich eher zu trocken gewesen. Nach Abschluss meiner Dissertation über *Spectral Emission and Improvement of Technical Infrared Radiators* am Institut für Quantenelektronik der ETH Zürich kam ich direkt zur damaligen HSK, der Hauptabteilung für die Sicherheit der Kernanlagen, der Vorläuferin des heutigen Nuklearsicherheitsinspektorats (ENSI).
In jenen Jahren war ich zu Beginn noch solo unterwegs, bis ich meine Frau, welche ich in dem von mir gegründeten Gospelchor kennengelernt hatte, lieben und im Jahr 2000 dann auch heiraten durfte. 2004 und 2007 adoptierten wir schliesslich unsere beiden Kinder.

Können Sie mir ausführen, was das ENSI genau ist und was Ihre dortige Tätigkeit beinhaltet? Ich muss nämlich gestehen, dass ich, bevor ich von Ihnen und Ihrem Arbeitsort erfahren habe, keinen Schimmer davon hatte, dass ein solches überhaupt existiert.

Gerne. Die frühere HSK beziehungsweise eben das jetzige ENSI stellt die Aufsichtsbehörde des Bundes über die Kernanlagen in der Schweiz dar, das heisst die Kernkraftwerke, das Zwischenlager für radioaktive Abfälle (ZWILAG) und die Kernanlagen des Paul Scherrer Institutes in Würenlingen und Villigen sowie die beiden Kleinstforschungsreaktoren in Basel und Lausanne. Für die Sicherheit jeder einzelnen Anlage ist grundsätzlich der Betreiber selbst verantwortlich. Unsere Aufgabe besteht hauptsächlich darin, zu überprüfen, dass die diesbezüglichen gesetzlichen Vorgaben eingehalten werden.
Ich selbst bin *im Bereich des Strahlenschutzes* tätig. Dort geht es vornehmlich um Umgebungsüberwachung, also darum, die Strahlenbelastung der einzelnen Werke zu messen und zu berechnen. Ich behandle Fragen wie: «Wie hoch sind die Strahlendosen in der unmittelbaren Umgebung der Kernanlagen?» oder: «Liegen diese in einem ungefährlichen Bereich?» – was im Normalbetrieb ja unbedingt der Fall sein sollte, ansonsten wir ein immenses Problem hätten. Dann auch: «Wie sieht die Strahlendosis in der Anlage selbst aus? Werden die Grenz- und Richtwerte eingehalten?» oder «Wie sieht

die Strahlenbelastung für die Mitarbeiterinnen und Mitarbeiter aus? Welche Strahlenmessgeräte werden im jeweiligen Werk benutzt?» Und schliesslich: «Wie werden diese kalibriert und geeicht?» – alles Fragen also, welche für den Schutz der Angestellten im Werk und für Personen in der Umgebung wichtig sind.
Ausserdem betreiben wir beim ENSI auch ein sogenanntes akkreditiertes Messlabor, wo wir eigene Messungen durchführen. Dieses leite ich nun seit einigen Jahren. Bedingt durch meine Stelle nimmt die Büroarbeit leider stetig zu,[34] wogegen Inspektionen, welche ich früher oft selbst durchführen konnte, abnehmen. Das bedauere ich einerseits, andererseits gehört es wahrscheinlich auch zum Lauf der Dinge.

Können Sie mir erzählen, wie Sie aufgewachsen sind?

Zunächst im Pfarrhaus in Wangen. Alles, woran ich mich hierzu erinnere, ist, dass mir das Pfarrhaus damals als Dreikäsehoch riesig vorkam. Zusammen mit meiner ersten Schwester sind wir dann, als ich vier Jahre alt war, nach Küsnacht gezogen; zunächst während fünfzehn Jahren in das eine von vier Pfarrhäusern mit wunderbarer Sicht über grosse Teile des Zürichsees, danach nochmals etwa so lange in ein anderes Haus in unmittelbarer Seenähe. Aus Studiengründen hatte es sich für mich angeboten, bis zum Ende meiner Ausbildung weiterhin bei meinen Eltern zu wohnen. Im nachhinein bedauere ich es zwar leicht, nicht schon früher ausgezogen zu sein – rein in puncto Selbständigkeit oder auch vom Ablösungsprozess her. Da ich der Älteste von uns vier Kindern war, hatte vor allem meine Mutter damit einige Schwierigkeiten.

Wie haben Sie Ihren Vater wahrgenommen?

Ich sage es jetzt einmal so. Vater war eigentlich sehr liberal. So gesehen mussten wir Kinder nicht sonderlich oft in die Kirche gehen oder ähnliches. Was einfach offen auf dem Tisch lag, war der Umstand, dass er unter der Woche oft zu Hause anzutreffen, am Wochenende dann aber umso beschäftigter und absorbierter war.

Was hat das mit Ihnen gemacht?

Dieser Umstand hat wahrscheinlich dazu geführt, dass es vor allem Mutter war, die zu uns geschaut hatte. Wobei sich unser Vater, wie ich sagen darf, ebenfalls die Mühe gemacht hatte, möglichst viel mit der Familie unternehmen zu können, wenn er frei hatte. Grösstenteils oblag die Erziehung von uns Kindern jedoch schon eher der Mutter.

Hatte sie denn auch die klassische Rolle als Pfarrfrau inne?

Lassen Sie mich dies so sagen, ihr hat jene Rolle nicht sonderlich zugesagt, sondern sie agierte lieber im Hintergrund. Zwar unterstützte sie unseren Vater in seiner Arbeit, wo sie nur konnte, doch als ihre eigentliche Berufung betrachtete sie schon eher die Familie. So gesehen wuchs ich mit dem traditionellen Modell auf, mit einem arbeitenden Vater und einer Mutter, welche zu Hause nach dem Rechten schaut, was heutzutage ja schon beinahe ein Auslaufmodell ist, da möglichst beide Elternteile arbeiten gehen wollen. Dass ich und meine Frau nun ebenfalls die klassische Form leben, führe ich ein Stück weit auch auf mein eigenes Aufwachsen und dasjenige meiner Frau zurück.

Was würden Sie sagen: Hat sich der Beruf Ihres Vaters auf Ihre eigene Berufswahl ausgewirkt? Und wenn ja, wie?

Wenn die Frage zu meiner Berufswahl gelautet hätte, ob ich ebenfalls Pfarrer werden wollte, hätte ich klar mit Nein antworten können. Es wäre mir nicht im Traum in den Sinn gekommen, denselben Beruf zu ergreifen. So gesehen hat sich nicht seine Profession auf mich ausgewirkt, sondern eher sein Interesse an jeglicher Art von naturwissenschaftlicher Forschung. Sie müssen wissen, mein Vater suchte in der Bibel nämlich oft nach wissenschaftlichen Erklärungen für die in einzelnen Bibelstellen beschriebenen Phänomene. Als Beispiel kommt mir gerade eine Erzählung aus dem Alten Testament in den Sinn, in welcher die Sonne einmal einen ganzen Tag «stehenblieb».[35]
Für Vater war klar, dass die Bibel eine Darstellung dessen ist, wie die damaligen Menschen ihre Erlebnisse verarbeitet und festgehalten haben. Insofern liesse sich jene Beschreibung schon deuten, und zwar, dass ein sogenanntes Stehenbleiben der Sonne vermutlich mit den Parallaxen zu tun

hat. Eine Erklärung für solche Phänomene zu suchen, konnte meinen Vater begeistern, und mich genauso. Insofern hat mich also eher seine wissenschaftliche Neugier geprägt. Wenn er nämlich nicht Pfarrer geworden wäre, hätte er wahrscheinlich ein Ingenieurstudium in Angriff genommen, wie er stets zu sagen pflegte.

In dem Fall gab es auch keine grosse Auswirkungen auf Ihr Leben, oder doch?

Insofern schon, als ich einige Zeit nach dem Auszug aus dem Elternhaus einen Gospelchor gegründet habe. Die Musik war nämlich etwas, das Vater ebenso äusserst wichtig war. Wenn er jeweils eine Weihnachtsfeier für Alleinstehende oder Abendmahlsfeiern im Konfirmandenunterricht organisierte, begleiteten wir Kinder ihn oft mit unseren Instrumenten und mit anderen Musikern zusammen. So gesehen hatte sein Bestreben, uns zur Musik und zum Singen hinzuführen, gefruchtet. Dass ich schliesslich einen Gospelchor gründete, hatte jedoch eher mit einer damaligen Freundin zu tun, die selbst in einem solchen Chor Mitglied war und die mich zum Mitsingen in jenem Chor animiert hatte. Als jene Freundschaft dann auseinanderging, suchte ich in der nahen Umgebung nach einem vergleichbaren Ersatz, wurde jedoch nicht fündig. Schliesslich fragte mich die Katechetin der reformierten Kirche Nussbaumen an, ob ich Lust hätte, einen Gospelchor zu gründen und zu leiten, da ich doch bereits in einem solchen mitgewirkt hätte. Insofern gab es also schon Auswirkungen auf mein Leben.

Was würden Sie aufgrund Ihrer eigenen Erfahrung sagen: Gibt es dieses «besondere Aroma» des Pfarrhauses?

Wenn ich jetzt unsere Familie mit anderen Familien vergleiche, wo der Ton unter Umständen schon sehr ruppig sein konnte, werde ich den Eindruck nicht los, dass mein Aufwachsen und dasjenige meiner Geschwister ziemlich behütet war. Damit meine ich nicht, dass es bei uns nie zu Spannungen gekommen wäre, nein, ganz bestimmt nicht. Ich jedoch habe unser Aufwachsen schon als sehr geborgen in Erinnerung, manchmal vielleicht sogar schon als leicht *zu* beschützt. Den rauhen Wind des Lebens bekam ich in meinem Leben, trotz Erfahrung bei den Pfadfindern, erst relativ spät mit. Aber so war es nun einfach einmal.

Hat sich Ihre Einstellung zu Leben und Glück im Laufe der Zeit gewandelt, insbesondere auch, seit Sie das Pfarrhaus verlassen haben?

(denkt kurz nach) Ich bin der Meinung, dass sich mein Verhältnis nicht bei meinem Auszug verändert hat, sondern zum Zeitpunkt, als ich vor einigen Jahren einmal eine schwere Krankheit durchmachte. Diese war ein um einiges einschneidenderes Ereignis als das Verlassen des Pfarrhauses.

Wie halten Sie es selbst mit der Religion?

(atmet hörbar aus) Dies ist insofern keine einfache Frage, als dass sich gewisse Aspekte, die mit Religion und Glauben einhergehen, nicht mehr so leicht mit Erkenntnissen, die man während des Studiums der Naturwissenschaften gewonnen hat, in Einklang bringen lassen. Zur Religion habe ich darum ein eher zwiespältiges Verhältnis.

Einerseits lässt sich zwar sagen, dass es kaum möglich ist, sich die Entstehung der Welt ohne einen Schöpfer vorzustellen, andererseits versucht die Wissenschaft, wenn man beispielsweise an die Urknalltheorie denkt, die Abläufe in unserem Universum hin zum Entstehungszeitpunkt immer detaillierter zu beschreiben, ohne dabei aber bisher die Fragen nach dem *Wie* oder auch dem *Warum* abschliessend klären zu können. Ob dieses Beobachten und Beschreiben der Welt in immer kleineren Zeiträumen letztlich wirklich zu einem besseren Verständnis führt, sei hier einmal dahingestellt.

Andererseits engagiere ich mich musikalisch weiterhin in der reformierten Kirche in Nussbaumen, zum Beispiel indem ich am sogenannten Crea-Gottesdienst mitwirke. Die Bibel ist für mich im Lauf der Zeit jedoch eher zu einem Buch geworden, welches ethische Regeln des Zusammenlebens aufgrund der damaligen Wissensbasis beschreibt. Ob hinter allem letztendlich eine höhere Macht steht oder nicht, wurde für mich dabei eher zur Nebensache, ebenso wie die Frage, ob es nach dem Tod ein Weiterleben gibt oder nicht.

Haben Sie eine Botschaft? Wenn ja, welche?

(denkt länger nach) Sie stellen abermals eine schwierige Frage. (dann klar und deutlich) Mir ist es wichtig, wie wir Menschen auf allen Ebenen – also

sowohl auf derjenigen der Mitmenschen wie auch derjenigen der Umwelt – miteinander umgehen. Dass wir also unter- und miteinander Wege finden, damit es möglichst allen Geschöpfen auf dieser Erde wohl ist.
Hieraus ergibt sich letztlich auch die Daseinsberechtigung der Wissenschaft. Einerseits ist sie doch Ausdruck der menschlichen Neugier, die ebenfalls zum ganzen Kosmos gehört. Der Mensch ist und bleibt ein interessiertes Wesen, und diese Neugier soll auch befriedigt werden dürfen. Andererseits kann gerade die Wissenschaft, sofern sie nicht missbraucht wird, die Voraussetzung dafür schaffen, dass es den Geschöpfen dieser Erde auch in Zukunft wohl sein kann.

www.leupinfo.ch

Update

Sehr geehrter Herr Weiss,
Das ganze Interview ist, abgesehen von den Angaben zu meiner Person und meiner Familie, nun ja an sich recht «zeitlos», da gibt es eigentlich recht wenig zu ergänzen. Ich arbeite aktuell immer noch in derselben Position (Laborleiter und stellvertretender Sektionschef) beim ENSI. Ob sich da in den maximal neun letzten Jahren meiner beruflichen Karriere noch eine grundlegende Änderung ergeben wird, ist weitgehend offen. Unsere beiden Kinder sind inzwischen älter geworden, der Sohn wird diesen Monat 15 Jahre alt, unsere Tochter wurde letzten Dezember 12-jährig. Bei beiden sind wichtige Weichenstellungen bezüglich ihrer zukünftigen Laufbahn anstehend, bei der Tochter der Übertritt in die Oberstufe, beim Sohn die Suche nach einer Lehrstelle. Auf jeden Fall ist es im familiären Bereich äusserst interessant, wie sich die Persönlichkeit der Kinder auf ihrem Weg zur Selbständigkeit (nicht in einem Pfarrhaus, sondern in einem «normalen» Haushalt) ausprägt und weiterentwickelt.

Mirjam Leupp

Mutter & Physiotherapeutin

Mirjam Leupp, Jahrgang 1979, kommt als mittleres von drei Kindern in einem Pfarrhaushalt von Suhr zur Welt. Im Alter von zwölf Jahren zieht ihre Familie nach Uster. Nach der obligatorischen Schulzeit besucht Mirjam Leupp das neusprachliche Gymnasium in Zürich, hilft hin und wieder in der Sonntagsschule aus, schaltet und waltet als langjährige CVJMlerin und spielt während Jahren als Flügel- oder Rückraumspielerin Handball beim TV Uster, in welchem sie im Erwachsenenalter nebenberuflich noch während Jahren als Physiotherapeutin amtet. Die Ausbildung dazu absolviert sie nach der Matura. Im Anschluss daran geht die lebensfrohe Frau mit ihrem zukünftigen Mann auf eine halbjährige Weltreise, bevor sie eine Familie gründet und seither neben ihrer mit Freude ausgefüllten Rolle als Mutter zu fünfundvierzig Stellenprozenten im Spital Limmattal arbeitet. In ihrer Freizeit geht sie ausserdem zweimal die Woche joggen oder ins Fitness, widmet sich intensiv ihrem grossen Bekanntenkreis oder singt ab und zu leidenschaftlich gerne. Mit ihren beiden Söhnen, Jahrgänge 2010 und 2012, leben die Leupps in der Greifensee-Region.

Mirjam Leupp

Mirjam Leupp wird mir von meiner Schwester empfohlen, als ich sie bezüglich möglicher Kandidatinnen und Kandidaten für dieses Buch anfrage. Die beiden haben in ihren Jugendjahren zusammen Handball gespielt, zuletzt sogar auf Nationalliga A-Niveau. Leider habe sie schon seit längerem keinen Kontakt mehr zu ihrer ehemaligen Mitspielerin, jene sei aber eine total Aufgeweckte, informiert mich mein Schwesterherz.
Also setze ich danach umgehend ein Schreiben auf und lasse jenes Frau Leupp zukommen. Nach ein paar Wochen vernehme ich von ihrem Interesse, allerdings möchte sie noch die eine oder andere Sache über dieses Buch und auch mich als Interviewer in Erfahrung bringen. Wir vereinbaren deshalb einen Telefontermin, in welchem sie mir Löcher in den Bauch fragt. Mir gefällt ihr sorgfältiges Nachhaken, aber auch ihre kecke Art.
Dieser Eindruck sollte sich dann, als ich mich an einem verregneten Sommervormittag in die Greifensee-Region aufmache, wo Mirjam Leupp mal etwas über «kinderfreie» Zeit verfügt, bestätigen. In ihrem Zuhause empfängt mich eine aufgestellte Frau, die sich über viele Dinge Gedanken macht.

Frau Leupp, wer sind Sie? Können Sie sich und Ihre Lebensumstände beschreiben?

Ich bin eine fünfunddreissigjährige Frau, habe einen Mann und zwei tolle Kinder. Familie ist mir sehr wichtig, betreffe das jetzt meine eigene oder auch diejenige meiner Herkunft. Einerseits füllt mich diese sehr aus, trotzdem ist es mir aber auch wichtig, noch über etwas drittes, wie eben meine Arbeit, zu verfügen. Jene verschafft mir nämlich immer wieder einmal Zufriedenheit. Bin ich ein, zwei Tage von den Kindern weg, habe ich danach wieder viel mehr Energie und Geduld für sie übrig und bin ich auch ausgeglichener.

> «Wenn ich mit einer Patientin oder einem Patienten auf gleicher Ebene arbeiten kann, sagt mir das zu.»

Können Sie mir Ihren Beruf noch etwas ausführen, vor allem vor dem Hintergrund, dass Ihr beruflicher Weg gesellschaftlich gesehen vielleicht nicht so als üblich angeschaut wird?

Ja genau. Ursprünglich wollte ich eigentlich Ärztin werden. Die ganze Anatomie und der Körper allgemein haben mich schon seit je fasziniert. Als mir jedoch bewusst wurde, dass bei mir das Familienleben einen ebenso hohen Stellenwert geniesst wie die Arbeit und ich damit nicht erst bis Mitte Dreissig warten wollte, wenn ich aus dem Gröbsten der ärztlichen Ausbildung draussen gewesen wäre, habe ich mich eines Tages zu diesem Weg entschlossen. Abgesehen davon missfiel es mir zunehmend, als Autoritätsperson auftreten zu müssen oder angesehen zu werden, was einem als Ärztin im ziemlich hierarchisch geprägten medizinischen System ja zwangsläufig geschieht. Wenn ich jedoch mit einem Patienten oder einer Patientin auf gleicher Ebene arbeiten kann, sagt mir das zu.
Hinzu kommt, dass ich mir während meiner aktiven Zeit im Handball zweimal das Kreuzband gerissen hatte und in meinen Rehas jeweils intensiv mit unserem Physio zu tun hatte. Jener hatte mich ausserordentlich gut betreut, so dass ich plötzlich eng mit dem breiten Gebiet der Physiotherapie in Kontakt kam, was mir gefallen hatte. Aus all diesen Gründen habe ich mich darum damals für diesen Weg entschieden.

Vielen Dank. Können Sie mir das, was eine Physiotherapeutin tagtäglich macht, noch etwas ausführen? Ich muss nämlich gestehen, dass ich diesbezüglich keine Ahnung habe.

(muss lachen) Okay, grundsätzlich hängt das natürlich davon ab, in welcher Sparte man arbeitet. Zu uns kommen vorwiegend Menschen, die mit dem Bewegungsapparat Probleme haben, meistens wegen Beschwerden oder Bewegungseinschränkungen, die durch eine Operation, aufgrund einer Krankheit oder auch des Alterungsprozesses auftreten. Kurz formuliert, könnte man auch sagen, wer Probleme von den Füssen bis zum Ohrläppchen hat, wird sich früher oder später wahrscheinlich bei uns einfinden. (lacht erneut) Unsere Aufgabe als Physiotherapeuten besteht dann darin, zu schauen, wo ein Problem herrührt. Mittels einer genauen Bestandsaufnahme versuchen wir herauszufinden, ob jenes eher von den Bändern, den Muskeln oder auch Gelenken oder anderen Strukturen stammt, denn je nachdem, welche Ursache vorliegt, sieht die Behandlung im Anschluss anders aus.
Viele Menschen, die zu uns kommen, sind sich zu Beginn oft gar nicht bewusst, was ein Gang in die Physio bedeutet. Immer wieder treffen wir dabei auf die Erwartung, dass wir ihnen die Schmerzen quasi wegzaubern oder auch wegmassieren würden, was natürlich nicht der Fall ist. Unsere Aufgabe besteht eher darin, den Patientinnen und Patienten Anleitungen mit auf den Weg geben, damit jene zu Hause weiter an ihrer Schmerzfreiheit arbeiten können, wir ihnen also wie Hausaufgaben geben. Diese aktive Hilfe oder auch Hilfe zur Selbsthilfe stösst jedoch ab und zu auf grosses Erstaunen.

Wie sind Sie aufgewachsen?

In Suhr, unserer ersten Station als Pfarrfamilie, wuchsen wir sozusagen in der klassischen Situation auf. Wir wohnten in einem Pfarrhaus neben der Kirche, welche auf einem Hügel angesiedelt ist. Jedermann konnte also sehen, dass dort oben die Pfarrers wohnten. Grundsätzlich war es sehr schön, in einem grossen Haus mit vielen Zimmern aufzuwachsen, andererseits wurde auch fünfmal eingebrochen, weil offenbar angenommen wurde, dass bei uns einiges zu holen war. Das prägte.
Zu erwähnen ist auch, dass tagtäglich ein bis zwei Bettler an die Tür gekommen waren, um nach Geld zu fragen. Als Kinder hatten wir uns jeweils einen Sport daraus gemacht, zu schauen, ob wir, im geheimen natürlich, näheres heraus-

finden würden. Manchmal kam es nämlich vor, dass jemand sagte, er oder sie brauche Bares,[36] um ein Zugticket oder Esswaren zu kaufen. Kaum kamen jene aber vom Hügel herab, stiegen sie dann in einen brandneuen BMW. Ja, solche Verhalten mit Beigeschmack haben wir halt schon relativ früh mitbekommen.
Was aber auch zu sagen ist, dass wir über viele Freiräume, sowohl im geographischen wie auch im übertragenen Sinne, verfügten. So hielten wir uns beispielsweise oft im Freien auf, Ski fahrend vom Hügel hinab oder in unserem grossen Garten, wir verbrachten viel Zeit bei den Grosseltern, die nicht weit entfernt wohnten. Man könnte sagen, dass wir alles hatten.
Was in der Schulzeit hingegen weniger lustig war, dass, wenn man nach dem Beruf des Vaters gefragt wurde und man noch nie bei uns zu Hause war, es hin und wieder zu merkwürdigen oder auch ablehnenden Reaktionen kam. Konnten jene Leute dann aber ihre mentale Hürde überwinden und zu uns auf Besuch kommen, meinten die meisten, dass es bei uns total anders zu- und herginge, als sie sich das vorgestellt hätten. Irgendwie dachte man beim Wort Pfarrer halt schnell einmal daran, dass in dessen Familie immer nur *Halleluja* und *Amen* herrschen würde, dabei waren und sind wir ganz gewöhnliche Menschen.
Eine Sache hingegen blieb anders als bei allen anderen, und zwar, dass wir Kinder für unseren Vater immer wieder auch Sekretärinnenarbeit erledigt hatten, wie Telefonate entgegennehmen.

Wie haben Sie Ihren Vater wahrgenommen?

Vater habe ich stets als total normal wahrgenommen. Einerseits bestimmt dadurch, weil man als Pfarrerskind völlig selbstverständlich in jene Rolle hineinwächst, andererseits aber auch vielleicht dadurch, weil Religion und Glauben bei uns total natürlich gelebt wurden. Zwar hatten wir vor jeder Mahlzeit ein Lied gesungen oder auch vor dem Zubettgehen gebetet, doch das waren völlig selbstverständliche Dinge.
Mutter zum Beispiel war eine leidenschaftliche Pfarrfrau. Neben der Sonntagsschule hatte sie sich unzähligen Frauen-Z'Morgen oder auch dem dritten Klass-Unterricht gewidmet. Ausserdem liess sie sich zur Katechetin ausbilden; und wir Kinder wuchsen einfach damit auf.
So war es für uns selbstverständlich, dass, wenn Vater sonntags eine Predigt hielt, wir automatisch die Sonntagsschule besuchten. Später hatte ich dann sogar selber Teile davon übernommen oder auch einmal in einer Konfir-

mandenfreizeit mitgeholfen. Insofern war alles normal. Papi hatte also keine spezielle Rolle. In unseren Augen machte er einfach das, was ein anderer Vater auch getan hätte, auch wenn er dafür manchmal auf der Kanzel zu stehen und dort zu sprechen hatte.
Ah ja, übrigens, sein Redetalent hat sich jetzt nicht nur auf die Kirche bezogen, sondern allgemein aufs Erzählen von Geschichten. Uns Kinder vermochte er damit regelmässig zu fesseln. Und das bewunderte und bewundere ich an ihm.
Ausserdem war und ist er sowieso ein lockerer Typ und verfügt über eine gute Art. Für mich war er einfach mein Papi, der sich in der Kirche nicht anders verhalten hatte als zu Hause. Natürlich verfügte er hin und wieder über eine gewisse Autorität, doch als Elternteil muss man das ja hin und wieder auch, das sehe ich bei meinen eigenen Kindern.

«Ich mag mich noch gut daran erinnern, wie wir einmal für die afrikanischen Kinder Hörnli gekocht hatten.»

Hat sich der Beruf Ihres Vaters auf Ihre eigene Berufswahl ausgewirkt? Und wenn ja, wie?

Das zu beantworten, finde ich noch schwierig. Was gehört jetzt zu mir, was zu meinen Genen oder was zu meinem Charakter? Und was habe ich von zu Hause mitgenommen? Grundsätzlich aber würde ich das *soziale Engagement* nennen.
Oder meine Beziehung zu Afrika. Vater hat nämlich engen Kontakt zu einem Freund, dessen Eltern dort missioniert hatten. So verbrachten wir als Familie einmal ein paar Monate in Tansania, wo wir auch zur Schule gingen und so natürlich viel Kontakt zu Schwarzen pflegten. Unter anderem mag ich mich noch gut daran erinnern, wie wir für die afrikanischen Kinder einmal Hörnli gekocht hatten. (muss lachen) Solches bleibt einem natürlich … Ja, diese Afrika-Erfahrung hat mich schon geprägt. Mittlerweile habe ich jenen Kontinent bereits drei Mal besucht, und einmal durfte ich sogar als Physiotherapeutin in einem lokalen Spital mithelfen.

Oder sogar auf Ihr Leben? Und wenn ja, wie?

Ich denke, dass es grundsätzlich Auswirkungen gibt, wenn man Glaube und Religion derart hautnah mitbekommt. Das erfahren ja längst nicht alle Menschen. Meine Frage diesbezüglich lautet jedoch, was man selber damit macht. Das Schöne an meinen Eltern und an unserer Beziehung finde ich, dass sie uns in Sachen Religion nie gedrängt hatten. Ihren Glauben lebten sie sehr authentisch, und im nachhinein bin ich sogar der Meinung, dass sie beinahe etwas zu harmonisch miteinander waren. Oder dann haben wir jegliche Art von Auseinandersetzungen einfach nicht mitbekommen ... (muss lachen) Obwohl sie auch einige Schicksalsschläge zu verarbeiten hatten, blieben sie äusserst positiv, was mich nach wie vor sehr beeindruckt. Und ich bin überzeugt, dass ihre Kraft, ein solches Verhalten an den Tag legen zu können, stark in ihrem Glauben wurzelt. Zur Schau gestellt haben sie jenen allerdings nie. Wir als Kinder konnten einfach immer wieder feststellen, wie sie darin Halt fanden. Und das hat man en passant mitbekommen, was ich nach wie vor als äusserst positiv bewerten würde.

Was würden Sie aufgrund Ihrer eigenen Erfahrung sagen: Gibt es dieses «besondere Aroma» des Pfarrhauses?

Ja, ich denke schon. Es kommt aber darauf an, wie und wo man aufwächst. In Suhr gab es das bestimmt, in Uster, wo wir eher privat wohnten, allerdings weniger. Was an beiden Orten konstant blieb, waren die grossen und ausreichenden Räume. Jedes von uns Kindern verfügte beispielsweise über ein eigenes Zimmer. Insofern, würde ich diese Frage mit Ja beantworten.

Hat sich Ihre Einstellung zu Leben und Glück im Laufe der Zeit gewandelt, insbesondere auch, seit Sie das Pfarrhaus verlassen haben?

Als ich ausgezogen war, dachte ich nicht speziell daran, dass ich jetzt aus einem Pfarrhaus ausziehen würde, sondern hatte eher das Bedürfnis, einmal auf eigenen Beinen zu stehen. Vielleicht hilft Ihnen bei dieser Frage auch, dass ich mich in den Räumen der Pfarrhäuser nie unwohl gefühlt hatte. Sie waren ein Zuhause wie jedes andere auch, einfach mit dem Vorteil von relativ viel Platz.

Wie halten Sie es selbst mit der Religion?

Mir ist der Glaube wichtig, jedoch gehöre ich nicht zu denen, die diesen sehr nach aussen tragen, sondern mache ihn eher mit mir selber aus. Will heissen, ich bete hie und da, und dabei ist es mir wichtig, das auch zu tun, wenn es mir gerade gut geht. Also auch für die schönen Momente im Leben zu danken, und nicht nur dann um etwas zu bitten, wenn einem darum zu Mute ist, was ja eher bei negativen Vorkommnissen geschieht. Die Kirche hingegen besuche ich nur ab und zu, vor allem bei speziellen Anlässen.
Und was unsere Kinder angeht, so ist es mir wichtig, meinen Glauben an sie weiterzugeben, aber auf eine einfache Art und Weise. Beispielsweise haben wir eben damit begonnen, die Bedeutung von gewissen Feiertagen anzuschauen, uns also zu fragen, was Ostern oder auch Weihnachten bedeuten. Solches liegt mir am Herzen.

« Wenn man Glaube und Religion derart hautnah mitbekommt, hat das Auswirkungen. »

Haben Sie eine Botschaft? Wenn ja, welche?

Hmm, verfüge ich über eine Botschaft? (Pause) – Es gibt gewisse Dinge im Leben, die mir wichtig sind. Letztlich bin ich jedoch der Meinung, dass jede und jeder dies für sich selbst herausfinden muss.
Äusserst wichtig ist mir zum Beispiel die Selbstreflexion. Ich stehe also immer wieder einmal wie neben mir und prüfe, was und wie ich gerade etwas tue oder lasse und warum ich etwas für selbstverständlich halte oder nicht. Viele Probleme relativieren sich auf diese Weise ziemlich rasch. (Pause)
Doch, einen Punkt gäbe es noch, der mir zur Weitergabe wichtig wäre, und zwar derjenige, für vieles dankbar zu sein. Unter anderem durfte ich das von meinen Afrikabesuchen mitnehmen. Nach meiner jeweiligen Rückkehr hatte es mich hier nämlich stets beinahe erschlagen. Dort leben so viele Menschen, die nicht einmal wissen, was sie am nächsten Tag essen beziehungsweise woher sie es beschaffen sollen, die aber so was von dankbar und im

momentanen Zustand glücklich sind. Diese Freude – angesichts auch von materieller Armut – berührt mich sehr. Gleichzeitig umtreibt mich unseres sich ständig Sorgen Machen.
Wie auch immer, am Ende ziehe ich daraus den Schluss, dass man auch das Kleine schätzen kann oder soll, und dass man für jeden Tag, an dem es einem einigermassen gut geht, auch dankbar sein kann. Ja, das ist schon so etwas wie meine Botschaft.

Update

Unsere Familie ist in der Zwischenzeit noch um ein weiteres Familienmitglied gewachsen. Wir haben im April 2015 unseren dritten Sohn begrüssen dürfen, welcher unsere Familie nun komplett macht. Mittlerweile sind wir ein eingespieltes Team. Klar, dass es ab und zu auch einmal drunter und drüber geht mit drei (beziehungsweise vier) Jungs zu Hause :-), aber das gehört dazu. Wir wohnen noch im selben Dorf, haben aber nun eine grössere Wohnung mit Garten, welcher natürlich rege genutzt wird für alle möglichen Sportarten. Und auch beruflich hat sich nicht viel verändert. Wie bei den anderen beiden Kindern zuvor habe ich auch beim Jüngsten ein halbes Jahr Babypause gemacht, bevor ich im selben Pensum weiterzuarbeiten begonnen hatte.

Bernhard Mathes

Müllmann

Bernhard Mathes kommt 1983 als jüngeres von zwei Kindern in Siebenbürgen (Rumänien) auf die Welt und verbringt dort seine ersten vier Jahre. Danach zieht seine Familie nach Freiburg im Breisgau, bevor sie sich in der Schweiz niederlässt, hauptsächlich in Ellikon an der Thur und schliesslich noch in Seuzach, wo Vater Hanspeter bis heute als Pfarrer wirkt. Nach der Schule absolviert Bernhard Mathes eine Schreinerlehre und arbeitet während sechs Jahren auf seinem Beruf. Weil ihm jener aber mit der Zeit «zu stressig und zu wenig kreativ» ist und er eines Tages das Bedürfnis nach etwas Neuem hat, jobbt er zunächst als Hilfskraft bei einem Landschaftsgärtner und anschliessend als Techniker bei der Theatergruppe Karl's kühne Gassenschau, bevor er sich im Jahre 2011 bei der Stadt Winterthur als Belader, wie seine Funktion offiziell heisst, anstellen lässt. Als solcher ist der gross gewachsene Mann während achteinhalb Stunden auf dem Kehrrichtwagen unterwegs, zusammen mit einem Kollegen und dem Fahrer. Hunderte von Abfallsäcken und unhandliches Sperrgut wollen in die Mulde des Kehrrichtwagens geworfen und unzählige Container geleert werden, was mitunter ganz schön in die Knochen geht. Bernhard Mathes sagt das körperliche Arbeiten jedoch zu. In seiner Freizeit betreibt er die chinesische Kampfsportart Kung Fu, welche er auch unterrichtet. Bernhard Mathes hat eine Partnerin und lebt in Winterthur.

Bernhard Mathes

Dass ich überhaupt auf Bernhard Mathes und seine Geschichte stosse, hat viel mit einem Artikel aus der evangelisch-reformierten Zeitschrift reformiert. zu tun. In ihr erscheint nämlich im Februar 2014 ein Porträt über den damals dreissigjährigen Angestellten der städtischen Müllabfuhr. Jenem Artikel kann ich unter anderem entnehmen, dass der Porträtierte bewusst über keine E-Mail-Adresse verfügt, was die Kontaktaufnahme mit diesem jungen Mann zumindest für mich erschwert. Schliesslich gelange ich doch noch in den Besitz einer Adresse und ich tue, was ich ansonsten tunlichst vermeide, ich melde mich bei Bernhard Mathes' Vater mit der Bitte, mein Ansinnen doch an seinen Sohn weiterzuleiten. Da mir bei solchen Vorgehen im Normalfall nicht sonderlich wohl ist, rechne ich kaum mit einer Rückmeldung. Doch bereits nach einiger Zeit finde ich eines Tages eine Nachricht von Vater Mathes auf meinem Beantworter vor, und zwar mit der Entschuldigung, dass er nicht gleich habe antworten können, weil er sich noch in den Ferien befunden habe. Ihm gefiele meine Anfrage, weshalb er diese auch umgehend an seinen Sohn weitergeleitet habe, und er denke, dass Bernhard ebenfalls Interesse haben könnte. Er würde sich bestimmt melden.

Und so geschieht es einige Zeit später auch. Bernhard Mathes ruft mich eines Tages an, und wir vereinbaren einen Termin an einem sonnigen Samstagvormittag im März 2014. Kurzfristig will jener zwar noch beinahe ins Wasser fallen, doch wir beide machen einander Zugeständnisse, so dass alles wie geplant stattfinden kann. Ich treffe den aufgestellten Mann vor dem Restaurant, welches wir nahe des Winterthurer Bahnhofs für unser Interview auserkoren haben, geniesserisch in der Sonne sitzend. Wir machen Duzis und beginnen.

Bernhard, wer bist du? Kannst du dich und deine Lebensumstände kurz beschreiben?

Mein Name ist Bernhard, ich wohne in Winterthur und bin 31 Jahre alt. Zurzeit bin ich in einer Partnerschaft, was mich glücklich macht. Dann bin ich gelernter *Schreiner,* mein Geld verdiene ich aber als *Müllmann* in der Stadt Winterthur. In meiner Freizeit halte ich mich gerne draussen auf, das heisst, dass ich gerne im Wald bin oder mit einem Boot auf dem Fluss. Ausserdem trainiere ich Kung Fu, übe mich im Bogenschiessen oder besuche Weiterbildungskurse in Schmieden, Bogenbau und Lederverarbeitung.

Kannst du deine Arbeit noch etwas ausführlicher beschreiben? (Bernhard versteht jedoch die Frage dahingehend, dass ich ihn noch etwas näher nach seiner Art ausfragen möchte:)

Also, ich selbst sehe mich als relativ ruhigen und ausgeglichenen Menschen. Auch bin ich gegenüber neuen Sachen meist aufgeschlossen. Es gibt viele Dinge und Bereiche, die mich interessieren, egal ob es sich dabei um die Bearbeitung von Holz oder Metall handelt oder das Suchen von Pilzen, welches ich vor kurzem für mich entdeckt habe. All das fasziniert mich einfach, die Natur sowieso! In letzter Zeit beobachte ich nämlich, wie ich mich je länger je mehr dafür zu interessieren beginne, welchen Baum ich jetzt gerade vor mir habe oder welchen Vogel.

Kannst du mir deinen beruflichen Werdegang noch ausführen?

Wie erwähnt, absolvierte ich eine Schreinerlehre. Danach arbeitete ich während sechs Jahren als Schreiner in diversen, kleinen und mittelgrossen Betrieben, bis ich eines Tages mit der Art und Weise, wie geschreinert wird, nicht mehr zufrieden war. Ständig wurde alles verindustrialisierter – will heissen, je länger je mehr wurde das Meiste von Maschinen gemacht –, so dass ich mich als *Handwerker* mehr und mehr an den Rand gedrängt fühlte. Vielleicht galt es da noch eine Schraube anzuziehen oder dort noch einen Tropfen Leim hinzuzugeben, im grossen und ganzen fühlte ich mich jedoch überflüssig und begann mich zu hinterfragen, wofür ich meinen Beruf gelernt hatte oder was ich im und vom Leben wollte. Mir fehlte das Anwenden mei-

ner Kreativität, meiner Fertigkeiten und meines Wissens. Ausserdem machte mir der ständige Termindruck zu schaffen.
Als es dann soweit war, dass ich wirklich nicht mehr konnte und wollte, durfte ich bei einem Kollegen, welchen ich vom Training her kenne, als Landschaftsgärtner arbeiten. Da der Übergang jedoch mehr Zeit benötigte als erwartet, musste ich ein paar Monate überbrücken. Also schlenderte ich einmal durch die Stadt und kam so zufällig beim Tiefbauamt der Stadt Winterthur vorbei, wo ich mich nach einer Stelle umsah. Da damals gerade Sommerferien waren und das Tiefbauamt in jener Zeit immer um Hilfskräfte froh ist, konnte ich während zweier Wochen als Belader aushelfen. Wenn man so will, habe ich damals zum ersten Mal Müllabfuhr-Luft geschnuppert. (muss lachen) Während des folgenden Jahres verdiente ich meine Brötchen dann als Landschaftsgärtner. Danach zog es mich weiter. Ich fand für einige Monate eine Stelle als Techniker bei Karl's kühne Gassenschau. Anschliessend meldete ich mich bei einem Temporärbüro an und jobbte im Fassadenbau. In jener Zeit erreichte mich schliesslich ein Telefonat des Tiefbauamtes, so dass ich während zweier Monate wieder auf dem Kehrrichtwagen arbeiten konnte. Anschliessend ging ich zum Chef und informierte ihn, dass er jederzeit auf mich zukommen könne, da mir die Arbeit als Belader zusage. Ja, und so kam ich relativ reibungslos zu meiner Festanstellung. Ich musste nicht einmal eine Bewerbung schreiben. Ich hatte wirklich Glück.

Und wie sieht deine Arbeit ganz konkret aus?

Eigentlich so, wie man es vom Strassenbild her kennt. Ich stehe hinten auf dem Kehrrichtwagen, und wir fahren jeden Tag durch ein anderes Quartier. Unsere Aufgabe als Belader ist es, den Müll, den Inhalt der Container und das Sperrgut im Schlund des Wagens zu entsorgen. Gerade bei letzterem müssen wir stets darauf achten, ob sich genug Abfallmarken darauf befinden, ansonsten müssen wir es stehenlassen und darüber informieren, weshalb wir es nicht mitnehmen. Metall zum Beispiel gehört ja nicht in den Kehricht, sondern in die Sammelstelle.
Hin und wieder kommt es auch vor, dass sich jemand eine völlig neue Möblierung anschafft und darum die alte einfach auf die Strasse stellt: Sofas, Schränke, Stühle und so weiter, manchmal zerlegt, meistens jedoch im unveränderten Zustand. Im Moment, in dem man auf einen solchen Möbelhaufen zufährt, denkt man dann schon mal «Nein!» und ist ob des riesigen

und schweren Müllhaufens niedergeschlagen. Aber dann beginnt man mit der Arbeit, schön ein Stück ums andere, und plötzlich ist alles weggeräumt und im Schlund des Kehrrichtwagens verräumt. Ein wunderbares Gefühl! Ausserdem behagt es mir, ständig draussen zu sein. Auf seine Art ist eigentlich jedes Wetter schön. Sofern ich mich gut einpacke, behagt mir meine Arbeit nämlich auch bei Wind und Wetter.

«Hin und wieder kommt es vor, dass sich jemand eine völlig neue Möblierung anschafft und die alte einfach auf die Strasse stellt.»

Wie bist du aufgewachsen?

Zunächst wuchs ich ja in Siebenbürgen auf, in einem kleinen Dorf auf dem Lande, eine Stunde von Sibiu, zu deutsch Hermannstadt, entfernt. Mein Vater war dort Pfarrer, und wir als Familie wohnten in einem Haus, welches mehr schlecht als recht gebaut war. Meine Eltern bewirtschafteten auch einen eigenen Garten und hielten etliche Tiere. Für mich als Kind war jene Zeit total schön. Ich war ständig draussen.

Als ich vier Jahre alt war, hatten meine Eltern beschlossen, nach Deutschland auszuwandern, ich glaube aufgrund von Familienzusammenführung, da die Eltern meines Vaters den Schritt ins Ausland bereits ein paar Jahre früher unternommen hatten. So genau weiss ich das aber auch nicht. Dem müsste ich mal genauer nachgehen.

Nach zwei Jahren standen wir dann vor der Wahl, ob wir uns definitiv in der Region meiner Grosseltern niederlassen oder einen eigenen Weg anstreben wollten. Da mein Vater schon über Kontakte zu ein, zwei Berufskollegen in der Schweiz verfügt hatte, entschieden sich meine Eltern für letzteres, so dass wir nach Ellikon an der Thur kamen, wo Vater eine Stelle als Pfarrer antreten konnte und wir acht Jahre blieben.

Was mich selbst angeht, so blühte ich dort wieder richtiggehend auf, da wir in Deutschland in der Grossstadt gelebt hatten, was mir jetzt weniger zusagte. In Ellikon hingegen, einem ländlichen Umfeld, wurde ich wieder glücklich. Das kann ich auch anhand meines Gesichtsausdruckes auf verschiedenen

Photos, die mich in Deutschland oder später in der Schweiz zeigen, erkennen. Auf den Photos jüngeren Datums sehe ich durchgehend glücklicher und entspannter aus, was auch daher rührt, dass wir in jenem Dorf im Bezirk Winterthur beispielsweise wieder in einem Haus wohnten, Tiere hatten und es rundherum einen Wald und viel Natur gab. Ja, jene Ankunft und das spätere Niederlassen in Ellikon an der Thur waren schon sehr emotional. Ich würde sogar sagen, dass sich jenes wie ein Nachhausekommen angefühlt hatte.

Wie hast du deinen Vater wahrgenommen?

Ich habe ihn stets als Vater wahrgenommen und nicht als Pfarrer. In dem Sinne wurden wir auch nie zum Kirchenbesuch gezwungen. Wenn ich die Kirche besuchte, dann fand das eher zu den üblichen Anlässen wie Ostern oder Weihnachten statt. Und wenn er nach jenen Gottesdiensten wieder zu Hause war, war er einfach mein Vater. Wir gingen zusammen Fussball spielen oder in den Wald, taten in diesem Sinne eigentlich ganz normale Dinge, ja.

Hat sich der Beruf deines Vaters auf deine eigene Berufswahl ausgewirkt? Wenn ja, wie?

Ich glaube nicht, nein. In meiner ganzen Schulzeit versuchte ich mich zwar ein einziges Mal an der Gymiprüfung, die ich dann leider nicht bestanden hatte. Jenes Ergebnis war aber nicht weiter schlimm. Stattdessen absolvierte ich eine Lehre. Und heute, im nachhinein betrachtet, war jener Weg für mich sowieso besser, da mir das Handwerkliche allgemein liegt. Und auch von meinen Eltern her hatte ich diesbezüglich stets volle Unterstützung. Ich verspürte zu keiner Zeit Druck, dass sie mich auf ein bestimmtes berufliches Geleise hätten bringen wollen. Wie es mir scheint, waren sie immer stolz auf meine Berufswahl.

Oder sogar auf dein Leben? Und wenn ja, wie?

Es sind die vielfältigen, zwischenmenschlichen Begegnungen und Lebensumstände, denen ich meine offene und tolerante Art zu verdanken habe. Die

Möglichkeit, solche Erfahrungen machen zu können, ist unter anderem auch dem Beruf meines Vaters zu verdanken.

Was würdest du aufgrund deiner eigenen Erfahrung also sagen: Gibt es dieses «besondere Aroma» des Pfarrhauses?

Also diejenigen Pfarrhäuser, die ich kennenlernen durfte, waren meist riesig. Es hatte dort viel Umschwung und grosse Gärten. Ich habe diese als sehr lebendige und offene Orte in Erinnerung, wo meist viel los war. Ja, das ist so das, was mir dazu in den Sinn kommt.

Hat sich deine Einstellung zu Leben und Glück im Laufe der Zeit gewandelt, insbesondere auch, seit du das Pfarrhaus verlassen hast?

Eigentlich schon, ja, und zwar insofern, als ich mich einfach weiterentwickelt habe, gerade auch mit dem Auszug von zu Hause. Prägender als das Verlassen des Pfarrhauses war für mich allerdings die Trennung meiner Eltern, die sich ebenfalls in der Zeit der Ablösung abgespielt hatte. Diese hat mich wesentlich mehr beschäftigt als das Verlassen des Pfarrhauses.

> «Wenn Vater nach dem Gottesdienst wieder zu Hause war, war er einfach mein Vater. Wir gingen zusammen Fussball spielen oder in den Wald.»

Wie hältst du es selbst mit der Religion?

Ich begegne jeder Religion mit einer kritischen Haltung. Da spielt es keine grosse Rolle, um welchen Glauben es sich dabei handelt.
Was mich einfach stört, ist, dass die Religionen oft von wenigen, einzelnen Menschen, die viel Einfluss über eine grosse Masse von Leuten haben, missbraucht werden. Und dies bedaure ich sehr, da die Anliegen aller Religionen meines Erachtens dieselben sind. Es geht doch um Respekt und

Liebe. Aber leider werden diese in den seltensten Fällen gelebt, sondern nur kritisiert, bewertet oder verurteilt. Und viele Menschen tun halt oft nur als ob, verstecken sich gewissermassen hinter einem religiösen Deckmantel, was ich ebenfalls verurteile.
Und wenn ich sage, ich empfinde mich als gläubigen Menschen, dann verweise ich gerne auf die Natur oder auf all die Wunder, die auf unserer Welt passieren. Deswegen muss ich aber nicht jeden Tag beten gehen oder so tun als ob. Lieber versuche ich meine Haltung auch im Zusammensein mit meinen Mitmenschen zu leben, beispielsweise indem ich nicht nur von Toleranz spreche, sondern diese auch zu leben versuche, ja.

« Es sind die vielfältigen, zwischenmenschlichen Begegnungen und Lebensumstände, denen ich meine offene und tolerante Art zu verdanken habe. »

Hast du eine eine Botschaft? Wenn ja, welche?

Ich versuche schon mit allen Menschen so umzugehen, wie ich es mir selbst wünsche, dass so mit mir umgegangen wird. Zwar ist mir völlig bewusst, dass man dies von seiner Umwelt nicht selbstverständlich erwarten kann. Nichtsdestotrotz hoffe ich, dass ich über genügend Kraft verfüge, diese Haltung auch durchziehen zu können oder mich nicht entmutigen lasse und weiterhin meinen eigenen Weg weitergehe, ja.
Meine Botschaft lautet darum, in allem auch das Aufbauende und Förderliche zu erkennen, da nichts umsonst geschieht. Das entnehme ich immer wieder aus der Natur. Alles ist doch in einen Kreislauf eingebunden. Insofern ist es für mich wichtig, dass wir uns immer wieder auf die wesentlichen Dinge fokussieren und so endlich etwas von der Konsumgesellschaft wegkommen.

Und als allerletzte Frage: Wo siehst du dich in fünf bis zehn Jahren?

Dass ich irgendwo auf dem Lande, sei es auf einem Bauernhof oder auch in einem Häuschen am Waldrand, mein Plätzchen gefunden habe, wo ich möglichst viel selber machen kann, zum Beispiel Nahrungsmittel oder auch Kleidung herstellen, vielleicht noch umgeben von Tieren. Ja, das wünsche ich mir.

www.wiederverwerkle.ch

Update

Also, privat lebe ich seit einiger Zeit mit einer Frau und deren Tochter zusammen. Wir sind eine kleine Familie. Und diesen Frühling werden wir zu Viert sein! Was es auch noch zu sagen gibt, ist, dass ein Kollege und ich vor einem Jahr den Verein Wiederverwerkle gegründet haben. Dort sammeln wir bei verschiedenen Industriepartnern Restholz ein, welches wir aufbereiten und günstig weiterverkaufen; (m)ein kleiner Beitrag gegen die Materialverschwendung.

Stefan Mathys

PR-Berater

Stefan Mathys, Jahrgang 1974, wächst zusammen mit zwei älteren Geschwistern in einem Pfarrhaushalt in Dielsdorf und Wädenswil auf. Nach der Matura wählt er die Studienrichtungen Ökonomie und Publizistik. Bereits während seinen Studentenjahren sammelt der gewiefte Mann erste Berufserfahrungen als Journalist bei der Handelszeitung oder dem Fachmagazin Schweizer Bank. Zwischen 2001 und 2008 amtet Stefan Mathys dann als Head of Public Relations von KPMG Schweiz, bevor er für die nächsten drei Jahre Partner von Barino Consulting wird. Seit 2013 arbeitet Stefan Mathys als PR-Berater bei IRF Communications in Zürich. Zusammen mit seiner Frau Lubica und den beiden Kindern lebt er in der Nähe von Zürich.

Stefan Mathys

Stefan Mathys und ich sind uns schon länger bekannt, wobei dieses Bekanntsein genauer umschrieben werden muss. Stefans Vater tritt im Jahre 1991 eine neue Stelle in Wädenswil an, wo ich schon seit einiger Zeit in einer Pfarrfamilie zu Hause bin. Mit dem mathysschen Zuzug lerne ich also jemanden kennen, der eine ähnliche Rolle innehat. Ansonsten kreuzen sich unsere Wege nicht gross. Stefan, der in Dielsdorf intensiv Fussball gespielt hat, freundet sich mit meinem Bruder an, der sich im ortsansässigen Volleyballklub betätigt und Stefan dabei behilflich ist, sich als Teenager rasch in einer neuen Stadt einzuleben. Mit meinem eigenen Auszug aus der Familie trennen sich Stefans und meine Wege vorerst.
Jahre später «trifft» man sich auf einem virtuellen Netzwerk wieder und «freundet sich an». Nicht mehr, aber auch nicht weniger. Erst als mir die Idee zum vorliegenden Buch kommt, entsinne ich mich seiner und frage ihn kurzerhand an, ob er, der gewiefte PR-Stratege und Journalist, der mit allen Wassern gewaschen zu schein scheint, mir für ein Interview zur Verfügung stünde. Seine Antwort lässt nicht lange auf sich warten. Zwar befände er sich noch in den Ferien, doch nach der Rückkehr liesse sich gewiss bald ein Termin finden. Und so soll es geschehen. Wir treffen uns an einem heissen Freitagnachmittag 2013 in den Büroräumlichkeiten seines Arbeitgebers, die sich in einem stilvollen, altehrwürdigen und zentral gelegenen Gebäude in Zürich befinden, an dem ich bis dato achtlos vorübergegangen bin.

Stefan, wer bist du? Kannst du dich und deine Lebensumstände kurz beschreiben?

Ich bin neununddreissig Jahre alt, verheiratet, Vater von zwei Kindern, wohne in Maur am Greifensee und arbeite als PR-Berater bei IRF Communications in Zürich. Ausserdem bin ich gerade dabei, zum Partner dieser Agentur zu werden. So gesehen bin ich ein durchschnittlicher Schweizer Bürger mit all den Attributen, die so dazu gehören, wie Job, Familie, Eigentumswohnung und Auto.

Was willst du damit sagen?

Weisst du, wenn man mich als Kind gefragt hätte, wo ich mit vierzig Jahren stehen würde, hätte ich wahrscheinlich genau diese Dinge aufgezählt.

Du hast dir also alle deine Wünsche erfüllt?

Ein grosses Glück hat sich schon mit meiner Frau und den beiden Söhnen eingestellt. Der Rest, wie Arbeit und Infrastruktur, besteht ja nicht eigentlich aus Wünschen, sondern vielmehr aus der Struktur unserer Gesellschaft. Für solche bleibt nach wie vor viel Platz.

Um aber nochmals auf deine Eingangsfrage zurückzukommen, ich strebe einen ungefähren Ausgleich zwischen Arbeit, Familie, Freunden und Freizeit an, was mir auch ziemlich gelingt. Natürlich ist ein solcher nicht immer gleich gut möglich, insgesamt aber stimmt es sehr.

Was ich mit den Jahren feststellen durfte, ist, dass ich mich mit meiner Arbeit in einem Jobumfeld wiederfinde, in dem Arbeit und Freizeit nicht so sehr getrennt sind. Grob gesehen ist es natürlich schon so, dass ich von acht bis sechs Uhr arbeite und an den Wochenenden frei habe, doch hin und wieder überlappen sich Arbeit und Privates einfach, was jedoch auch sein darf. Und, was hier ebenfalls angefügt werden muss, von einer solchen Art zu leben kommen wir ja auch her.[37]

Nur schon wenn man in der Landwirtschaft ein paar Jahrhunderte zurückblickt, sieht man, dass die heutige Trennung zwischen Arbeit und Privatem etwas total Neues in der Geschichte der Menschheit darstellt. Früher tat man einfach, was getan werden musste; und das war dann dein Leben. Mal

hast du gearbeitet, mal gegessen und mal geschlafen. Aber niemand schaute auf die Uhr und machte sich um siebzehn Uhr vom Acker, nur weil er oder sie Feierabend hatte.
Darum stört es mich nicht sonderlich, wenn diese beiden Gebiete nicht völlig getrennt sind. Okay, damals, als ich noch keine Familie hatte, machte es mir vielleicht noch weniger aus als heute. Da konnte es gut und gerne vorkommen, dass ich auch einmal samstags im Büro anzutreffen war, mir im Gegenzug dafür aber auch einen Montagvormittag schenken konnte. Heute bedarf es natürlich schon mehr Struktur. Nichtsdestotrotz macht mir das Arbeiten zu unregelmässigen Zeiten weiterhin nicht viel aus.

Kannst du deinen Job als PR-Berater noch etwas ausführen? Was tut jemand wie du?

Der Beruf des *PR-Beraters* ist derjenige eines Beraters im Bereich der Kommunikation, und zwar hauptsächlich in der Unternehmenskommunikation. Das heisst, es geht vor allem um die Positionierung von Unternehmen und deren Persönlichkeiten in der Öffentlichkeit, sprich meistens in den Medien. Gerade diese Öffentlichkeitsarbeit gehört zu meinen Kernkompetenzen. Von dort stamme ich, gerade wenn man meinen Werdegang mit Gymnasium, Wirtschafts- und Publizistikstudium und Arbeit als Wirtschaftsjournalist betrachtet. So gesehen war mir von Beginn weg klar, dass ich dereinst in irgendeinem Feld, das damit zusammenhängt, arbeiten möchte.
Grob gesagt, hatte ich nach Ende des Studiums drei Möglichkeiten: im Journalismus arbeiten, in der Unternehmenskommunikation oder auf einer PR-Agentur. Nach Beendigung meines Studiums lagen mir dann auch vier Jobangebote aus diesen drei Feldern vor. Ich hätte bei der Neuen Zürcher Zeitung als Wirtschaftsjournalist einsteigen, in die Unternehmenskommunikation des Wirtschaftsprüfers KPMG gehen oder auch als PR-Berater bei Wirz Investor Relations anfangen können. Ausserdem lag mir noch ein Stellenangebot des Schweizerischen Wirtschaftsverbandes Economiesuisse vor. Es wäre gelogen, wenn ich nun behauptete, dass mir jene komfortable Ausgangslage nicht die eine oder andere schlaflose Nacht beschert hätte. (muss lachen) Zwei der Angebote konnte ich jedoch rasch ausschliessen, da ich mitten ins Geschehen hinein wollte. Schliesslich hat die Entscheidung noch zwischen dem Arbeiten auf einer Zeitung, was einer Herzensangelegenheit entsprochen hätte, oder dem Arbeiten in der Unternehmenskommuni-

kation bestanden. Nicht nur der besseren Entlohnung wegen, sondern auch wegen der eher unsicheren Zukunftsaussichten auf dem Zeitungsmarkt, aber auch, weil mir in jenem Unternehmen die Möglichkeit geboten wurde, alleiniger Verantwortlicher für die Medien zu sein, hatte ich mich schliesslich für KPMG entschieden.
Aber weisst du, nach einer solch langen Ausbildung, wie ich sie genossen habe, war ich auch richtiggehend darauf versessen, wirklich einmal in der Wirtschaft zu arbeiten. Die Businesswelt reizte und reizt mich schon sehr.

Wie bist du aufgewachsen?

Zunächst einmal ist zu sagen, dass ich nicht weiss, ab welchem Alter man wahrnimmt, dass man in einem Pfarrhaus und damit vielleicht in einem leicht speziellen Umfeld aufwächst. Ich jedenfalls habe es stets als toll empfunden. Vor allem die Pfarrhäuser mit den vielen Räumen, den grossen Gärten und auch den immensen Dachböden, wo man grosse Holzhütten aufstellen oder auch auf alte Bücher stossen konnte, hat mir zugesagt. Insofern war das Aufwachsen in einem Pfarrhaushalt für mich paradiesisch.
Nichtsdestotrotz wurde dir im Dorf natürlich schon zu spüren gegeben, dass du etwas spezieller warst. So kannte man dich, und wenn du zum Beispiel einkaufen gingst, wusste jedermann, dass du zur Pfarrfamilie gehörst. Mein Bruder und ich sind jetzt aber nicht nur durch unsere Zugehörigkeit zu einem Pfarrhaushalt aufgefallen, sondern auch durch den einen oder anderen Schabernack, den wir getrieben haben. Unsere Schwester hingegen hat sich da eher angepasst.
Allgemein kann ich vielleicht sagen, dass mich das Aufwachsen in einem Pfarrhaus – neben der Kirche und dem Friedhof – weder gross gestört noch seltsam berührt hätte. Es war einfach so. Auch könnte ich nicht sagen, dass mein Interesse für die Wirtschaft und deren Mechanismen etwas Rebellisches an sich gehabt hätte, so quasi in Abgrenzung zur Kirche mit ihren eigenen Gesetzen – nein, das glaube ich nicht. Die ganze Welt der Ökonomie hatte mich einfach schon immer interessiert. So hatte ich mir mit zirka zwölf Jahren US-Dollars im Wert von achtzig Schweizerfranken besorgt, einfach aus dem Grunde, weil deren Kurs damals gerade tief war. Ein halbes Jahr später hatte ich sie dann wieder abgestossen. Ob mit Gewinn oder nicht, weiss ich heute nicht mehr. Mich hatte einfach diese andere Welt gereizt.
Ich gehörte nun aber nicht zu denjenigen Studenten, die einfach einmal Wirtschaft zu studieren begonnen hatten mangels Interesse an einer anderen

Richtung. Nein. Mein Entscheid für das *Studium der Ökonomie* hat schon seit längerem festgestanden.

Wie hast du eigentlich deinen Vater wahrgenommen?

Meinen Vater habe ich in seiner Rolle immer als sehr pragmatisch wahrgenommen, eher als Wissenschaftler, was er auch war und ist.[38] Zu keiner Zeit wäre er abgehoben gewesen, sozusagen der Typ auf Wolke sieben oder gar der Missionar, der immerzu zu seinen Schäfchen schaut und diese beschützt. Nein, nein, da wäre er nicht der Typ dafür gewesen. Nichts da von Heiligenschein oder ähnlichem. Eher habe ich ihn immer als Kantonsbeamten empfunden, was er letztlich auf der Ebene eines Gymnasiallehrers auch war.
Und auch sonst ist er mir eher von der pragmatischen Seite her erschienen. Wenn er beispielsweise sonntags nach dem Gottesdienst nach Hause kam, hat er im Sommer einfach die kurzen Hosen angezogen und sich damit zu uns an den Frühstückstisch gesetzt. In jenen Momenten war er also ganz klar Privatperson. Aber natürlich war unser Haus – vor allem in Dielsdorf – schon Anlaufstation für jedermann, für Bettler und andere Leute. Das hat man mitbekommen, klar. Ausserdem verfügte mein Vater über ein Studierzimmer, in dem fremde Leute, wie Hochzeits- oder Trauergäste, aber auch solche, die einen Rat suchten, ein- und ausgingen.
Das Schöne an all dem war, dass mein Vater auf diese Art und Weise oft zu Hause war. Dadurch, dass er vor allem daheim arbeitete, habe ich wie kein Gefühl für einen gewöhnlichen Arbeitsrhythmus mitbekommen. Erzählten meine Schulkollegen jeweils, wann ihr Vater üblicherweise von der Arbeit nach Hause kam, konnte ich nicht mitreden, da bei uns, wenn überhaupt, ich derjenige war, der nach Hause kam. (muss lachen)
Aber logischerweise hat mein Vater auch zu Zeiten gearbeitet, an welchen andere Papis längst den Feierabend genossen, wie zum Beispiel samstagnachts um dreiundzwanzig Uhr. Zu jener Zeit konnte man bei uns regelmässig noch das Klappern der Schreibmaschine vernehmen, da mein Vater eine Predigt fertigzustellen hatte. Insofern habe ich dieses lockere Nebeneinander von Arbeit und Leben also bereits damals mitbekommen.
Darum würde ich sagen: Ja, dies alles hatte uns geprägt. Wir verfügten über keine normale Wohnung, Vater arbeitete oft zu Hause und dann noch zu Zeiten, in denen andere Eltern ihren Feierabend genossen. Dass ich jetzt jedoch irgendwie darunter gelitten hätte, kann ich nicht behaupten.

Hat sich der Beruf deines Vaters auf deine eigene Berufswahl ausgewirkt?

Nein, nicht gross. Auch nicht, dass ich mich bewusst davon abgegrenzt hätte. Wie schon erwähnt, wollte ich schon immer einfach mein Ding machen, was seit jeher mit Wirtschaft und Publizistik zu tun hat.

In dem Fall gab es auch keine grossen Auswirkungen auf dein Leben?

Nein, das würde ich nicht sagen. Wie gesagt, hatte mich jener spezielle Status im Dorf nicht gestört, im Gegenteil. Irgendwie hatte ich ihn sogar noch genossen. Es verhält sich jetzt aber nicht so, dass mich das auf eine irgendwie geartete spirituelle Schiene oder dergleichen gebracht hätte, im Gegenteil. Am Familientisch war meistens ich derjenige, der für die kritischen Fragen zuständig war und so auch für kontroverse Gespräche gesorgt hatte. Aber natürlich hatte mich das Aufwachsen in einem Pfarrhaus geprägt, beispielsweise insofern, als dass ich die Sonntagsschule besucht hatte und mir dadurch die biblischen Geschichten bekannt sind. Davon wollte ich mich aber weder abgrenzen noch diese zu stark hinterfragen.
Lustigerweise hatte ich dann vor allem in Wädenswil, neben intensivem Volleyballspiel, doch noch eine Art kirchliche Karriere eingeschlagen, indem ich manche Jahre im örtlichen Ten Sing verbracht hatte, am Ende sogar als dessen Leiter, Engagement auf Verbandsebene inklusive. Dies jedoch vor allem wegen der musikalischen Ader, die ich da ausleben konnte.

Was würdest du aufgrund deiner eigenen Erfahrung sagen: Gibt es dieses «besondere Aroma» des Pfarrhauses?

Sagen wir es so: Damals in Dielsdorf, wo wir wirklich mitten im Dorf gewohnt hatten, waren wir schon Anlaufstelle für diverse Anliegen. Insofern würde ich deine Frage mit Ja beantworten. Für Wädenswil aber, wo wir eher privat gewohnt hatten, würde ich das hingegen verneinen.
Allgemein würde ich vielleicht sagen, dass jemand, der im offiziellen Pfarrhaus aufwächst, schon eine spezielle Aura mitbekommt, jetzt aber weniger durch den Beruf des Vaters, der Mutter oder den darin Wohnenden geprägt als durch die Funktion des Hauses selbst. Nochmals anders verhält es sich bestimmt im römisch-katholischen Rahmen. Bei uns Reformierten, wo der

Pfarrer in der Regel samt Familie darin haust, stellt das sicherlich etwas anderes dar als in einem römisch-katholischen Haus, wo der Pfarrer meist alleine mit der Haushälterin lebt.

Hat sich deine Einstellung zu Leben und Glück im Laufe der Zeit gewandelt, insbesondere seit du das Pfarrhaus verlassen hast?

Nein, nicht wirklich. Ausgezogen bin ich damals mehr aus dem Drang heraus, auf eigenen Beinen zu stehen, nicht aber aus religiösen Gründen oder so.

Wie hältst du es selbst mit der Religion?

Ich muss sagen, ich bin nicht sehr aktiv. Ich gehöre aber auch nicht zu denjenigen, die, wie beispielsweise einige meiner Kollegen, zwecks Steueroptimierung ausgetreten sind. Das ist definitiv nicht mein Fall. Dafür bin ich noch zu stark in der mir mitgegebenen Kultur verwurzelt. Jedoch bin ich kein Kirchgänger.
Manchmal aber, vor allem als meine Frau und ich noch in der Stadt Zürich gewohnt hatten, kam es hin und wieder vor, dass wir einen Gottesdienst besuchten, zum Beispiel an Heiligabend. Insofern habe ich keine Berührungsängste. Nun, da wir zwei Kinder haben, wird sich weisen, wie stark ich sie in dieser Kultur aufziehen werde. Zwar gehe ich momentan davon aus, dass wir sie eher einen eigenen Weg suchen lassen möchten, doch wer weiss, was noch alles geschieht.

Hast du eine Botschaft? Wenn ja, welche?

Während meines Studiums bin ich über das bedeutende Werk des Soziologen und Ökonomen Max Weber, und hierbei insbesondere über *Die protestantische Ethik* und *Der Geist des Kapitalismus,* gestolpert. Neben seiner Schrift *Wirtschaft und Gesellschaft* zählen diese zu seinen wichtigsten Beiträgen zur Soziologie und sind damit grundlegende Werke der Religionssoziologie.
Zwischen der protestantischen Ethik und dem Beginn der Industrialisierung beziehungsweise des Kapitalismus in Westeuropa besteht nach diesem Werk ein enger Zusammenhang. Das hat mich fasziniert, und darüber habe

ich sogar einen Beitrag für den örtlichen Kirchenboten schreiben dürfen. Dieser hat dann in der Gemeinde einigen Staub aufgewirbelt. Es wurde sogar extra ein Gesprächsabend dazu einberufen. Natürlich hatte ich jenen Artikel etwas zugespitzt formuliert, aber es ist schon so, dass vor allem die Reformatoren Luther, Calvin und Zwingli die Berufsarbeit als grösste Gottgefälligkeit positionierten. Die Konsequenzen daraus lassen sich auch heute noch deutlich erkennen, wonach zum Beispiel in Städten wie Genf oder Zürich eine höhere Arbeitsmoral und ein grösseres Streben nach beruflichem Erfolg herrscht als in vergleichbaren, katholisch geprägten Regionen oder Städten. Es verhält sich nun aber nicht so, dass ich einfach der Meinung bin, jede und jeder müsse ständig nur arbeiten. Das nicht. Was ich damals vertreten hatte und wovon ich auch heute noch überzeugt bin, ist jedoch, dass die kapitalistische Welt, wie wir sie bei uns im Westen vorfinden, stark mit unserem Glauben zusammenhängt.
So glaube ich auch, dass die ganze Wut, die der Islam auf unsere westliche Kultur hat, auch mit den Unterschieden bezüglich wirtschaftlicher Produktivität und Wohlstand zu tun hat. Nur schon, wenn du beispielsweise ins Persien von vor ein paar Jahrhunderten zurückgehst, kannst du nicht umhin zu sagen, wie reich und fortgeschritten es damals war. Europa hingegen steckte zu jener Zeit noch im dunkelsten und katholischsten Mittelalter. Dass der Iran uns heute um unseren Reichtum, unsere Kultur und auch um unsere Wissenschaft beneidet, hat sicherlich auch etwas mit dessen Religion zu tun. Ja, ich würde sogar so weit gehen und sagen, dass er sich in unserer Zeit mit gewissen Glaubenssätzen selbst einschränkt und lähmt, wohingegen sich das Christentum, und darin insbesondere der Protestantismus, Freiräume geschaffen hat, um erfolgreich zu sein.
Insofern ist es meine Überzeugung, dass unser Wohlstand und unsere kapitalistische Wirtschaftsform, die wir geniessen, das Resultat unseres Handels ist, welcher wiederum von der Religionsgeschichte geprägt ist.

Update

Lieber Matthias,
viel hat sich nicht verändert. Ich bin heute 43 Jahre alt und mittlerweile Partner bei IRF Communications. Ausserdem leben wir seit einiger Zeit in Zumikon. Das ist alles, was es an Neuem zu berichten gibt.

Rudolf Meyer

Organist im Unruhestand

Rudolf Meyer, Jahrgang 1943, wächst als viertes von fünf Kindern in Küsnacht am Zürichsee auf und erhält, nachdem er schulisch auf keinen grünen Zweig kommen will, eine Ausbildung in Orgel, Schul- und Kirchenmusik und Komposition. Ab 1966 folgen ein Studienaufenthalt in Paris und Meisterkurse in Orgel, Improvisation und Aufführungspraxis, unter anderem beim legendären Nikolaus Harnoncourt. Von 1976 bis 2001 ist er als Organist an der Stadtkirche Winterthur und am dortigen Konservatorium, der Zürcher Hochschule der Künste, tätig. Daneben nimmt der umtriebige Musikus fortlaufend verschiedene Lehrengagements an, ausserdem erweitert die Tätigkeit als Fachberater bei Orgelneubauten oder -restaurierungen sein Berufsgebiet. Immer wieder engagiert sich Rudolf Meyer auch stark für Winterthur, indem er Veranstaltungen rund um die Orgel initiiert oder auch die Begegnungsplattform Internationale Orgeltagungen gründet. Er komponiert ausserdem Geistliches und Profanes für verschiedene Besetzungen, mittlerweile an die sechzig Werke. Seit 2001 nun wirkt Rudolf Meyer ausschliesslich als freischaffender Orgelmusiker und Komponist. Er hat drei Töchter und sieben Grosskinder zwischen fünf und fünfundzwanzig Jahren. Zusammen mit seiner zweiten Frau Sheila Woods lebt Rudolf Meyer seit mehr als zwanzig Jahren in Winterthur.

Rudolf Meyer

Die Wege, die mich zu Rudolf Meyer bringen, sind verschlungen, aber auch spannend. Nichtsahnend, dass sich unsere Wege einst kreuzen werden, bringe ich im Sommer 2013 ein paar Exemplare meines ersten Werkes[39] zum Kloster Kappel, das jenes ab und zu verkauft. Nachdem ich die Bücher an der Rezeption abgegeben habe, verfüge ich noch über etwas Zeit, bis mich das Postauto wieder nach Hause bringt. Aus purer Langeweile lege ich mich darum in der grossen Kirche auf eine Bank. Dort übt ein Chor gerade andächtige Lieder ein, welche ich zwar nicht kenne, die mir aber gefallen und mich auch in eine eigenartig ruhige Stimmung versetzen. Als es Zeit zum Aufbrechen ist, begebe ich mich an die Haltestelle, um auf den Bus zu warten. Kurz bevor jener eintrifft, kommt mir eine Frau entgegen, die ich kenne. Gisula Tscharner. Wir unterhalten uns, fragen, wie es geht, und kommen auf aktuelle Projekte zu sprechen. Gisula erzählt mir, dass sie eben daran sei, alleine ein paar Tage in der Berninaregion auf über dreitausend Meter Höhe zu verbringen; das täte ihr gut. Und ich spreche über das vorliegende Werk.

Dass Gisula Tscharner selber Pfarrerstochter ist, weiss ich zwar, dass sie aber auch Geschwister hat, das wusste ich nicht. Darum bin ich umso erstaunter, als sie mir wie selbstverständlich erklärt, dass sie eben mit einem ihrer Brüder in der Kirche Lieder «einfach zum Klangvergnügen» geübt habe. Natürlich hake ich sogleich nach und frage sie, ob ich ihren Bruder wohl porträtieren könne. Gisula bejaht, und kaum bin ich zu Hause, mache ich mich daran, ein offizielles Schreiben an Rudolf Meyer aufzusetzen. Seine Antwort lässt auch nicht lange auf sich warten, er meint: «Lieber Herr Weiss, Ihre Anfrage freut und überrascht mich keinesfalls. Gerne machen wir ein Interview, am besten bei mir zu Hause, wenn Sie reisen mögen.» Vor allem sein «überrascht mich keinesfalls» macht mich neugierig. Was dieser Mann wohl damit meint, und was er alles zu erzählen hat?[40] Zwar sind mir aus Gisula Tscharners Erzählungen ein paar Dinge bekannt, doch wie es mir entspricht, bin ich stets darauf bedacht, Informationen aus erster Hand zu bekommen. Herr Meyer und ich setzen einen Termin auf Anfang November 2013 fest. Zurzeit sei er noch viel unterwegs, so mit etwa einem grossen Konzert pro Woche.

Umso gespannter bin ich, als es soweit ist und ich ihn zur vereinbarten Zeit in Winterthur besuche. Aufgrund einer Unachtsamkeit meinerseits verpassen wir uns beinahe, doch glücklicherweise finden wir uns dennoch, und unser Gespräch kann bei Gipfeli, Kaffee und Wasser im Wohnzimmer beginnen. Ruedi, wie ich ihn fortan nennen darf, ist sehr an mir und meiner Arbeit interessiert und gibt unumwunden zu, dass er zunächst auch nicht mehr genau gewusst hätte, welcher Weiss ihn nun besuchen käme. So lachen wir beide und beginnen mit dem offiziellen Teil, welcher schliesslich mit einer kleinen Kostprobe auf Ruedis eigener Orgel im Keller seines Hauses endet.

Ruedi, wer bist du? Kannst du dich und deine Lebensumstände kurz beschreiben?

(denkt länger nach) Aufgewachsen bin ich als viertes von fünf Kindern in Küsnacht am Zürichsee. Ich war ein regelrechtes Pausenkind. Einerseits, weil es zwischen mir und drei mir vorausgegangenen Geschwistern eine zweieinhalbjährige Pause gab, andererseits aber auch, weil ich in unserem Familienverband wirklich stets die Rolle des Pausenkindes innehatte, indem ich ständig energiearm lebte oder auch in der Familie unter «ferner liefen» fungierte. Heute sind mir die Vorteile eines solchen Aufwachsens allerdings präsent. So musste ich mir meinen Platz selber suchen oder auch schauen, wo es mir wohl ist.

Im Schlepptau meines berühmten, mittlerweile aber verstorbenen Bruders Hannes Meyer lernte ich dann Klavier und Orgel. Während Jahren hatte ich mich jedoch in dessen Schatten befunden und war als der «Auch-Organist» bekannt, weil ich eben *auch* Organist war. Ich war also fast sein Duplikat. Doch diese Erfahrung hatte mir gut getan. Trotz jenes Schattens war es mir nämlich möglich, mich zu entwickeln. Zwar verfüge ich über keinen Schulabschluss und bleibe so gesehen eine «Schulruine», da ich die Erwartungen meines Vaters, ein maturafähiger Gymnasiast zu werden, der Latein kann, einfach nicht erfüllen konnte. Zu seiner Entlastung sei jedoch gesagt, dass er mir zwecks Übertritt nach der Sekundarschule in ein Privatgymnasium den lateinischen Stoff von drei Jahren unter Aufbietung all seiner Geduldsreserven beibrachte. Doch mein eigentlicher Weg hatte erst nach dem freiwilligen Austritt aus dem Gymnasium begonnen, und zwar als meine Mutter mit mir Erbarmen hatte und mich zu einem Test an die Musikakademie schickte. Ich weiss noch, wie wenn es heute gewesen wäre, dass der damalige Direktor zu meinem Vater sagte, warum ich nicht schon längst bei ihnen gelandet sei. Wäre dem nämlich so gewesen, hätte ich seines Erachtens nämlich bereits über zwei Diplome verfügt.

« Das Essen verteilte Mutter
absichtlich ungleich, in der Meinung,
dass später Dinge auch ungerecht
verteilt würden, und wir dieser Tatsache
besser früher als später
ins Gesicht schauen sollten. »

Gleich am Montag darauf konnte ich dort mit Studieren beginnen, was für mich eine grosse Befreiung darstellte, denn von jenem Zeitpunkt an begann endlich mein künstlerisches und selbständiges Leben, und ich konnte von einer gewissen Introvertiertheit zu einer ziemlichen Extrovertiertheit finden. Ich absolvierte alle nötigen, musikalischen Ausbildungen und wurde Organist, Chorleiter und Schulmusiker.
So kam ich auf meinen eigenen Weg, zog möglichst weit weg, nach Burgdorf, und gründete eine Familie. Allerdings konnten wir uns dort nicht ernähren,

weshalb es mich wieder in die Zürichsee-Region zog. In Rapperswil verbrachte ich dann die schönsten viereinhalb Berufsjahre meines Lebens. Unter anderem leitete ich einen Kirchenchor, gab an einem Gymnasium Musikunterricht oder dirigierte noch ein Kirchenorchester.
Meine Frau wollte sich dann jedoch von mir lösen, um auf ihren eigenen Weg zu gehen, was mich zunächst natürlich in ein Loch hineinstürzte, mir mit vierzig Jahren aber auch die Möglichkeit gab, meine bis dato eher verdrängte Pubertät nachzuholen. In der Folge lernte ich dann auch meine jetzige Frau Sheila kennen. Heute sind wir nun seit vierundzwanzig Jahren ein Paar und haben zusammen fünf erwachsene Kinder aus zwei Ehen. So viel zu meinem privaten Leben.
Was das Öffentliche angeht, so hat es mich schliesslich nach Winterthur verschlagen, weil hier schweizweit eine von etwa fünf Organistenstellen existiert, von welcher man leben kann. Hier angekommen, baute ich während fünfundzwanzig Jahren eine aktive Orgelszene auf, unter anderem mit Musik für Kinder, Feierabendkonzerten oder auch der sogenannten Orgelsuppe, einer Veranstaltung über Mittag, in welcher man sich Orgelmusik anhören und anschliessend eine leckere Suppe essen konnte. Leider kam es später zu einem Zerwürfnis zwischen einem einflussreichen Pfarrer und mir, so dass ich mich in die Selbständigkeit rettete. Im Vergleich zu diesem Berufsinfarkt tat meine Ehescheidung übrigens weniger weh, da jene in gemeinsamer Absicht erfolgt war. In der Folge hätte es für mich dann massenhaft Gründe gegeben, aus der Kirche auszutreten, doch ich sehe stets das halbvolle statt das halbleere Glas.
Ja, und heute arbeite ich als *Freischaffender und Konzertierender Organist, Komponist* und gelegentlicher *Dozent.* Dieser Schritt in die Selbständigkeit wurde mir insofern erleichtert, als ich mir schon seit längerem eine eigene, mechanische Hausorgel in den Keller habe stellen lassen, so dass ich vom Kirchenraum unabhängig wurde. Momentan leide ich jedoch etwas unter meiner Konzerttätigkeit, weil ich fast täglich auf irgendeinem Bahnhof stehe, da alles ausserhalb von Winterthur stattfindet.

Wie bist du aufgewachsen?

(denkt nach) Bei jedem Menschen findet sich ja mindestens ein Komplex, und je älter wir sind, desto grösser kann jener werden. Aber auch desto vernetzter und positiver betrachte ich meinen eigenen: bis heute bin ich näm-

lich ein *Träumer.* So schaue ich lieber in den Himmel hinauf statt zu Boden. Ja, ich war und bin ein sogenannter «Hans guck in die Luft». Stets hatte ich vieles vergessen oder dann war ich als Kind der erste, welcher das frische Tischtuch beschmutzt hatte. Ich war also eher ein mühseliges Kind, dafür aber eines mit einem reichen Innenleben.
Mutter und ich hatten stets eine ambivalente Beziehung. Einerseits war sie ständig drauf und dran, mich mit ihrem fundamentalistischen Glauben «aufzuessen», andererseits konnte sie mich emotional derart umgarnen, dass ich stets zwischen einer extremen Faszination für das Weibliche und einer enormen Aggressivität hin und her pendelte. Da sie diejenige war, die erzogen hatte – Vater hielt sich diesbezüglich vornehm zurück –, gab es immer wieder Momente, in welchen ich trotzte, da sie den Willen von uns Kindern oft zu brechen meinte. Ihres Erachtens hatte sich ein Kind einfach anzupassen. Das war ihre Erziehungsmethode. Das Essen verteilte sie beispielsweise absichtlich ungleich, in der Meinung, dass später Dinge auch ungleich verteilt würden und wir dieser Tatsache besser früher als später ins Gesicht schauen sollten. Schlimmer war allerdings, dass sie uns Kinder oft miteinander verglichen hatte. Bruder Hannes hätte so seriös wie ich werden sollen, währenddessen ich von ihm das Originelle hätte übernehmen müssen.

« Vaters Söhne hatten ganze Männer zu werden. Mannhaftigkeit war ihm wichtig und ja keine Emotionalität, stattdessen gefasste Nüchternheit. »

Das führte bei mir dazu, dass ich mir meine Schlupflöcher suchte. So ging ich oft zu anderen Familien in der Nachbarschaft. Da ich aber vor allem an den späteren Nachmittagen unterwegs war, hatte das zur Folge, dass ich mich meist bei Frauen (flüstert verschwörerisch) aufhielt, einfach zum Sein. Natürlich konnte das heissen, dass ich jene beim Rüsten des Gemüses unterstützte oder ihnen sonst wie half, hauptsächlich ging es dabei jedoch darum, jene *für mich* zu haben, die Frau Geiger, die Frau Walder oder auch die Frau Leuzinger.[41] Dort hatte ich meine Inseln gefunden, in denen es mir wohl war, und Mutter liess mich glücklicherweise gewähren.

Einer ihrer grossen Pluspunkte aber war, dass sie sehr sinnlich war. Sie liebte Farben, konnte gut kochen und sich über schönes Wetter freuen – ansteckend, fast wie ein Kind. Hin und wieder schaffte sie es auch, uns von Küsnacht loszureissen, um irgendwo bräteln zu gehen. Vater kam leider nur ein einziges Mal mit, da die Arbeit eigentlich Vorrang genoss. Gerade dann aber, beim Ausflug auf den Etzel, hatte er vergessen, eine Trauung abzuhalten. (muss lachen)

Für die Familie hatte Vater also wenig Zeit und Energie übrig. Mit uns gab er sich bloss ab, wenn wir wanderten oder in den Bergen Ferien verbrachten. Es gab so etwas wie eine unumstössliche Reihenfolge von Autoritäten in unserer Familie, das meinte jedenfalls Mutter. Zuoberst war der liebe Gott angesiedelt, dann folgte der Heiland, darauf Papa und schliesslich noch sie. Papa war also der Familien-Guru. Er setzte die Massstäbe.

Zum Beispiel war es ihm ein Anliegen, dass seine Söhne richtige Männer würden. Wir sollten einem Bild, das er sich von uns machte, entsprechen. Vielleicht rührt das daher, dass er zeitlebens einarmig war und daran zu beissen hatte. Aber wie auch immer, seine Söhne hatten einfach ganze Männer zu werden. Mannhaftigkeit, Virtus, war ihm wichtig. Und ja keine Emotionalität, stattdessen gefasste Nüchternheit. Mutter hatte er darum nicht zu trösten gewusst, wenn sie, durch fünf Kinder überfordert, den Tränen nahe war. Zwar konnte er sie auf singende Vögelchen oder die lachende Sonne hinweisen, doch ihr ein liebes Wort zu sagen vermochte er kaum. Aus diesem Grunde wissen wir bis heute nicht, wie es ihm möglich war, Seelsorge zu betreiben und Empathie zu zeigen. Vielleicht fiel ihm dies, wie ja noch oft üblich, bei Aussenstehenden einfacher.

Ja, Vater war ein ragender Mann. Das sage ich bewusst so. Er war zwar ragend, worunter ich auch lange Zeit zu leiden hatte, aber nicht überragend. Ich fühlte mich von ihm während geraumer Zeit nicht erkannt, da er sich vom Bild, welches er sich von seinen Söhnen machte, einfach nicht lösen konnte. Nachdem ich mich jedoch musikalisch-geistig mehr in seine Richtung hin entwickelt und die Organistenstelle an der Hauptkirche von Winterthur übernommen hatte, kam die grosse Wandlung. Offenbar bin ich dort dem, was er sich von mir erträumt hatte, am nächsten gekommen. Am allerhöchsten stieg ich jedoch, als ich 1996 *Professor an der Musikhochschule Köln* geworden bin, notabene ohne Matura! Und 1997 stand ich oben auf dem Gipfel des Tödi, welchen er trotz vier Versuchen nie erreicht hatte ...

Hat sich der Beruf deines Vaters auf deine eigene Berufswahl ausgewirkt? Und wenn ja, wie?

Sehr, ja. Momentan bin ich beispielsweise daran, die klassisch-geistliche Musik vor dem Gottesdienst zu retten, will heissen, es geht mir um Sammlung. Eine solche kann für mich sogar beim konzentrierten, kollektiven Mitanschauen eines Velorennens stattfinden oder genauso gut an einem Anlass, wo bloss zwei oder drei Leute zusammenkommen. Das läuft dann für mich bereits unter Gottesdienst. Vater nun war es möglich, eben solche Momente – auch schweigende – herzustellen, sie aber auch zu geniessen. Und genau diese Fähigkeit habe ich bestimmt von ihm mit auf den Weg bekommen. Diese weiterzugeben, liegt mir sehr am Herzen.

« Vater war ein ragender Mann,
worunter ich auch
lange Zeit zu leiden hatte.
Aber nicht überragend. »

Genau aus diesem Grunde hatten wir in der Schule jeweils zu Beginn eines jeden Halbtages Lieder gesungen. Solches trägt nämlich sehr viel zu solcher Sammlung bei. Diese Wohlklänge und das schöne Ausschauen der Menschen währenddessen! Solches beglückt mich einfach heute noch – ich bekomme jetzt schon wieder das Wasser in die Augen. Das habe ich übrigens von Mutter ererbt.
Überträgt man dies jetzt auf die Kirche, so stellt für mich der Moment des Vater Unsers etwas ähnliches dar. Genau solche heiligen Momente möchte ich bewahren. Deshalb liege ich mit unserer reformierten Landeskirche bezüglich des aktuellen, gottesdienstlichen Lebens auch so oft im Clinch. Etwas bösartig sage ich nämlich immer, dass aus einer Buchhandlung ein Kiosk geworden sei. Oder anders formuliert, sind heutige Feiern oft ein geschäftiges Tun mit so vielen Akzenten, dass Orgel- und Chormusik als deplaziert betrachtet und darum verdrängt werden. Nur wenige wollen darum noch Orgel studieren, da diese Musik von den Pfarrern seltener verlangt wird. Stattdessen will man von uns bekannte Schlager oder Tänzchen hören. (empört sich)

Ich bin nun aber der Meinung, dass sowohl die Geschichten aus der Bibel wie auch die klassisch-geistige Musik immer wieder neu erschlossen werden wollen, was aber leider nur noch höchst selten geschieht. Gerade bei ernsthaften Dingen beteiligt sich der oder die Hörende doch mit. Wem ist damit gedient, wenn sowohl Musik wie Wort einfach wie Ketchup die Kehle runterlaufen? Genau aus diesem Grunde verfügen meine eigenen Konzertprogramme beispielsweise immer über einen geistigen Duktus. So steht das Konzert vom kommenden Sonntag unter dem Motto *Reden hat seine Zeit, Schweigen hat seine Zeit.* Die Musik, die dafür vorgesehen ist, habe ich natürlich sorgfältigst ausgewählt. (Ruedi Meyer bekommt kühl und holt sich einen weiteren Pullover, währenddessen seine Frau Sheila in der Küche das Mittagessen vorbereitet.)
Mein Anliegen in und für die Kirche besteht also darin, wieder die Stillen im Lande in die Kirche zurückzuholen. Und mit «die Stillen» meine ich all jene, denen das reine Wort nicht so wichtig ist, sondern die eigene mystische Erfahrung.

Was würdest du aufgrund deiner eigenen Erfahrung sagen: Gibt es dieses «besondere Aroma» des Pfarrhauses?

Ja, das gibt es! Zum Beispiel war die ganze Familie Pfarrer. Pfarrfrauen gingen nicht zur Erwerbsarbeit, da sie genug mit den Familien und den geräumigen Pfarrhäusern zu tun hatten. Unsere Mutter hatte sich dazu stattdessen im Frauenverein, im Kirchenchor oder auch im Missionsbasar engagiert. Im Prinzip war sie eine werktätige Frau, einfach ohne Lohn. Notabene war sie damals *gegen* das Frauenstimmrecht.

«Mein Anliegen besteht darin, die Stillen im Lande wieder in die Kirche zurückzuholen.»

Im weiteren mussten wir im Dorf allen Leuten die Hand geben, ihnen in die Augen schauen und den Namen sagen, was mich ziemlich überforderte. Hätte ich heute Zeit, könnte ich gut und gerne einen Film über die Küsnachter

Dorfstrasse drehen. Alles ist mir noch dermassen präsent. Nie und nimmer könnte ich wieder dort wohnhaft werden, denn wir Pfarrkinder gehörten schlichtweg der Allgemeinheit. Und da ich von meiner Disposition her weder der Mutter noch der Öffentlichkeit Widerstand leisten konnte, käme ein solches Experiment nicht gut heraus. Aus diesem Grunde war es allen Meyer-Kindern früher oder später wichtig, Reissaus zu nehmen. Ja, du sagst es richtig: es handelte sich wirklich um ein gewisses Aroma.

Hat sich deine Einstellung zu Leben und Glück im Laufe der Zeit gewandelt, insbesondere auch, seit du das Pfarrhaus verlassen hast?

(denkt während längerer Zeit nach) Ja, doch, meine Einstellung hat sich im Prinzip von jenem Moment an, wo ich Musiker werden durfte, radikal geändert. Damit ging ein totaler Temperamentswechsel, eine völlige Mutation meinerseits, einher. Erst danach bin ich eigentlich so richtig aus dem Ei heraus geschlüpft und hatte ich Lust, mein Leben zu gestalten. So wurde ich als Organist äusserst selbständig. Hin und wieder konnte und kann ich sogar richtiggehend aggressiv werden, gerade wenn es um die Rettung einer Kirchenorgel ging oder dergleichen. Und im Orgelsektor bin ich beinahe zu etwas wie einem Alphatier geworden. Ich war Chorleiter, hatte Ensembles und ständig irgendwelche Projekte. Ich kann mich also wirklich nicht beklagen, dass ich mich nicht hätte verwirklichen können.
Schatten gab es natürlich auch, vor allem im persönlichen Umfeld, aber ich bin der Meinung, dass sich diese in einem absolut normalen Rahmen abgespielt haben. Diesbezüglich stelle ich wohl keine Ausnahme dar. Ja, wirklich, als Kind durfte sich bei mir vieles lösen, als ich mit dem Orgelspiel beginnen konnte, denn dort durfte ich merken, dass auch ich jemand bin.

Wie hältst du es selbst mit der Religion?

Eben hatte ich das Glück, Eugen Drewermann zur Frage *Religion wozu?* erleben zu dürfen. Jener meinte, dass alles, was Religion in einen Zweck stellen will, dem göttlichen Prinzip zuwiderläuft. Das hat mich angesprochen. Die ganze Lebenswelt, in der wir drinstehen, ist doch ohne Kausalität entstanden, so wie die Blumen, die einfach sind. Was uns letztlich immer wieder trägt, ist also genau jener Boden. Eben das Zwecklose. Und natürlich die

Liebe, die ebenfalls bedingungslos zu sein hat, ansonsten sie ja keine Liebe mehr wäre.
Aus diesem Grunde stellt für mich auch die ganze Orgelmusik ein einziges Gotteslob dar. Und dass ich gerade zu jenem Instrument eine Affinität habe – auch zu ihrer Starrheit –, stellt die prickelndste und spannendste Herausforderung dar. Darum bleibe ich übrigens auch Mitglied der Kirche, weil ich der Meinung bin, dass ich mit der Musik, die ich spiele, Gottesdienst vermitteln kann. Ja, mein Wunsch ginge sogar so weit, dass eine musikalische Darstellung von lebendigen Menschen, die im Rahmen der Kirche wirken, dem Stellenwert eines Gottesdienstes gleichgestellt werden müsste. Musizierte man Sonntagvormittag beispielsweise zwei Kantaten von Bach, ein Orgelkonzert oder auch eine Gospelstunde, so wäre die Kirche wohl derart voll, dass man ihn um elf Uhr gleich wiederholen müsste.

Damit wären wir schon bei der letzten Frage angelangt, die da lautet: Hast du eine Botschaft? Wenn ja, welche? Meiner Meinung nach hast du mir diese jedoch eben beantwortet, oder?

Es ist schon verrückt! Das, was mir vorschwebt, scheitert leider am heutigen Pfarrsystem. Damit meine ich übrigens weniger das jeweilige Ego der verschiedenen Pfarrerinnen und Pfarrer, sondern das, was die Leute auf sie projizieren. Die Kirche besteht also noch viel zu stark aus den Pfarrerinnen und Pfarrern selbst. Insofern lautet meine Botschaft: «Selber glauben und danach handeln.» Eigentlich ein urreformatorisches Anliegen.

www.rudolfmeyer.ch

Update

1. Meine Reflexionen über meine Pfarreltern sind zwar generationstypisch, aber doch eher ein Sturm ganz oben im ansonsten ruhigen Wasserglas. Heute, als mehrfacher Grossvater und Vater dreier mitten im Leben wirkenden Töchter, befinde ich mich im Schnittpunkt von Wahrnehmungen hinunter und hinauf auf der Generationenleiter.

Aber es geschieht dies doch immer innerhalb der grossen Klammer einer tiefgehenden umfassenden elternorientierten Schöpfungsliebe, nicht? Ich glaube, dass Eltern und Kinder einander ausgesucht haben bevor sie es einander wurden. Also bleibt mein lebenslanger Dank an meine lieben Eltern. Sie haben alles getan, was ihnen möglich war!

2. Meine kirchliche Orientierung hat einen wunderschönen positiven Akzent erhalten, indem seit Frühjahr 2016 die KunstKlangKirche auf der Egg in Zürich-Wollishofen ihren Pilotbetrieb aufnahm und damit einen meiner Wunschträume realisiert; ein ökumenischer Ort, wo Klang, bildende und bewegende Künste einmal Vortritt bekommen. Ob ich die Feier noch erlebe, in der nur gesungen und musiziert wird? Keine Ansagen und kein Predigtmonolog mehr, oder schon auch, aber vertont?! Leute setzen sich als Team zusammen, komponieren eine Predigt, vertonen die Lesungen, wobei verschiedene Beteiligungen erfolgen: Gemeinde, Chor, OrganistInnen, InstrumentalistInnen. Dennoch soll eine Pfarrperson das Ganze geistlich koordinieren.

«Für mich stellt die ganze Orgelmusik ein einziges Gotteslob dar.»

Für mich bedeutet dies gerade jetzt, angesichts des Luther-Zwingli-Jubiläums, die *Reformation der Klänge.* Möge die KunstKlangKirche eine stabile Basis bekommen, um als geistliche Avantgarde neues Leben zu verströmen. Zur Zeit knausern die kirchlichen Instanzen noch mit einer finanziellen Unterstützung infolge ihres angelaufenen Strukturwandels. Sollte hier kein innovativer Erfolg eintreten, so wäre die Gründung einer eigenen Körperschaft/Stiftung «Geistliche Kunst-Klang Gemeinde» (bitte einmal nicht englisch!) zu erwägen. Warum nicht eine weitere Freikirche?

3. Oft frage ich mich, ob viele Menschen überfordert sind von den unendlichen Einflüssen, wie sie aus den neuen Medien wie dem Internet einem Dauerregen gleich auf uns niederprasseln. Wie und wo setzen wir vor allem Grenzen? Droht uns wieder das Schicksal

des babylonischen Turmbaus, nämlich die totale Nicht-Verständigung zwischen den Menschen? Derzeit käut der Westen etwa an neu aufgestiegenen Polithelden mit ihren einfachen Rezepten zur Evolution: Separation statt Kooperation. Die Demokratie ist wohl die menschgemässeste Gemeinschaftsform. Aber wie keine andere lebt sie vom Vertrauen ineinander, vom gegenseitigen Respekt. Ihr gefährlichstes Gift ist der Hass und ultimative Machtgelüste. Einmal mehr droht Gefahr nicht von unten, sondern sozial von der Mitte bis Oben: an einem überzüchteten Ego leidend stürmen jene nach vorn, wollen mit Hass und Lügen die ganze Macht an sich reissen. Dazu schaffen sie Feindbilder, um die einfacheren Leute zu gewinnen, für die sie jedoch keinen Finger rühren, sondern das Lied des Umverteilens von unten nach oben singen. Das Ergebnis solcher Strategien kennen wir seit Menschheitsbeginn. So leben heute viele Menschen in einer gespaltenen, schizophrenen Gegenwart: hier das reelle Leben, und auf dem I-Tablet das virtuelle, actionreiche. Dann gerät vieles durcheinander, und zur Zeit streben männliche Egomanen nach Hegemonie. Wütender Gegenprotest dagegen ist leider wie Beelzebub und Teufel. Es braucht die innere Verankerung und das sachliche Darlegen der wahren Verhalte. So widersprüchlich es klingt: allein die innere Sammlung schafft die notwendige Klärung und Hinwendung zum andern, zu den vielen andern, die für Kooperation bereitstehen.

Heinrich Müller

Rockmusiker

Heinrich Müller, Jahrgang 1946, wächst als zweites von vier Kindern in Reiden und Rheinfelden auf. In Basel absolviert er die A-Matura und studiert ab 1966 Rechtswissenschaft und Politik, worauf der grossgewachsene Mann schliesslich promoviert. Bereits während seiner Studienjahre arbeitet Heinrich Müller bei der damaligen National-Zeitung in Basel als Fricktal-Korrespondent, bevor er 1970 einem langgehegten Traum folgt und sich nach Afrika aufmacht. Wenige Jahre später unterrichtet er in Nigeria an der Universität in Maiduguri Staats- und Verfassungsrecht. Nach seiner Rückkehr in die Schweiz im Jahre 1980 arbeitet Heinrich Müller während über zwanzig Jahren als Reporter und Redaktor für das Schweizer Fernsehen. Grosse Bekanntheit erlangt er schliesslich als Moderator der Tagesschau. 2007 spricht der Mann mit der sonoren Stimme allerdings seine letzte Sendung und schon ein paar Jahre zuvor wendet er sich, wie bereits in seiner Jugend, der Rockmusik zu. Heinrich Müller komponiert Lieder und geht mit seiner Band auf Konzerttournee. Bis heute hat er vier Alben veröffentlicht, das letzte im September 2012. Zusammen mit seiner Frau wohnt Heinrich Müller in der Greifensee-Region.

Heinrich Müller

Dass Heinrich Müller ein Pfarrerskind ist, entnehme ich einem Interview, welches er zusammen mit Christoph Blocher, ebenfalls einem Pfarrerssohn, im Frühling 2013 der evangelisch-reformierten Wochenzeitung reformiert.[42] gegeben hatte. Davor wusste ich nichts davon. Auf alle Fälle folgt nach einiger Zeit des Wartens eine erste Reaktion auf meine Anfrage. Ja, ein Interview könne er sich vorstellen, aber dafür würde er gerne ein Vorgespräch machen. Wir treffen uns in einem Restaurant in Richterswil. Heinrich Müller stellt mir gute Fragen, gibt sogar Tips für dieses Buch und sprudelt förmlich über. Bald begeben wir uns vom eigentlichen Thema unseres Gesprächs weg und landen bei so allumfassenden Themen wie Gesundheit, Krankheit, aber auch Jung- und Altsein. Müller merkt an, dass er sich einerseits gerne mit jungen Leuten umgebe, dass andererseits aber auch immer sogleich sein Alter zum Thema werde, sobald er vor und nach den Konzerten mit Zuhörerinnen und Zuhörern spreche. Oftmals möchten diese nämlich die Anzahl Jahre auf seinem Buckel wissen und seien dann erstaunt, wenn sie sie erfahren, da er an den Konzerten eine solche Energie an den Tag legen kann. Andere Inhalte würden darob leider etwas verblassen.

Als ich ihm den Aufbau des vorliegenden Buches erkläre und auch, dass ich ihn mit Musiker betiteln werde, interveniert Heinrich Müller und meint bestimmt, dass er ‹Rockmusiker› sei. Bei einem Musiker würden fast alle nur an einen klassischen Musiker denken. Es sei jedoch schon von früher Jugend an ein Traum von ihm gewesen, musikalisch eher rockig unterwegs zu sein. Zwar hätte er auch die Möglichkeit gehabt, einen klassischen Weg einzuschlagen – die nötigen Begabungen wären vorhanden gewesen –, doch das Wilde in der Musik habe ihn schon immer stärker fasziniert. Ausserdem würde er es begrüssen, wenn ich vor unserem Gespräch eines seiner Konzerte besuchen würde, damit ich nicht nur Eindrücke aus dem geplanten Gespräch gewänne, sondern auch von ihm als Künstler. So finde ich mich an einem der ersten Herbsttage plötzlich in einer Badeanlage im Aargau wieder, wo die Heinrich Müller Band auftritt. Heiris Musik – wir sind inzwischen per Du – reisst mich zwar nur teilweise vom Hocker, dessen imposante Stimme, Energie und auch Präsenz als Entertainer vermögen mich aber sofort in ihren Bann zu ziehen. Und mit seinem unkonventionellen Lebenslauf halte ich ihn sowieso für eine spannende Figur, weshalb wir nach dem Konzert einen Termin in einem Restaurant am Greifensee vereinbaren. Dort treffen wir uns Ende September 2013 und kommen ob unseren Interviews regelrecht ins Philosophieren, so dass wir nach dem offiziellen Teil spontan noch ein kleines Mittagessen einnehmen und uns weiter über Gott, die Welt und die Liebe unterhalten. Nach über drei Stunden Gespräch mache ich mich auf den Nachhauseweg, müde zwar, aber voller wunderbarer Geschichten und Eindrücke.

Heiri, wer bist du? Kannst du dich und deine Lebensumstände kurz beschreiben?

Ich bin jetzt siebenundsechzig Jahre alt. Ich bin ja im Mai geboren und habe darum stets das Gefühl, ein Frühlingskind zu sein. Im Frühling gibt es vom Wetter her ja so ziemlich alle Schattierungen. Mal hagelt es, dann wieder scheint die Sonne. Ein solches Auf und Ab behagt mir im Prinzip, da jenes einerseits Ausdruck meines Charakters ist, andererseits aber auch viele, spezielle Dinge symbolisiert, die ich in meinem Leben gemacht oder erfahren habe. Meine Anfänge waren jedoch einfach und behütet. Ich wuchs in einer intakten Familie im ländlichen Reiden auf, bevor wir wegen Vaters neuer Pfarrstelle ins schmucke Städtchen Rheinfelden zogen. Das Gymnasium besuchte ich dann in der Stadt Basel. Ich bewegte mich also immer stärker

hin zu einem städtischen Umfeld und danach in Richtung grosse, weite Welt, bevor ich schliesslich in Afrika landete. Zuvor studierte ich jedoch *Jura* und fing bereits für Zeitungen zu schreiben an.
Im Jahre 1971 verwirklichte sich dann mein Traum von Afrika, indem ich auf Einladung von Sprachforschern zum ersten Mal dorthin reisen konnte. Ich erinnere mich noch gut daran, als ich mich auf mich gestellt mit dem Rucksack aufmachte, mit dem Zug von Basel nach Genua zu fahren. Nach dutzenden von Zwischenhalten und knapp dreimonatigem Aufenthalt auf einem Frachtschiff traf ich schliesslich in Nigeria ein. Dort gingen mir völlig neue Welten auf. Unter anderem fand ich schnell einen Draht zu Menschen, die ziemlich anders aussahen, oder dann haben mich Menschen in Armut, die mich aber äusserst herzlich an ihrem einfachen Leben teilnehmen liessen, angezogen. Bei ihnen war und ist das Leben einfach besser spürbar als bei vermögenderen Europäern. Ja, und seither spielt unser südlicher Kontinent eine wichtige Rolle in meinem Leben.
1972 ging ich für einige Zeit wieder zurück in die Schweiz, wo ich in Basel eine Doktorarbeit begann. Mein Professor war daran interessiert, aussereuropäische Rechtssysteme[43] zu analysieren. Das war neu, und ich hatte vieles zu erforschen – auch das eine einzig grosse Entdeckerreise. Aufgrund jener Tätigkeit weilte ich während insgesamt viereinhalb Jahren erneut an der Universität in Nigeria und liess mich dort anstellen. Plötzlich fand ich mich in der Rolle des weissen Dozenten wieder, der zweihundert bis dreihundert dunkelhäutige Studentinnen und Studenten zu unterrichten hatte. Eine herausfordernde Situation, wenn man an die damaligen Verhältnisse zwischen Weisse und Schwarze denkt. Leider kann ich heute nicht mehr dorthin zurück gehen, da der Ort Maiduguri zu einer Hochburg des islamistischen Terrorismus geworden ist. Ich nenne hier als Stichwort nur Boko Haram.
1980 kehrte ich endgültig in die Schweiz zurück. Ich bewarb mich beim Schweizer Fernsehen, und zu meiner Überraschung wurde ich angestellt. So fing ich bei der Rundschau, dem damaligen Auslandsmagazin, zu arbeiten an. Später machte ich einen Abstecher zum CH-Magazin, einer Politik- und Wirtschaftssendung, die sich inländischen Themen widmete. Dort lernte ich das *Fernsehhandwerk* von der Pike auf. Ich eignete mir also regelrecht einen neuen Beruf an. Gleichzeitig aber litt ich darunter, zurück in der Schweiz zu sein. Mir war alles zu grün und zu satt. Auf mir lastete ein grosser Druck, und ich litt unter der Kühle der hiesigen Menschen. Diese erdrückenden Gefühle konnte ich nur mittels ausgedehnter Wanderungen und dem Gitarrenspiel wettmachen. Ausserdem verfügte ich anfänglich bloss über wenig

Geld, musste mir eine Wohnung suchen et cetera, all das, was eben so dazugehört. Ja, jene Zeit war wirklich hart. Es gelang mir jedoch, da wieder herauszufinden, und zwar gestärkter als zuvor.
Irgendwann suchte man beim Schweizer Fernsehen dann einen *Roving Reporter,*[44] jemanden, der im Ausland arbeiten konnte und ausserdem «quick and fast» war. Man fand, dass ich die dazu passende Person war. So berichtete ich unter anderem während zehn Jahren aus dem Apartheids-Südafrika und anderen afrikanischen Staaten. Allerdings wurde mein Arbeitsprofil leicht angepasst, so dass ich nicht nur in der halben Welt herumflog, sondern auch noch die Tagesschau präsentierte.
Im Juni 2007 moderierte ich dann meine letzte Sendung, was für mich einen emotionalen Moment darstellte. Ich war mit mir allerdings zufrieden, denn das schöne an jenem Rückzug war ja, dass ich ihn aus freien Stücken wählen konnte und auch zum richtigen Zeitpunkt vollzogen hatte. Im Grunde war einfach Zeit dafür, denn von da an wollte ich die Musik zu meinem Beruf machen.
Und obwohl es den Anschein macht, dass mein Wechsel zum Rockmusiker etwas Spezielles darstellt, war dem nicht so, schliesslich hatte ich bereits in jungen Jahren Musik gemacht, und meine erste CD erschien auch schon 2004. Jenes Jahr stellt für mich sowieso ein markantes Datum dar, da ich damals ja nicht wusste, ob ich Lieder zu schreiben oder auch Leute zu finden vermag, die mir das Musikgeschäft nahe bringen können. Als kleiner Unternehmer, dessen einzigen Sicherheiten seine Stimme und Leidenschaft fürs Musikmachen waren, stellte das abermals etwas Neues dar.
Nun sind die ersten zehn Jahre meiner musikalischen Selbständigkeit um. Ich finde, dass sie gut gelaufen sind. Aktuell bereite ich gerade eine Jubiläumstournee vor. Natürlich gab und gibt es Höhen und Tiefen. So haben wir mal mehr Konzerte, dann wieder weniger. Oft nehme ich das Musikbusiness als ziemlich hart und harzig wahr. Es sind vor allem das Komponieren der Lieder und dann das Kommunizieren mit den Konzertbesucherinnen und -besuchern, welche mir viel Spass zubereiten und mich auch erfüllen. In Kritiken wird mir meist eine grosse Authentizität attestiert. Und gerade, was das Echte angeht, kann ich als Singer und Songwriter sagen, dass ich dieses schon immer gespürt hatte. Ja, ich würde sogar so weit gehen, dass das Authentische meine Stärke ist, dass ich diese Echtheit also zu leben wage und mich von meinem Weg nicht gross abbringen lasse.

Wie bist du aufgewachsen?

Ich wuchs mit drei Geschwistern auf, mit zwei Brüdern und einer Schwester, sozusagen als einer der ersten Babyboomer – als glücklicher und vom Krieg unversehrter Schweizer. Nichtsdestotrotz erinnere ich mich an Momente, in denen wir infolge der Lebensmittelknappheit während der Nachkriegsjahre zu viert eine Bratwurst zu teilen oder zwecks weiterer Nahrungsproduktion auch im grossen Pfarrgarten mitzuhelfen hatten.

In Reiden, wo ich die ersten zwölf Jahre meiner Kindheit verbracht hatte, also auf dem Lande, ging es manchmal ziemlich rauh zu und her. Kämpfe zwischen Ober- und Unterdorf waren gang und gäbe. Dementsprechend hatte man sich als Knabe gruppiert und ist gegeneinander angetreten, wie in Gangs mit Pfeilbogen und Holzschwertern, wobei es stets beim Spiel blieb. Jener Umgang miteinander sagte mir zu. Ich war gross und sportlich, so dass ich diese Kämpfe genoss. Ja, jene Zeit hat mich schon geprägt. Noch heute bin ich in meiner früheren Heimat als wildes Kind bekannt, welches stets gerne seinen Körper einsetzte. Und wenn man mich heute auf der Bühne herumtollen sieht, kann man von jenen Zeiten noch immer etwas spüren.[45]

Meine Eltern waren äusserst grosszügig. Sie mochten ihre Kinder und hatten sie in vielerlei Hinsicht gefördert, so in der Musik. Ich hätte die Chance gehabt, mich in die klassische Richtung zu entwickeln. Ab dem Teenageralter wollte ich jedoch Rockmusiker werden. Elvis Presleys Rhythmen und Bewegungen faszinierten mich. Mit zwölf Jahren schenkten mir meine Eltern dann eine Rockgitarre, was für mich das grösste und alles andere als selbstverständlich war, vor allem wenn man bedenkt, dass ich in einem reformierten Pfarrhaus aufwuchs. Ausserdem gehörte ich in Reiden zu einem der Ersten, welcher über ein solches Musikinstrument verfügt hatte. (Heinrich Müllers Stolz ist auch Jahrzehnte später immer noch aus seinen Worten herauszuhören.) Jetzt konnte ich Musik machen und gleichzeitig dazu singen.

Aber auch die Eltern machten leidenschaftlich Musik. Vater tat dies, indem er Tanzmusik machte oder mit den Konfirmanden Boogie-Woogie spielte. Und Mutter unterhielt mit uns Kindern ein kleines Familienorchester. Sie ist mir übrigens als äusserst liebenswürdige und warme Person in Erinnerung. Aber sie war auch diejenige, die die Moral im Haus hoch hielt. So bläute sie uns beispielsweise ein, was richtig und falsch war beziehungsweise was man unterlassen sollte. Wir fanden sie manchmal streng, auf alle Fälle strenger als der Vater. Jener war äusserst grosszügig und nahm regen Anteil an unserem Erwachsenwerden. Oft kam er mich anhören, wenn ich bereits als Jugendlicher Konzerte gegeben hatte. Oder dann besuchte er mich nach seinen Predigten an meinen ungezählten Fussballmatches als Fussballer bei den Junioren. Das fand ich ermutigend. Über mangelnde Unterstützung konnte ich mich also nie beklagen. Heute muss ich allerdings zugeben, dass ich diese Anteilnahme manchmal für zu selbstverständlich hingenommen hatte. Auch dass meine Eltern ein unternehmerisches Team bildeten, beeindruckt mich heute nach wie vor. Wenn man bedenkt, dass es neben dem Pfarramt ja auch noch eine Beziehung, eine Familie oder ein Haus zu pflegen gab, und sie diese Gratwanderungen zwischen verschiedenen Rollen und Ansprüchen meines Erachtens sehr gut hingekriegt hatten, so war dies gewiss keine Selbstverständlichkeit. Möglicherweise brachten sie jene aber auch deswegen so gut zustande, weil sie im Pfarramt stets diese klare Rollenteilung lebten. Vater war für jegliche Aussenwirkung zuständig, Mutter für das Innere. Unter anderem leitete sie unzählige Missions- oder Strickbasare, baute Bibliotheken auf et cetera. Sie war sozusagen die Seele des Pfarrhauses.

Wie war es für dich, dort gross zu werden?

An beiden Orten meines Aufwachsens lebten wir in grossen Häusern mit viel Umschwung. Und aus Reiden bleibt mir vor allem der riesige Estrich in Erinnerung. Ich sage dir, jenes Haus besass eine Ausstrahlung! Jene hatte meine kleine Kinderseele regelrecht beflügelt und meine Phantasie schwer angeregt. Die steile Treppe, all die Spinnweben und das knarrende Holz ... (muss schmunzeln)

Aber auch die jeweiligen Kirchen faszinierten mich. In Reiden war beispielsweise die Vorderwand mit vielen Bibelversen ausgefüllt. Wenn es dir während des Gottesdienstes langweilig war, konntest du dir wenigstens jene Sprüche zu Gemüte führen. (schmunzelt)

Weiter geprägt hat mich die Strenge meines Vaters bezüglich der Bergpredigt. Wir mussten jene auswendig lernen, und zwar Wort für Wort.

So hat das ganze Umfeld von Pfarrhaus, Kirche und Bergpredigt durchaus auf mich abgefärbt. Zudem hatten wir oft unbekannte Menschen wie Arme, Obdachlose, Kranke, Fremdenlegionäre, Behinderte, Benachteiligte oder auch Irre zu Besuch. Die Art und Weise, wie meine Eltern auf jene zugingen, haut mich auch heute noch beinahe um. Alle bekamen mindestens etwas zu essen, wenn nicht sogar auch noch verständnisvolle Zuwendung oder Geld mit auf den Weg. Ausserdem war Vater dafür bekannt, dass er eine kleine

Kasse hatte. Als er jedoch feststellen musste, dass er dadurch auch ausgenutzt wurde, gab es für die Bittsteller einfach mehr Gutscheine.
Vielleicht kann man es so ausdrücken: Dadurch, dass wir im Pfarrhaus gross geworden sind, haben wir, was den Menschen angeht, wohl einfach etwas Breiteres und Tieferes als normal mit auf den Weg bekommen.

Hat sich der Beruf deines Vaters auf deine eigene Berufswahl oder sogar auf dein Leben ausgewirkt? Und wenn ja, wie?

Vielleicht in dem Sinne, dass ich als Gymnasiast feststellte, dass ich den Weg, welchen mein Vater eingeschlagen hatte, nicht gehen wollte, obwohl ich nur schon von meiner Ausbildung her – mit Latein und Griechisch – wie auf einen Weg zum Theologen eingespurt hatte. Pfarrer zu werden war mir jedoch nicht möglich, da ich schon relativ früh niemandem hätte sagen können und wollen, wo Gott hockt.
Mich gegen die Theologie zu entscheiden, war schliesslich eine meiner ersten, grossen Weichenstellungen. Ich *musste* meine Eltern enttäuschen, was mir natürlich schwer fiel. Sie hatten jedoch auch dort überraschend gut reagiert; ganz im Sinne von «Geh du deinen eigenen Weg».

Was würdest du aufgrund deiner eigenen Erfahrung sagen: Gibt es dieses «besondere Aroma» des Pfarrhauses?

Ich bin der Meinung, dass jedes Milieu sein eigenes Aroma hat, demzufolge auch Pfarrhäuser. Etwas Spezielles stellt das aber nicht dar. Dadurch, dass ich dort aufgewachsen bin, macht mich das jetzt nicht heiliger als andere. Schon ziemlich früh war ich mir aber bewusst, dass man, wenn man aus einem Pfarrhaus stammt, etwas Besonderes hätte darstellen müssen, und jene Rolle hatte mir eigentlich auch gefallen. Nur füllte ich sie nicht so aus, wie von aussen erwartet. Wie erwähnt, war ich jener wilde Bub. So beteiligte ich mich regelmässig an den bereits genannten Ringkämpfen. Das Spassige daran war, dass ich in der Primarschule als Pfarrerskind gut darin war und oft obenauf schwang. Ich war also nicht nur brav und nett. Und in der Musik war ich in unserem Dorf vielleicht der Erste, der damit begonnen hatte, auffällig zu singen. Weisst du, nicht mehr einfach nur Schlagerlieder zum besten geben, sondern wirklich Dampf ablassen. Ja, Pfarrerskinder ...

Hat sich deine Einstellung zu Leben und Glück im Laufe der Zeit gewandelt, insbesondere auch, seit du das Pfarrhaus verlassen hast?

(denkt nach) Wenn man das Elternhaus verlässt, stellt das fast immer eine Art Unglück dar. Aber ich hatte ja schon früh angefangen, Musik zu machen und bin mit siebzehn Jahren damit erstmals im Fernsehen aufgetreten. Das waren meine ersten kleinen Schritte auf dem Weg zum Erwachsenwerden und zu meiner Selbständigkeit. Auch mein Entscheid, in die grosse Stadt nach Basel ans Gymnasium und später nach Afrika zu gehen, wies in dieselbe Richtung. Ja, ich würde sogar so weit gehen und sagen, dass Afrika schliesslich den Ausschlag zu meiner Emanzipation gegeben hatte.
Und auch die Einstellung zur Körperlichkeit hat sich seit dem Verlassen des Pfarrhauses verändert. Dort wurden wir zwar mit Liebe überschüttet, jedoch nicht auf körperliche Art und Weise. Die Liebe der Eltern zu uns hatte sich vornehmlich in Gedanken, Gesten und Interesse ausgedrückt. Umarmt hatten wir uns beispielsweise nie. Unsere Eltern hatten einfach einen gewissen körperlichen Abstand zu uns Kindern gehalten, was logischerweise auf uns abgefärbt hat. So umarmen wir Geschwister uns auch heute noch nicht, sondern geben uns die Hand und schauen uns dabei in die Augen. Diese Art einer «protestantischen» Begegnung sagt mir eigentlich sehr zu. Jedenfalls ziehe ich sie nichtssagenden Umarmungen vor.
Nichtsdestotrotz musst du das Thema der Sexualität natürlich früher oder später für dich angehen, wenn du deine eigenen Erfahrungen zu machen beginnst. Und in diesem Punkt hat sich meine Einstellung sicherlich verändert. Zwar bin ich eine total körperbetonte Person, wie man im Sport oder auch bei meinen Konzerten leicht feststellen kann, aber im intimen Bereich musste ich die Körperlichkeit zunächst richtiggehend erlernen.

Wie hältst du es selbst mit der Religion?

Zwar habe ich die Bibel ein paar Mal durchgelesen, einfach, weil sie mich interessiert. Dabei lernte ich viel über den Menschen und sein Wesen, über das Gute und das Böse, über die Liebe und auch über unsere menschlichen Abgründe. So weit so gut, heute sind jedoch viele Details verblasst. Was bei mir immer noch relativ präsent ist, sind viele biblische Figuren oder auch deren Geschichten.[46] Sie waren für mich eine Art Lebensschule. Und wenn ich an Jesus denke, so verspüre ich eine grosse Sympathie. Jedoch stelle ich ihn mir nicht als Gott vor – ich weiss gar nicht, was das sein könnte –, sondern eher als einen wunderbaren Menschen, als einen tollen Freund oder auch als gutes Vorbild.

Meine Frau Ruth jedoch ist kirchlich ziemlich aktiv. Sonntags besucht sie oft den Gottesdienst und nachts liest sie regelmässig in der Bibel oder in religiöser Aufbauliteratur, währenddessen ich mir eher einen Krimi zu Gemüte führe. Dass mir das Religiöse im Vergleich zu ihr jetzt weniger zusagt, enttäuscht sie etwas. Dass ich kaum in die Kirche gehe, heisst aber noch lange nicht, dass ich jene nicht mögen würde. Erst kürzlich sang ich zum Beispiel in einer während eines Begräbnisses, und zwar einige Lieder von Bruce Springsteen. Ich spürte dort einmal mehr die Kraft, die von solchen Räumen ausgehen kann. Irgendwie sind sie wie dazu geeignet, dass man dort zur Ruhe kommen und den Gedanken freien Lauf lassen kann. Was gibt es Besseres und Schöneres?

Ausserdem habe ich eine musikalische Verbindung zum Kirchenraum. Als ich nämlich als Jugendlicher in Rheinfelden lebte, suchte ich nach einem Ort, wo ich mich musikalisch ausdrücken konnte. Den fand ich in unserer Kirche. Dort schlich ich mich nachts ab und zu mit der Gitarre in der Hand hinein und sang neben dem Altar Rock ‚n‘ Roll-Lieder. Zwar mag das jetzt vielleicht kitschig tönen, doch in jenen Momenten hat es eine Art Beziehung zu etwas Grösserem gegeben. Jenes und ich in diesem dunklen, grossen Kirchenraum ... Wir hatten perfekt harmoniert. Und dabei war ich mir sicher, dass diesem – nennen wir es – Göttlichen meine Musik gefallen würde. (lacht)

Und auf das Risiko hin, dass dies jetzt falsch verstanden wird, auch meine Konzerte gleichen manchmal einem lebendigen Gottesdienst. Vergangene Woche beispielsweise trat ich mit meiner Band in einem Festzelt auf. Hierzu muss man wissen, dass ich jene nicht sonderlich mag. In der Regel verbinde ich damit eher schnorrende und Bier trinkende Menschen. Bei jenem Konzert aber war alles anders. Es verbreitete sich eine feierliche Stimmung, die Leute waren von der Musik bewegt, sie und ich kamen aus uns heraus, und man berührte sich auch körperlich. Das war wunderschön. Natürlich lässt sich so etwas nicht immer und überall herstellen, doch in meinen Konzerten ereignen sich solche Momente noch ab und zu.

Erwähnen möchte ich auch noch, dass ich abends im Bett wie selbstverständlich eine kleine Reflexion über den vergangenen Tag mache. Ich sage dann «Danke für den Tag» oder «Das hätte jetzt auch anders laufen können». Jene Reflexion würde ich jetzt aber nicht als Gebet bezeichnen – am ehesten vielleicht noch als «Gebetlein» –, denn ich tue damit nichts anderes, als mich zu erden.

Hast du eine Botschaft? Wenn ja, welche?

Eine Bibelstelle, die mich stets beeindruckt hat, ist jene der Talente.[47] In meinem Leben fand ich es stets wichtig, jene zu spüren und sie auch ernst zu nehmen. Daneben meinte ich oft auch eine gewisse Verpflichtung zu verspüren, das Beste aus dem Leben herauszuholen.
Insofern lautet meine Botschaft: «Suche deinen eigenen Weg. Schau darauf, was stark an dir ist und gehe damit. Jenen kannst du jedoch nicht gehen, wenn du dich selbst nicht magst, also geht es darum, dich selber zu lieben. Wenn du dies schaffst, dann ist es auch möglich, andere gerne zu haben. So kann vieles wachsen und entstehen. Es fällt einem auch alles leichter. Man ist stärker und grosszügiger, wenn man sich selber annehmen und lieben kann.»

www.heinrichmueller.ch

Update

Mein Nachtrag:
Gerade eben halte ich ein Büchlein in den Händen, in dem die reformierte Kirchgemeinde von Reiden meine Eltern würdigt, für das, was sie in den Jahren nach dem Zweiten Weltkrieg in der Gemeinde erreicht haben. Vieles davon ist mir erst viel später klar geworden. Ich freue mich, dass sie noch nicht ganz vergessen sind. Ich selber mache mir nicht zu viele Gedanken, wie meine eigene Hinterlassenschaft aussehen wird. In den letzten anderthalb Jahren habe ich mehrere Reisen unternommen, auch in Europa. Mich interessiert, was die Menschen über die Europäische Union denken. Dabei kommt mir meine journalistische Neugier sehr entgegen. Am 31. März 2017 erscheint mein fünftes Album. Ich habe dafür die Texte geschrieben, Melodien entwickelt und singe. Es war Spass und Krampf zugleich. Mehr als ein Jahr hat's gedauert. Das Album heisst *As long as I can sing* und beschreibt im Titelsong einen älteren Mann, dem dank des Singens die Lebenslust noch nicht ganz abhanden gekommen ist. Im Frühling beginnt dann eine weitere Konzerttournee. Es gibt also noch immer eine Zukunft.

Niki Reiser

Filmkomponist

Niki Reiser kommt 1958 als jüngstes Kind von insgesamt vieren im Aargau auf die Welt. Familie Reiser zieht wegen Vaters Stelle ein paar Mal um. Zuletzt ist sie mitten in Basels Altstadt beheimatet, wo Niki das Gymnasium abschliesst. Schon früh beginnt der einfühlsame Mann eine klassische Flötenausbildung, bevor er anfangs der '80er Jahre Jazz und Klassik an der Berklee School Of Music in Boston studiert, und zwar mit filmmusikalischem Schwerpunkt. 1986 begegnete Niki Reiser dann Regisseur Dani Levy und schreibt die Musik für dessen Filmdebüt. Seither arbeiten die beiden Basler zusammen, so beispielsweise beim Erfolgsfilm Alles auf Zucker!. Eine weitere beständige Zusammenarbeit verbindet Niki Reiser seit 1996 auch mit der deutschen Regisseurin Caroline Link, für die er unter anderem den Soundtrack zu Jenseits der Stille, Pünktchen und Anton, Nirgendwo in Afrika oder auch Das fliegende Klassenzimmer realisiert hat. Auch die Musik zu Die weisse Massai stammt aus seiner Feder. Neben der selbständigen Arbeit als Filmkomponist unterrichtet Niki Reiser noch Theorie und Praxis für Masterstudenten im Hauptfach Filmmusik an der Zürcher Hochschule der Künste. Zusammen mit seiner Frau, einer Kinder- und Jugendpsychiaterin, und den beiden Kindern im Alter von elf und fünfzehn Jahren lebt Niki Reiser in Basel.

Niki Reiser

Der Kontakt zu Niki Reiser gestaltet sich zunächst ambivalent. Auf meine Anfrage höre ich erst einmal nichts. Gut, das ist noch kein Grund zur Beunruhigung; das geschieht öfters. Als ich Niki Reiser ein paar Wochen später aber anrufe, kann er sich gut an meine Anfrage erinnern und scheint begeistert. Er befände sich allerdings noch im Ausland, weswegen ich mich doch bitte später melden solle, was ich auch tue. Antwort kriege ich vorläufig aber keine. «War es das nun?» frage ich mich.

Derart rasch lasse ich mich jedoch nicht unterkriegen, und tatsächlich, nach ein paar weiteren Versuchen kommt ein Interviewtermin zustande. In der Zwischenzeit hatte ich über meinen zukünftigen Interviewpartner recherchiert, wodurch mir erst so richtig bewusst wurde, was für eine Grösse Niki Reiser im Filmbusiness darstellt. Unzählige «seiner» Filme hatte ich gesehen, und jene hatten mir auch entsprochen. Bewusst war mir bislang jedoch nie, dass die Musik zu diesen Filmen aus seiner Feder stammte. Ein Grund mehr also, sich an einem milden Septembertag 2013 nach Basel aufzumachen und mit Niki Reiser im Basler Gundeldinger-Quartier zu Mittag zu essen, nahe seinem Atelier. Als ich dort ankomme, erklärt jener ziemlich unvermittelt, dass sein Vater vor etwas mehr als einem Monat im Alter von achtundachtzig Jahren gestorben ist und dass er und seine Geschwister nun daran seien, dessen Wohnung aufzulösen. Das sei übrigens auch der Grund gewesen, weswegen er sich für eine gewisse Zeit nicht gemeldet hatte. Sein Vorgehen kann ich nachvollziehen, und wir beginnen mit dem Interview; das heisst, ich stelle ihm meine Fragen und er versucht währenddessen hin und wieder einen Bissen Pasta hinunterzukriegen.

Niki, wer bist du? Kannst du dich und deine Lebensumstände kurz beschreiben?

Seit fünfzehn, zwanzig Jahren arbeite ich als Filmkomponist. Meine Ausbildung machte ich jedoch in Jazzmusik, und zwar in Boston.

Wie kommt man dazu, Filmkomponist zu werden?

Filmkomponist zu werden war von mir her nie geplant. Durch Zufall bin ich an Dani Levy, der mit mir die Schule absolviert hat, geraten. Jener war schon in frühen Jahren als freier Theatermacher nach Berlin aufgebrochen. Durch glückliche Umstände haben wir uns dann an einer Party wieder getroffen; er war gerade mit seinem ersten Film beschäftigt. Damals fragte er mich an, ob ich ihm die Musik dazu schreiben würde, worauf ich zusagte. Von da weg hat sich meine Karriere durch Weiterempfehlungen ergeben, weshalb ich mich bis heute nie bewerben musste.

Kannst du den Inhalt deiner Arbeit noch etwas näher umschreiben?

Der Inhalt meiner Arbeit besteht hauptsächlich darin, als Komponist einem Film oder einer Geschichte einen Subtext zu verpassen, der jene dem Betrachter näher bringt. Praktisch gesehen ist es ein tägliches Ringen um den richtigen Ausdruck, was über mehrere Monate dauern kann.

« Vater war zwar viel da,
doch wurde man das Gefühl nicht los,
man würde stören. »

Wie bist du aufgewachsen?

Ich wurde in Reinach geboren. Danach ist unsere Familie viel umgezogen, so dass ich die Primarschulzeit in Schaffhausen und meine Gymnasialzeit in Basel verbracht hatte, wo Vater ans Münster berufen worden war. All diese Umzüge setzten meiner Person nicht sonderlich zu. Meinen Geschwistern hingegen bekamen sie weniger, so dass wir schliesslich zu einer Familie wurden, die nie stark zusammengehalten hat, sondern eher auseinandergerissen ist.

Wie hast du deinen Vater beziehungsweise deine Eltern wahrgenommen? Ich gehe jetzt einmal davon aus, dass deine Mutter auch mitgearbeitet hatte.

Nein, eben nicht! Sie pflegte stets zu sagen, dass sie *nicht* «Frau Pfarrer» sei (muss lachen), sondern die Frau ihres Mannes. Mit der Arbeit in der Kirche hatte sie sich also nie identifiziert, sich eher davon distanziert.
Wie es wahrscheinlich noch viele Pfarrerskinder erleben, war Vater von seinem Beruf äusserst eingenommen. Freizeit gab es beispielsweise erst am Sonntagnachmittag, auch für uns Kinder. Dennoch war er sehr präsent, da er meistens daheim gearbeitet hatte. Dadurch, dass man nicht stören durfte und auch nicht wusste, was sich in seinem Studierzimmer abspielte, war er gleichzeitig aber auch stark abwesend.
Vater hatte ich wie auf zwei Seiten hin wahrgenommen. Einerseits war mir stets bewusst, dass er ein guter Prediger und demnach in der Kirche auch sehr beliebt war, was mich als Kind natürlich mit einem gewissen Stolz erfüllt hatte. Andererseits aber war die Vermischung von Heimarbeit und gleichzeitigem Leben am selben Ort für mich schwierig. Vater war zwar viel da, doch wurde man das Gefühl nicht los, man würde stören. Aus diesem Grunde versteht es sich schon beinahe von selbst, dass ich mir oft einen Vater herbeigesehnt hätte, der auswärts arbeiten geht und dann, wenn er heimkommt, auch Zeit hat.
Dies ist übrigens mit ein Grund, weshalb ich mein Studio bewusst ausserhalb von zu Hause angesiedelt habe. Wenn ich hier bin, möchte ich arbeiten, und wenn ich daheim bin, möchte ich mich meiner Frau und den Kindern widmen können. Das Gefühl, sie könnten stören, möchte ich ihnen ersparen. Hier auf der Arbeit würden sie das nämlich tun. (muss lachen) Wohnen und Arbeit trenne ich also ziemlich strikt.

Was hat dieses spezielle Aufwachsen mit dir gemacht?

Ich kreierte mir halt oft meine eigene Welt, beispielsweise indem ich nach draussen ging oder mich in mein Zimmer zurückgezogen hatte.

Könnte man den Kosmos der Musik auch mit einer «eigenen Welt» gleichsetzen?

Ja. Mein Entscheid, Musiker zu werden, hat sicherlich damit zu tun, dass ich keinen Beruf wählen wollte, der mich in einen direkten Vergleich mit Vater gebracht hätte, weil er wirklich ein brillanter Denker war und auch über einen guten Ruf verfügte.

Was meinst du? Haben deine Geschwister auch den Weg in eine eigene Welt gesucht?

Ja, das kann ich durchaus bejahen. Gerade mein ältester Bruder, welcher zu den Mitbegründern von Longo maï gehört, hatte dadurch, dass Vater ein ziemlich sozialistisch denkender Mensch war, jene Ideale, die uns übrigens alle sehr geprägt haben, noch weiter geführt und verwirklicht. Oder auch meine Schwester, die nach einer Schauspielkarriere in der Politik gelandet ist. Und vielleicht könnte man das sogar auf meinen unmittelbar vor mir geborenen Bruder ummünzen, der in die Drogen gekommen ist und vor ein paar Jahren verstarb.

Hat sich der Beruf deines Vaters auf deine eigene Berufswahl ausgewirkt? Und wenn ja, wie?

Nein, ich glaube nicht, denn ich wurde sehr unreligiös erzogen. Beispielsweise hatten wir zu Hause nie gebetet. Was ich eher mitbekommen hatte, war ein ausgesprochener Gerechtigkeitssinn, und damit verbunden Vaters ganzes sozialistisches Gedankengut. Durch seine Gesinnung hatte er am Münster, das ja eher als Teil der gut betuchten Basler Gesellschaft gilt, keine einfache Stellung. Er war ziemlich provokativ, was auch zu manchen Kirchenaustritten seinetwegen geführt hatte.
Was mich vielleicht zu meiner Berufswahl bewogen hat, ist der Umstand, dass Vater oft zu Hause gearbeitet hatte und dabei – in meinen Augen – vielfach nichts tun musste. Hatte ich nämlich mal sein Studierzimmer betreten, so war er ständig am Lesen, beispielsweise die Zeitung. Das führte bereits als Kind dazu, dass ich keine bürgerliche Laufbahn einschlagen wollte, denn ich hatte mir vorgestellt, dass er seinen Tag völlig autonom planen und damit über seine Zeit frei verfügen konnte. Dass Vater angestellt war, konnte ich

damals ja noch nicht wissen. (muss lachen) Das hatte mich fasziniert und vielleicht auch geprägt. Dass man einfach seiner Ideologie folgt und diese dann zu seinem Beruf macht … (schmunzelt) Wenn ich heute zurückschaue, so kann ich jedoch sagen, dass ich mir diesen Traum verwirklicht habe.

Gab es auch Auswirkungen auf dein Leben? Und wenn ja, wie?

Vater und ich verfügen über gewisse Ähnlichkeiten, ja, zum Beispiel, dass wir es darauf ankommen lassen, dass die Inspiration aus der Verzweiflung heraus entstehen darf; Vater jeweils samstagabends, wenn er die Predigten fertigstellen musste, und ich vor den Deadlines zur Abgabe meiner Musik. Manchmal braucht es das einfach, den letzten Sprung ohne Netz und doppelten Boden.
Ansonsten aber würde ich diese Frage eher verneinen. Beispielsweise habe ich mich dem Gedanklichen, das so stark Vaters Welt war, ziemlich erfolgreich verweigert, indem ich praktisch keine Bücher gelesen hatte und dies auch weiterhin unterlasse.

> « Die Komposition einer Filmmusik kann man gut und gerne mit der Herstellung einer Predigt vergleichen. In beiden Fällen hat man Vorgaben oder Themen, zu welchen man versucht, neue Ideen zu vermitteln. »

Was würdest du aufgrund deiner eigenen Erfahrung sagen: Gibt es dieses «besondere Aroma» des Pfarrhauses?

Das Pfarrhaus ist natürlich ein halböffentlicher Ort. Unsere Familie verfügte damals beispielsweise nur über eine Telefonleitung im Haus, so dass mich meine Freunde immer erst über Vater erreichen konnten, da er derjenige war, der meistens die Telefonate angenommen hatte. Und dass einem die Gemeinde auch immer etwas über die Schulter geguckt hatte, war schon beinahe selbstverständlich, was jedoch einen grossen Druck auf uns erzeugt hatte, gerade auch, wenn man den Bruder, den es in die Drogen gezogen hat, betrachtet. Das Gute an jener Geschichte aber war noch, dass sich Vater stets auch öffentlich als Vater eines drogensüchtigen Sohnes gezeigt hatte.

Hat sich deine Einstellung zu Leben und Glück im Laufe der Zeit gewandelt, insbesondere auch, seit du das Pfarrhaus verlassen hast?

(denkt nach) Nein, ich bin eigentlich sehr konstant. Vielleicht hängt das auch damit zusammen, dass ich der Jüngste bin, mir meine Eltern sehr vertraut und darum eine grosse Freiheit mit auf den Weg gegeben haben. Insofern brachte mein Schritt ins Leben hinaus keine grossen Veränderungen mit sich. Aber selbstverständlich bin ich bei meinem Auszug zunächst gleich nach Amerika gegangen, also möglichst weit fort. Dass sich dadurch allerdings etwas geändert hätte, kann ich jetzt nicht behaupten. Durch das immense Vertrauen, das mir meine Eltern mitgegeben haben, hatte ich einfach wie die Möglichkeit, mich während geraumer Zeit auszuprobieren, so dass es etwas gedauert hatte, bis es bei mir zu einer Karriere kommen durfte.
(Pause)
In den vergangenen Jahren war es meinem Vater und mir dann auf einmal möglich, uns auf derselben Augenhöhe zu begegnen. Das war noch schön. Vorstellbar ist aber auch, dass es ihm mitunter Mühe bereiten konnte, als die Frage plötzlich nicht mehr gelautet hatte, ob ich sein Sohn sei, sondern: «Ah, Sie sind Niki Reisers Vater?» (muss lachen)
Wenn ich es mir recht überlege, verhält es sich schliesslich wahrscheinlich aber doch so, dass ich sehr viel von ihm übernommen habe, beispielsweise seine Begeisterung für die Gedanken. Zwar lebe ich diese an einem komplett anderen Ort aus, doch übertragen wurde sie mir gleichwohl. Denn die Komposition einer Filmmusik kann man gut und gerne mit der Herstellung einer Predigt vergleichen. In beiden Fällen hat man Vorgaben oder Themen, zu welchen man versucht, neue Ideen zu vermitteln. Ja doch, hierbei ist bestimmt etwas von Vater und seiner Arbeit hängengeblieben; dass man also aus etwas Bestehendem Neues kreiert.
So hat es dann vor allem auch diese künstlerische Ebene betroffen, auf welcher Vater und ich uns nahe waren. Er konnte das, was ich tue, nachvollziehen, und ich das Seine. Aber natürlich hatten wir uns auch immer wieder aneinander gerieben. Mit vielen seiner Ansichten war ich nämlich gar nicht

einverstanden, weil mir jene oft zu moralisch vorkamen. Und trotzdem, Vater war stets darauf bedacht, etwas Spezielles machen zu können. Und wenn ich ehrlich zu mir selbst bin, geht es mir ähnlich.
Ausserdem fällt mir jetzt gerade noch eine weitere Gemeinsamkeit ein, nämlich das Berühren von Leuten. Er hat das durch seine Predigten getan und ich tue es mittels meiner Musik.

Wie hältst du es selbst mit der Religion?

Lustigerweise hatten mich meine Eltern nie zur Religion gezwungen und ehrlicherweise hatte ich diese zu Hause auch nicht mitbekommen. Bei uns war das Religiöse etwas sehr Privates. Als Pfarrer hatte Vater jenes zwar bestimmt weitergeben können, bei uns daheim jedoch war es allerdings kein Thema. Er war dort eher Privatmann, der über Politik, Kunst oder auch Musik gesprochen hatte.

Wäre es legitim, zu sagen, dass das, was dein Vater in der Religion gefunden hatte, du am ehesten in der Kunst beziehungsweise eben in der Musik findest?

Wahrscheinlich schon, ja. Doch, doch. Schliesslich geht es auch um die Weitergabe desselbigen. Ich tue das über meine Hingabe an einen Film, währenddem er es über seine Predigten oder auch andere Veröffentlichungen getan hatte.

Hast du eine Botschaft? Wenn ja, welche?

(denkt nach) Hmm, meine Botschaft besteht eigentlich darin, dass man als Mensch eine Verbindung zwischen der eigenen Sehnsucht und der persönlichen Aufgabe herstellen kann. Mein Wunsch wäre es, dies vermehrt auch mitteilen zu können. Im Pfarrhaus hatte ich stets eher eine Trennung zwischen der eigenen Sehnsucht und der zu erledigenden Aufgabe empfunden. Ich hingegen möchte diese vermehrt mit andern teilen; dass sich die Verwirklichung des eigenen Kernes also mit denjenigen von anderen mischen kann.

www.nikireiser.de

Update

Hier trifft alles nach wie vor zu.

Peter Rothenbühler

Kolumnist

Peter Rothenbühler, Jahrgang 1948, wird als drittes von acht Kindern in eine Pfarrersfamilie hineingeboren. Er wächst zweisprachig auf und absolviert nach der Matura eine journalistische Ausbildung. Von 1981 an wirkt er beim Ringier Verlag, unter anderem als Chefredaktor von SonntagsBlick und Schweizer Illustrierte. Ab 1998 ist Peter Rothenbühler während vier Jahren als Kolumnist bei Le Temps tätig. Von da weg arbeitet er bei Edipresse als Direktionsmitglied und ist somit zuständiger Direktor für die Zeitungen Le Matin, Le Matin dimanche und Le Matin Bleu. Von Zeitpunkt seiner Pensionierung an – also Ende 2013 – möchte Peter Rothenbühler nur noch als Kolumnist tätig sein, was er auch tat. 2014 wurde er nämlich Partner einer Agentur für Zeitungs- und Zeitschriftendesign[48] und ist seither für verschiedene Kolumnen in diversen Medien verantwortlich oder verfasst seine Autobiographie ‹Frösche küssen – Kröten schlucken›, welche im Jahre 2016 erscheint. Peter Rothenbühler liebt die Berge, Schnee, Kunst, Klavier, Photos, Brot, Käse, Wein, Schokolade und das Vallée de Joux. Zusammen mit seiner Frau hat er zwei erwachsene Söhne. Sie leben in Lausanne.

Peter Rothenbühler

Der Kontakt zu Peter Rothenbühler scheint zunächst nicht zustande kommen zu wollen. Die E-Mail, die ich an ihn richte, erreicht ihn nie. Eines Tages rufe ich darum kurzerhand bei ihm zu Hause an und erreiche seine französisch sprechende Frau. Radebrechend lege ich ihr mein Anliegen dar. Offenbar von meiner unbeholfenen Charmeoffensive beeindruckt, gibt sie mir ungeniert die Telefonnummer ihres Mannes an, welche ich gleich darauf wähle. Herrn Rothenbühler erwische ich auf der Stelle und ich erkläre ihm mein Anliegen. Er ist sofort Feuer und Flamme und bevor wir überhaupt einen Termin fixieren können, ist er bereits so stark in der Materie drin, dass er mir von vielen anderen Pfarrerskindern zu erzählen beginnt, vor allem von solchen, die mir bis dato unbekannt waren. Dankbar notiere ich mir Namen und Berufe. Am Ende einigen wir uns auf einen Termin im September 2013, an welchem ich ihn in Lausanne besuchen werde.

An einem regnerischen Herbsttag fahre ich darum frühmorgens los, um den findigen Medienprofi gegen Mittag in seinem Büro von Edipresse aufzusuchen. In der Romandie klart das Wetter auf, ebenso unser Gespräch, trotz des eher funktionalen und kargen Raumes, welchen Peter Rothenbühler sein Arbeitszimmer nennt. Glas- und Metallmaterialen beherrschen die eher kühle Inneneinrichtung, die jedoch aufgrund vieler Kunstbände oder auch schöner Poster ziemlich viel Wärme ausstrahlt. «Dies muss das Arbeitsreich eines ästhetischen Intellektuellen sein», geht es mir durch den Kopf. Peter Rothenbühler begrüsst mich herzlich, und wir begeben uns gleich in medias res.

Herr Rothenbühler, wer sind Sie? Können Sie sich und Ihre Lebensumstände kurz beschreiben?

Ich kam am 9. November 1948 als drittes Kind von Heinz und Marianne Rothenbühler auf die Welt. Vater, der heute bereits verstorben ist, war Pfarrer und Mutter Lehrerin, vollamtliche Mami, Chordirigentin und Organistin. Im Pfarramt hatte sie also immer stark mitgearbeitet.
Ich selber bin *Journalist,* hatte mit zwanzig Jahren als solcher angefangen und war eigentlich schon bei jedem Medium. Radio, Fernsehen, Schreiben, Korrespondenz politischer, aber auch gesellschaftlicher Art sind mir alle vertraut. Auch leitete ich verschiedene Zeitungen, bis ich schliesslich in Lausanne landete. Hier bei Tamedia bin ich noch bis Ende November 2013 als *Directeur Éditorial Adjoint* für die inhaltlichen Belange der Matin-Gruppe zuständig, und zwar an der Seite des publizistischen Leiters. Ich bin Gesprächspartner der Chefredaktionen und initiiere und leite die Arbeit an neuen Konzepten und Strategieausrichtungen. Daneben schreibe ich Kolumnen und pflege ich Beziehungen zur Deutschschweizer Medienszene.
Schliesslich bin ich verheiratet und habe ich eine Familie mit zwei erwachsenen Söhnen.

Wie schauen Sie auf Ihre bevorstehende Pensionierung?

Das wird eine aktive Pensionierung werden, denn ich halte das Pensionsalter mit fünfundsechzig Jahren, vor allem wenn man sich noch guter Gesundheit erfreuen kann, als zu verfrüht. Mit Spannung blicke ich darauf, mich selbständig machen zu können, da das Leben in grossen Unternehmen nämlich je länger je unangenehmer wird, weil Themen wie Geld oder auch Sparen im Vergleich zu den Inhalten überhand zu nehmen drohen. Ich aber möchte mich wieder vermehrt dem Schreiben und Konzipieren widmen, ohne lange, mühsame und oft sogar auch sinnlose Sitzungen und Studien.

Können Sie mir erzählen, wie Sie aufgewachsen sind?

Solange ich mich erinnern kann, haben wir in Pfarrhäusern gewohnt, was ich als äusserst angenehm empfunden hatte, zunächst in Pruntrut, später in Frutigen und danach noch in Biel. Das Komfortable an solchen Häusern ist ihre Grösse. Jedes von uns acht Kindern verfügte meistens über ein eigenes Zimmer.

Weiter erwähnenswert ist der Umstand, dass ich erst relativ spät gemerkt hatte, dass es überhaupt so etwas wie Geld gibt, da wir alle ein ziemlich sorgloses Leben hatten. Benötigten wir Taschengeld, haben wir es auch bekommen. Meine Familie war äusserst liberal. Es gab keinen besonderen Druck, nicht einmal in schulischen Belangen. Und da wir so viele Kinder waren, verfügte jedes über eine grosse Freiheit. Oft kümmerte ich mich um die kleineren Geschwister und kochte für sie, auch aus freien Stücken. Nie hatte es also auch nur den geringsten Zwang gegeben.

Meine Eltern waren äusserst aufgeklärte Menschen. Am Esstisch diskutierten wir angeregt, vor allem über politische Themen, aber auch einmal über einen Film. Sowieso herrschte bei uns ein grosses musisches Umfeld. Es gab ein Klavier im Haus. Einer meiner Brüder spielte Geige, der nächste Flöte und ich Piano.

Das Bewusstsein, in einer Pfarrersfamilie aufzuwachsen, erlangten wir schon früh, da wir stets auch die Gottesdienste besuchten. Dort den Vater auf der Kanzel zu sehen und ihn so im Mittelpunkt zu wissen, erfüllte uns schon mit Stolz. Und auch der Umstand, dass wir zwar nicht reich, dafür aber jemand waren, war auch nicht zu verachten. In Frutigen gab es in der Kirche eine Bank, welche extra für die Pfarrfamilie reserviert war. Insofern bekamen wir schon das Gefühl mit, etwas zu sein.

Was hat das mit Ihnen gemacht?

Gestört hat mich das nicht, denn unsere Eltern haben uns auch stets beigebracht, solidarisch zu sein, sich also um Kranke, Arme oder auch Benachteiligte zu kümmern. Das war die Idee, die sie uns vermittelt haben. Und Vater brachte immer wieder einmal den Spruch «Der ist ja auch bloss ein Mensch», unter anderem an dem Tag, als ihn ein Occasionsautohändler über den Tisch gezogen hat. (muss lachen) Uns hat sein immenses Verständnis aber natürlich oft auch geärgert.

Dann war es bei uns üblich, vor dem Essen das Tischgebet zu sprechen, was zur Konsequenz hatte, dass jedes von uns Kindern einmal damit zu ringen hatte, zu glauben oder nicht und wenn ja, wie und was ... Natürlich besuchten wir auch die Sonntagsschule oder sangen wir oft, doch, um es kurz zu machen, die ganzen Grundprinzipien, die Vater uns über die Religion und seine Tätigkeit vermittelt hatte, gingen bei uns in Fleisch in Blut über. Wir

entwickelten eine Art Basisphilosophie, die unser Denken und unsere Werte stark geprägt haben, nach denen wir uns auch heute noch richten.
Mit der Kirche aber kam ich selbst nie zurecht. Bereits als Pubertierender war ich der Meinung, dass jene eine seltsame Gesellschaft darstellt. So habe ich mit etwa dreizehn, vierzehn Jahren den Versuch unternommen zu beten. Doch es geschah nichts, so dass ich es gleich wieder bleiben liess. Sie müssen wissen, ich bin jemand, der nur an das glaubt, was er sieht. Aus diesem Grund hatte ich diese Sonntagsschulvorstellung eines Gottes, der alles sieht, bald einmal verworfen und konsequenterweise, ohne jedoch meine Eltern darüber zu informieren, mit Sechzehn den Austritt aus der Kirche gegeben. Weil Vater deswegen vom kleinbürgerlichen Kirchgemeinderat auf unfaire Weise gepiesackt wurde, trat ich aus Solidarität zu ihm wieder ein. An den Kirchgemeinderat übermittelte ich allerdings die Botschaft, dass ich mich von nun an von den Kircheninstanzen distanzieren würde, alle theologischen Ideen und die Predigten meines Vaters aber sehr wohl guthiesse. Ja, und seither bin ich nie mehr ausgetreten. Den ganzen Klimbim mache ich jedoch nicht mit. Die Werte, die uns vermittelt wurden, sowie die Auseinandersetzung mit Theologie sind aber geblieben. Schrieb ich beispielsweise an einem Artikel zu moralischen oder ethischen Themen, konnte ich stets auf Vaters Rat und Unterstützung bauen. Insofern war der Fakt, als Sohn eines Pfarrers auf die Welt gekommen zu sein, rückblickend eine grosse Bereicherung.
In der Pubertät hingegen kam zum Respekt, den ein Vater grundsätzlich hat, erschwerend hinzu, dass er hinter sich noch eine absolute und erst noch *dreifaltige* Autorität hatte, die er gewissermassen auf Erden vertrat. Griff man nun ihn an, zielte man gleichfalls auf jene Autorität. Oder bekämpfte man jene, fiel das immer auch auf Vater zurück. Insofern war die Auseinandersetzung mit ihm also keine einfache Sache. Er hat es nicht ertragen, wenn ich über die Kirche schimpfte. Das war schliesslich mit ein Grund, weshalb ich schon früh aus dem elterlichen Pfarrhaus auszog. Und während ein paar Jahren herrschte auch eher Funkstille. Unsere Verhältnisse lösten sich so mit dreiundzwanzig Jahren allerdings wieder in Minne auf.

Hat sich der Beruf Ihres Vaters auf Ihre eigene Berufswahl ausgewirkt? Und wenn ja, wie?

Diese Frage habe ich mir auch schon gestellt. Ich schlug eher der Mutter nach, welche sehr musikalisch ist, interessierte mich also eher für musische

Gebiete, besonders für visuelle Dinge wie Architektur, Photographie, Design und Musik, jedenfalls weniger für das Wort oder gar das Verfassen von Texten. Zumindest in der Schule war dem noch stark so. Ich verfügte über eine Art Schreibhemmung, die vielleicht daher rührt, dass ich das Verfassen von Texten für zu wichtig genommen hatte. Da Vater Artikel, Bücher und Predigten verfasst hatte, und obendrein ein Bruder für diverse Zeitungen schreibend tätig war, hatte ich enorme Mühe, mich im selben Feld zu betätigen. Ich war ein recht passabler Zeichner und hörte und machte gerne Musik. Eigentlich wollte ich ja Künstler werden.
Als mich dann Freunde, die ein Pressebüro eröffnet hatten, anfragten, ob ich zu ihnen käme, lehnte ich zunächst mit der Begründung ab, zwar gut sprechen, jedoch nicht schreiben zu können. Jene aber meinten, dass sie mir das schon beibringen würden, was schliesslich auch eintraf. Glücklicherweise fand ich danach rasch ins Schreiben hinein, und zwar aus dem simplen Grund, weil ich musste. Zu Beginn war die schreibende Arbeit aber ein Krampf.
Auch habe ich mich schon gefragt, ob das vielleicht mit dem grossen Respekt vor dem «es steht geschrieben» zusammenhängt. Beim Malen und Zeichnen ist mir einfach ein natürlicher Zugang gegeben. Das Schreiben hingegen musste ich mir hart erarbeiten. Geholfen hat mir letztlich die Einsicht, dass, wenn ich beim Malen und Zeichnen versagen würde, mich das zu Tode betrübt hätte. Da ich beim Schreiben jedoch nichts zu verlieren hatte, konnte ich es mir schliesslich aneignen.

(Peter Rothenbühlers Frau ruft auf dessen Handy an. Sie führen ein kurzes Gespräch auf französisch.) Hatte der Beruf Ihres Vaters Auswirkungen auf Ihr Leben? Ein paar Dinge haben wir ja bereits vernommen.

Die Auseinandersetzung mit der Theologie geht im Untergrund weiter. Beispielsweise lese ich gerne Bücher von Hans Küng. Gerade wenn man diesen herausragenden Kirchenmann liest, finde ich das, was er sagt, äusserst einleuchtend. Kürzlich habe ich auch ein gutes Buch über die Wahl des neuen Papstes Franziskus gelesen. Sie sehen, jene Auseinandersetzung geht wirklich weiter. Und diese finde ich bereichernd, auch weil Theologie einen äusserst breiten Gedankenreichtum mit sich bringt.
Es grenzt beinahe schon an Verrücktheit, dass ein paar Figuren aus der Zeit von vor über zweitausend Jahren die Menschheit so lange faszinieren

konnten und es weiterhin tun. Gleichzeitig erschaudert es mich aber auch immer wieder, dass in deren Namen so viel Macht über Geist und Körper ausgeübt wurde, und das über so viele Jahre. Meines Erachtens stellt das eines der verrücktesten Phänomene dar, die es überhaupt gibt. Ich meine, Napoleon ist vergänglich, ebenso Stalin und schliesslich auch Dunant. Neben diesen geschichtlichen Grössen aber gibt es einfach ein paar Figuren, die bleiben und die epochale Schriften provoziert haben, ja die sogar eine grössere Bedeutung erlangt haben als manche griechische Philosophen, die ja auch nicht sonderlich anders dahergekommen sind. Diese Tatsache finde ich schon faszinierend.

Was würden Sie aufgrund Ihrer eigenen Erfahrung sagen: Gibt es dieses «besondere Aroma» des Pfarrhauses?

(denkt nach) Für mich stellte der Sonntag sicherlich etwas Spezielles dar, da man dort früh raus und im Sonntagsgewand in die Kirche ging, zurückkehrte und ein kleines, aber doch auch feierliches Mittagessen zu sich nahm – schliesslich hatte Mutter immer die Orgel gespielt, so dass sie nicht lange kochen konnte. Danach folgte der Sonntagsspaziergang, bevor der Pfarrer am Montag frei hatte.

Dann war uns bewusst, dass die Pfarrfamilie im Dorf etwas darstellt und wir uns irgendwie anständig aufzuführen hatten, vor allem gegenüber der «Kundschaft», die unsern Vater aufsuchte, also Trauerfamilien, heiratswillige Paare oder all die Clochards und «Süffel», die das Pfarrhaus als Anlaufstelle benutzten. Um Alkoholiker abzuwimmeln, die behaupteten, sie hätten schon lange nichts mehr gegessen, hatte Vater übrigens einen netten Trick. Er überreichte ihnen einfach ein paar Gutscheine für ein Mittagessen im alkoholfreien Blauen Kreuz. Die gingen in aller Regel äusserst missmutig weg.

Und schliesslich ist man im Garten des Pfarrhauses ausgestellt. Die Passanten zeigen aufs Haus und raunen sich «da wohnt der Pfarrer» zu.

Hat sich Ihre Einstellung zu Leben und Glück im Laufe der Zeit gewandelt, insbesondere auch, seit Sie das Pfarrhaus verlassen haben?

Nein, ich glaube nicht. Was ich hingegen bald einmal als wertvoll erachtet habe, ist die bereits früh erfolgte Vermittlung gewisser Werte. Ich gehörte ja

nie einer Partei an. Mit etwa zwanzig Jahren aber machte ich an gewissen Demonstrationen mit, wie zum Beispiel am Ostermarsch gegen Atomwaffen oder ähnliches, wo ich mir ein politisches Bewusstsein gebildet hatte, was dazu führte, dass man sich politisch interessiert, bildet oder auch engagiert. Wenn ich heute junge Leute betrachte, welche in den Journalismus einsteigen, stelle ich bei vielen fest, dass sie über keinerlei politische Kultur und auch nur bedingt über klare Werte verfügen. Das bedauere ich sehr.
Wir sind damals einfach in eine stark politisierte Zeit mit grossen gesellschaftlichen Umwälzungen hineingewachsen. Stichwort 1968. Da wurde man mitgerissen und hat sich auch weniger um die Zukunft gekümmert. Wir dachten stets: «Das kommt schon gut.» In unserer Zeit müssen sich junge Erwachsene hingegen viel mehr um das berufliche Weiterkommen kümmern. Heutige Studenten müssen viel mehr leisten. Dazumal führten wir noch abendfüllende Diskussionen zu welt- und gesellschaftspolitischen Fragen. Und ich selber hatte nie auch nur im geringsten daran gedacht, Geld zu sparen oder reich zu werden. Das rührt vielleicht vom Pfarrhaus her.

Wie halten Sie es selbst mit der Religion?

Ich bin areligiös. (Pause) All jenen Menschen, die in der Religion absoluten Halt suchen, stehe ich skeptisch gegenüber. Allerdings muss ich auch zugeben, dass es gewisse Leute gibt, die jenen wirklich finden. So habe ich ein paar Freunde, denen das gelungen ist. Persönlich halte ich das zwar für naiv, gleichzeitig beeindruckt es mich auch. Ich selber aber bin areligiös.
Ausserdem bin ich der Meinung, dass es nach all den Erkenntnissen aus Wissenschaft, Hirnforschung und Psychologie völlig abwegig ist, sich einem religiösen System hinzugeben. Ein solches versucht ja bloss eine vermutete absolute Ordnung zu visualisieren, zu personalisieren und zu erzählen – ein äusserst naiver Versuch der Welterklärung, aber, und das respektiere ich sehr, mit einem äusserst spannenden philosophischen Überbau, was die Grundwerte anbelangt. Die Idee der Liebe oder jene der Versöhnung zum Beispiel. Wenn man die Bibel liest, bekommt man viele gute Gedankenanstösse, welche wahrscheinlich und auch wirklich das Leben und die Vorstellung von x-tausend Menschen geprägt haben. Aber ebenso existieren ganze Völker und Kulturen, die ohne das Christentum ausgekommen sind und dennoch zu denselben beziehungsweise zu ähnlichen Werten gefunden haben. Nein, als religiös würde ich mich wirklich nicht bezeichnen.

Haben Sie eine Botschaft? Wenn ja, welche?

(denkt nach) Das ist noch schwierig zu sagen. Wenn ich meinen Vater hätte auswählen können, halte ich einen Pfarrer noch für eine gute Option, wobei, Philosophieprofessor oder Musiker auch noch drin gelegen wäre. Auf alle Fälle predigte Vater stets die Philosophie des Masshaltens. Die hat dann Dinge wie Essen, Trinken und Autofahren betroffen, aber auch den Glauben oder allgemein Einsichten, oder auch, dass man den Streit bestmöglich vermeiden sollte. Vater war nie ein religiöser Eiferer. Er sagte stets: «Wenn dir einer sagt, er sei gläubig, dann fliehe!» Und das wäre auch meine Botschaft. Mit anderen Worten: christliche Theologie ja, aber Fundis sind gefährlich, und zwar in jeder Religion.

Update

Lieber Herr Weiss,
Dank für die Zusendung des Interviews. Interessant zu lesen, im Nachhinein. Ich habe keine Ergänzungen, nur eine dringende Bitte: Lassen Sie Ihre Texte noch lektorieren. Und lassen Sie bei meinen Äusserungen alle Ausrufezeichen weg, die sind völlig überflüssig und machen einen seltsamen Eindruck. Das Ausrufezeichen muss man sehr sparsam einsetzen und nur dort, wo es wirklich um einen Befehl oder einen klaren Ausruf geht ...
Ich wünsche Ihnen viel Erfolg. Herzliche Grüsse.

Alfred Ruhoff

Pensionierter Psychiater

Alfred Ruhoff, Jahrgang 1942, ist mütterlicherseits ein direkter Nachkomme von Huldrych Zwingli und wächst mit zwei wesentlich älteren Brüdern in einem Pfarrhaus in Zürich auf. Seine Mutter stirbt früh, weshalb er seine Kindheit hauptsächlich mit dem Vater, einer ledigen Tante und der Grossmutter verbringt. Nach der mit Ach und Krach absolvierten Matura entscheidet sich Fredi Ruhoff, wie er von seinen Freunden auch genannt wird, für das Studium der Medizin. Dort lernt er seine Frau kennen und lieben. Sie heiraten im Jahre 1969, ziehen in den Bezirk Uster, haben drei Kinder und eröffnen in Zürich gemeinsam eine Praxis – sie als Internistin, er als Psychiater –, welche sie bis ins Jahr 2012 betreiben. Zeit seines Lebens kümmert sich der viel zu erzählen wissende Mann um standespolitische Belange, ist an allerlei Musischem interessiert – betreffe das nun Literatur, Musik, Malerei oder auch Möbel – und wirkt seit ein paar Jahren als «ziemlich engagierter Opa». In der Zeit um die Pensionierung herum ziehen die Ruhoffs nach Bremgarten, wo sie seither im Grosselternhaus seiner Frau wohnen, einem altehrwürdigen Bau aus der Gründerzeit.

Alfred Ruhoff

Der Kontakt zu Herrn Ruhoff kommt über eine Kollegin zustande. Ihn müsse ich unbedingt porträtieren, meint sie, und schwärmt mir vom pensionierten Psychiater vor. Er würde mir zusagen.
Und tatsächlich. Nachdem ich Alfred Ruhoff meine offizielle Anfrage zugestellt und die übliche Wartefrist habe verstreichen lassen, begegnet mir am anderen Ende der Leitung ein ausgesprochen aufgeweckter und offener Mann. Bereits in jenem Telefonat wird klar, dass ich da in Verbindung zu einem Menschen stehe, der etwas zu sagen hat. Wir begeben uns gleich zu Beginn unseres Telefongespräches mitten in medias res und können kaum mehr aufhören, über das Thema der Pfarrkinder zu fachsimpeln. So gibt er mir etwa einen Literaturtip oder macht mich darauf aufmerksam, dass vor allem die deutsche Kultur während etwa fünf Jahrhunderten massgebend von Pfarrerskindern beeinflusst wurde.
Als ich mich an einem schönen und milden Vormittag im Spätsommer 2013 nach Bremgarten aufmache, liegt im Reusstal erster Nebel. Mir behagt diese einlullende Stimmung, während ich mich vom Bahnhof aus zum Haus der Ruhoffs begebe. Da ich auch bei diesem Interview zu früh dran bin, suche ich mir in der Nähe einen Poller, auf dem ich bequem an anderen Interviews zu diesem Buch arbeiten kann. Doch nicht lange. Herr Ruhoff muss mich von weitem gesehen haben und fragt an, ob ich derjenige sei, den er erwarte. Ich bejahe und wir betreten sein Haus, das im entferntesten an ein Pfarrhaus erinnert. Es «empfängt» mich nämlich ein grosszügiges Wohnzimmer mit einem beachtlichen Flügel. Nach der Vorstellung von seiner Frau begeben wir uns eine Etage höher und nehmen in einem weiteren, schmuckvoll eingerichteten Raum Platz, in dem unter anderem das Bildnis seines Grossvaters – ebenfalls Pfarrer – hängt, ein altes Grammophon ausgestellt ist und ebenso ein schmukker, stilvoller Kinderwagen aus dem vorletzten Jahrhundert.

Herr Ruhoff, wer sind Sie? Können Sie sich und Ihre Lebensumstände bitte kurz beschreiben?

Wenn ich hinten beginne, dann bin ich jetzt *Pensionierter Psychiater*. Bis 2012 war ich in Zürich praktizierend. Auch hatte ich eine psychoanalytische Ausbildung absolviert, von der ich mit der Zeit aber, wie viele meiner Kollegen, leicht abgerückt bin und eher in eine eklektische Psychotherapie hineingefunden habe, weil man ja erst mit der Zeit feststellt, wie man am besten mit Patientinnen und Patienten weiterkommt und es einem wohl ist. Meine Praxis war allgemein psychiatrisch ausgerichtet, das heisst, ich hatte alle Arten von psychischen Störungen behandelt.
Im Militär war ich lange Zeit *Arzt bei den Rekrutenaushebungen* und bis heute *Vorsitzender einer Untersuchungskommission,* wo wir die Tauglichkeit oder auch die Umteilungsmöglichkeiten von Angehörigen der Armee nach gesundheitlichen Gesichtspunkten beurteilen. Diese Arbeit schätze ich bis heute, da ich mich nicht ausschliesslich als Spezialist für die Psyche verstehe, sondern als allgemeinen Arzt.

« Wir mussten Rücksicht nehmen und darauf achtgeben, nicht über die Stränge zu schlagen. »

Geboren bin ich 1942 in Zürich, wo ich auch aufwuchs und studiert habe. Geheiratet haben meine Frau und ich im Jahre 1969, bevor wir zusammen eine Praxis zu führen begonnen haben. Wohnhaft waren wir während knapp 35 Jahren in der Gemeinde Egg im Zürcher Oberland, bevor wir vor drei Jahren ins Grosselternhaus meiner Frau nach Bremgarten gezogen sind. Zusammen haben wir drei Kinder, zwei Söhne und eine Tochter, und auch bereits drei Enkel. Seit meiner Pensionierung sind diese zu einer nicht unwichtigen Aufgabe für mich als *Grossvater* geworden.
Was beruflich vielleicht noch angefügt werden muss, ist, dass sich meine Arbeit in der Tätigkeit als Psychiater schwerpunktmässig verschoben hat, und zwar in Richtung Tätigkeit als *Gutachter,* vornehmlich in der Beurteilung von psychischer Arbeitsunfähigkeit für die kantonale Pensionskasse BVK,

die Invaliden- und auch eine private Versicherung. Mehr und mehr übte ich also eine Art Funktion als *Vertrauensarzt* aus.
Was meine Interessen in der Freizeit angehen, so habe ich eine grosse Leidenschaft für deutsche Belletristik, aber auch übersetzte Literatur. Dann für Musik, vor allem passiv, und schliesslich für Geschichte mit dem Schwerpunkt des Dritten Reiches und des Holocausts. Gerade bezüglich jener Themen habe ich mir eine äusserst umfangreiche Bibliothek von an die eintausenfünfhundert Bände zugelegt. Als weitere Aktivitäten wären noch das Reisen, der Garten, Essen und Trinken oder auch das Wandern zu nennen. Ja, das wär's. (Spätere Ergänzung durch Alfred Ruhoffs Frau: «Du hast die Katze vergessen.»)

Wie sind Sie aufgewachsen?

Als ich geboren wurde, war mein Vater Pfarrer an der Kreuzkirche in Zürich. Er betreute den Pfarrkreis, der später zur Balgrist-Gemeinde wurde. Ich habe zwei Brüder, die dreizehn und acht Jahre vor mir auf die Welt gekommen sind. Aufgrund der grossen Altersunterschiede hatte ich jene jedoch weniger als Brüder wahrgenommen, sondern eher als Onkel.
Unsere Mutter war eine klassische Pfarrfrau, die in der Gemeinde enorm viele Funktionen übernommen hatte. Für den Haushalt blieb ihr darum eher wenig Zeit, so dass wir ab 1948 italienische Dienstmädchen im Hause hatten, was für mich eine gute Lösung dargestellt hatte, kam ich doch gut mit ihnen aus. Auch musste ich ihretwegen italienisch lernen, und nicht zuletzt hatten jene die mediterrane Küche in unser Haus gebracht, welche ich auch heute noch äusserst schätze. Oder anders formuliert, als Nachzügler wurde ich von jeder Seite her verwöhnt. (muss lachen) Meine Kindheit war also eine enorm glückliche, mit nur wenigen Tiefpunkten, wie zum Beispiel dem frühen Tod meiner Mutter.

Wie haben Sie Ihren Vater wahrgenommen?

Vater war ein eher konservativer Mensch. Das zeigte sich unter anderem an der Musik. Mein mittlerer Bruder beispielsweise scherte ziemlich aus unser klassisch orientierten Familie aus, indem er schon früh Jazz zu hören begonnen oder auch schon in jungen Jahren diverse Frauen mit nach Hause

genommen hatte. Solches Verhalten hatte unserem Vater gar nicht behagt. Oder dann hatte mir jener Bruder einmal ein Karl-May-Buch zum Geburtstag geschenkt. Auch das goutierte unser Vater überhaupt nicht. Was man ihm jedoch zugute halten muss, ist, dass er mir jenen Roman gelassen hatte. Und auch, als ich dadurch richtiggehend angefixt wurde, liess er mich gewähren. Man wolle mir jene Literatur ja nicht verbieten.
Und zum Pfarrhaus-Milieu: Jenes hatte ich überhaupt nicht stigmatisierend erlebt, wie beispielsweise viele andere Pfarrerskinder. Worauf bei uns jedoch Wert gelegt wurde, war die Meinung der anderen Leute. Man musste also Rücksicht nehmen und auch darauf achtgeben, nicht über die Stränge zu schlagen. Taten wir dies dennoch, also vor allem mein mittlerer Bruder, so konnte dies bei Vater kurzfristig kleinere Wutanfälle auslösen. Insgesamt aber war er ein unglaublich toleranter Mann und meistens konnte er solche Vorfälle auch rasch vergessen.
Zu mir war er ausserdem äusserst liebend, verwöhnend oder auch grosszügig. Trotz seines gelegentlichen Jähzornes kann ich mich weder an schlimme Strafen noch an körperliche Tätlichkeiten erinnern, auch nicht, als ich als Teenager in den Ferien einen Kollegen grundlos in den eiskalten Dorfbrunnen spediert hatte. Zwar musste ich danach ohne Mittagessen ins Zimmer und mich im Anschluss bei jener Familie dafür entschuldigen gehen, doch weitere Konsequenzen blieben aus. Ja, alles in allem war Vater ein äusserst liebenswerter Mann, und alle Menschen mochten ihn sehr.

Was hat das mit Ihnen gemacht?

Da er theologisch äusserst liberal und freigesinnt orientiert war, hatte er es mit den Kirchenbehörden eher schwierig. Als er beispielsweise demissioniert hatte, meinte sein Kirchenpflegepräsident bloss, dass sie nun einen Nachfolger suchten, der auch glaubt. Offenbar muss Vater den Eindruck erweckt haben, dies nicht zu tun, obwohl er in meinen Augen dezidiert gläubig war. Auf alle Fälle hat er mir diese Sicht der Dinge weitervermittelt. Und mit falscher Frömmigkeit konnte er ebenso wenig anfangen wie ich heute. Tischgebete hatte es bei uns also nicht gegeben. Folglich wurde ich auch nie genötigt, seine Gottesdienste zu besuchen. Überhaupt nicht. Natürlich absolvierte ich die normale Sonntagsschule und liess ich mich auch von Vater konfirmieren, doch damit hatte es sich.

Hat sich der Beruf Ihres Vaters auf Ihre eigene Berufswahl ausgewirkt? Und wenn ja, wie?

Diese Frage habe ich mir schon etliche Male selbst gestellt, denn im Grunde genommen wurde ich ja auch eine Art *Seelsorger.* Zwar bin ich der Meinung, dass es keine direkte Linie zwischen dem Pfarrberuf und der Psychiatrie gibt, ich muss jedoch einräumen, dass Vater selbst ein engagierter Seelsorger war.

(denkt nach) Ich muss Ihnen jetzt ein Story liefern, und zwar hat unser Pfarrhaus unmittelbar neben der psychiatrischen Klinik Burghölzli gelegen. Jenes Haus mit den hohen Mauern drumherum hatte mich schon als Kind in den Bann gezogen, vor allem deshalb, da daraus nachmittags um drei Uhr stets ein furchtbares Geschrei zu vernehmen war. Damals ging meine Phantasie natürlich mit mir durch und ich malte mir aus, wie jeweils die Patienten malträtiert würden. Glücklicherweise stellte sich alsbald heraus, dass jener Lärm nicht von den Patienten, sondern von den Schweinen, die um jene Zeit gefüttert wurden, herrührte. (muss lachen) Insofern kann ich sagen, dass mich jenes Haus schon seit jeher auf eine ambivalente Art und Weise fasziniert hatte und ich dort unter anderem schon bald ein Praktikum absolvieren durfte oder mich auch im Anschluss an das Staatsexamen gleich bewerben konnte. Und von da weg blieb ich in der Psychiatrie hängen. Mit dem Beruf meines Vaters hat meine eigene Berufswahl meines Erachtens jedoch wenig zu tun, eher schon mit Vorbildern während der Ausbildung.

Gab es vielleicht Auswirkungen auf Ihr Leben? Und wenn ja, welche?

Wie Sie sehen, lebe ich heute ja beinahe wieder so, wie ich als Kind aufgewachsen bin. (Alfred Ruhoff bezieht sich mit dieser Aussage vor allem auf die Einrichtung und die Aufteilung der Räume.)

Oder das Milieu der Literatur ... Vater war ein grosser Bücherfreund. Und da ich heute selbst über vier Bibliotheken verfüge[49] – aufgeteilt auf jede Etage –, hat mich die Welt der Bücher natürlich schon geprägt.

Dann meine Liebe zur Musik, zur Natur und zu schönen Möbeln ... Vater war durchaus auch Ästhet. Bereits vor dem Tod der Mutter hatten wir oft gemeinsam Dinge unternommen, beispielsweise Ausstellungen besucht oder auch Kurzausflüge gemacht. Ja, das alles hat mich beeinflusst. Nicht zuletzt habe

ich diesen Stil auch den eigenen Kindern weitergegeben, was jedoch nicht allen gleich behagt hatte. Da meine Frau und ich beide etwas «verkopft» sind, hatten die eigenen Kinder darunter, und auch unter dem unausgesprochenen Erwartungsdruck, eine ähnliche «Karriere» hinlegen zu müssen, teilweise zu leiden. Das bedauere ich heute.
Oder dann die Beerdigungen. Da die Trauerleute manchmal eine Abschrift der Abdankungen haben wollten, Vater jedoch seine Predigten zwar mit Schreibmaschine verfasst, jedoch die Angewohnheit besessen hatte, jene mit unterschiedlichen Farben zu markieren, hat es regelmässig mir obgelegen, davon Reinschriften zu verfassen. So habe ich sicherlich zwei- bis dreihundert Beerdigungen abgeschrieben. Mit der Zeit wäre es mir darum ohne weiteres möglich gewesen, selbst eine Beerdigung abzuhalten, da ich die Textbausteine, die Vater benutzt hatte, bald einmal auswendig konnte – natürlich mit Ausnahme des Lebenslaufes.
Schliesslich war Vater ein politischer Mensch, so dass er mich schon zu Primarschulzeiten mit der Judenvernichtung konfrontiert hatte. Als Folge davon sammelte ich von der sechsten Primarschule an alles, was mir darüber an Literatur in die Finger gekommen war. Ja, das alles hat mich geprägt. Mein bisher so sehr geglücktes Leben verdanke ich jedoch nicht nur meinem wunderbaren Elternhaus, sondern ebenso meiner Ehefrau.

Was würden Sie aufgrund Ihrer eigenen Erfahrung sagen: Gibt es dieses «besondere Aroma» des Pfarrhauses?

(denkt kurz nach) Sicherlich kein theologisches, aber ein äusserst humanes, tolerantes, sowie musisch-intellektuelles, vielleicht sogar auch ästhetisches. Man hat bei uns Wert auf einen gepflegten Haushalt mit schönen Bildern und Möbeln gelegt, obwohl die materielle Situation zu jener Zeit nicht gerade rosig war.[50]

Hat sich Ihre Einstellung zu Leben und Glück im Laufe der Zeit gewandelt, insbesondere auch, seit Sie das Pfarrhaus verlassen haben?

Ich würde sagen, dass sich bei mir alles sehr bruchlos und harmonisch abgespielt hat. Insofern nein. Was sich vielleicht geändert hat, das hat jetzt aber nichts mit dem Pfarrhaus zu tun, ist, dass ich das leicht «Verkopfte», das ich bei meinem Aufwachsen mitbekommen habe, teilweise ablegen konnte. Ja, ich würde es gar so formulieren: Die Erlebnisse mit meinen eigenen Kindern haben mich jetzt mehr verändert als das Verlassen des Pfarr- und Elternhauses. Lange Zeit litten jene nämlich unter meiner, wie sie es nannten, Mühe, Gefühle zu zeigen. Glücklicherweise habe ich mich gemäss ihnen diesbezüglich in den letzten Jahren aber auch gebessert, sicherlich auch dank den Enkelkindern.

« Die Theodizee-Frage
treibt mich sehr um. Und fertig
werde ich damit nie.
Wie will man auch? »

Wie halten Sie es selbst mit der Religion?

(atmet tief ein) Ja, das ist jetzt die schwierigste Frage, die Sie mir hier stellen, und zwar darum, weil ich mich nicht als gläubig bezeichnen würde. Natürlich frage ich mich gerade selber, weshalb? (Pause) Was ich sagen kann, ist, dass mir der Glaube überhaupt nicht eingeimpft worden war, was man für die spätere Entwicklung jetzt als positiv oder negativ bewerten kann. Zwar ist mir die Kirchengeschichte nicht egal und auch nicht unvertraut, ansonsten könnte ich die ganze Musik, Malerei oder auch Literatur, die ja reich bestückt sind mit derartigen Symbolen, nicht deuten. Nichtsdestotrotz hat es mir meine Auseinandersetzung mit dem Dritten Reich, dem Holocaust und auch Auschwitz aber schwer gemacht, an eine höhere Macht zu glauben, die angeblich Liebe sein soll. Die Theodizee-Frage treibt mich also sehr um. Zwar versuche ich immer wieder, dies zu verdrängen. Wird man jedoch älter, so beginnt man doch hin und wieder mit diesen höheren Mächten zu rechten. (schweigt für einen Moment) Atheist bin ich jedoch nicht. Und wenn ich mich als Agnostiker bezeichnen würde, so hätte ich das Gefühl, dem Ganzen nur auszuweichen. Darum vielleicht so: Die Theodizee-Frage treibt mich einfach um. Und fertig werde ich damit auch nie. Wie will man auch? (Pause)
Wenn ich es mir jetzt so recht überlege, hätte Vater mich vielleicht stärker mit Diskussionen über den Glauben herausfordern müssen. Das lag ihm jedoch fern, so tolerant war er. Oder vielleicht auch zu bequem …

Zum Schluss noch: Haben Sie eine Botschaft? Wenn ja, welche?

(denkt nach) Was soll ich Ihnen sagen? Zwar bekunde ich teilweise Mühe mit dem Begriff der Toleranz, denn der kann ja auch einen negativen Beigeschmack haben, beispielsweise der Indifferenz äusserst nahe kommen. Ich bin jedoch der Meinung, dass man durchaus auch bekennen soll, was man für gut und richtig hält. Insofern würde ich schon die *Toleranz* als meine Botschaft nennen, einfach nicht zu weit getrieben.
Und vielleicht noch dies: Was mich chronisch beschäftigt, ist, dass nach dem zweiten Weltkrieg Tausende von Massenmördern – von den weltlichen Behörden notabene nicht belangt – wieder in den Alltag integriert wurden. Weder in der BRD noch in der DDR sind ausreichend Gerichtsverfahren in Gang gekommen, oder dann äusserst spät. Meines Erachtens liegt der Art und Weise, wie man mit jenen Tätern umgegangen ist, zum Beispiel, indem sie sogar wieder in alte Funktionen aufgenommen wurden, ein falscher Toleranzbegriff zugrunde. Insofern möchte ich, dass also Verbrecher, wie sie unter anderem die Nazizeit hervorgebracht hat, wenigstens im Jenseits dafür bestraft werden.

Update

Lieber Herr Weiss,
vielen Dank für die Möglichkeit, mich nochmals mit dem Interview zu befassen. Ich bin schon leicht erschrocken über meine recht selbstverliebten und ziemlich oberflächlichen Äusserungen. Offenbar fehlte mir im Gespräch die Zeit zu substanziellen Antworten. Gerade die «letzten Fragen» würde ich sonst wohl differenzierter beantworten, nicht zuletzt wegen kürzlicher Erfahrungen im nächsten Umfeld (Tod meines mittleren Bruders nach schwerer Demenz, Tod eines guten Freundes mit Hilfe von Exit) und sicher auch im Hinblick aufs eigene Ende. Zuletzt noch zur Toleranz: «Grenzenlose Toleranz führt zum Verschwinden der Toleranz.» (Karl Popper). Mit herzlichen Grüssen.
PS: Kennen Sie das Buch von Cord Aschenbrenner, *Das evangelische Pfarrhaus. 300 Jahre Glaube, Geist und Macht: Eine Familiengeschichte?* Sehr lesenswert. A. R.

Regi Sager

Radiomoderatorin

Regula Sager, geboren 1958, wächst mit zwei älteren Brüdern in Baden auf, wo sie sich jeden Abend selbst in den Schlaf singt und sich dabei in wallenden Kleidern auf Opernbühnen sieht. Der erste Schritt auf dem Weg zur Gesangskarriere führt sie allerdings in den Kirchen- und Kammerchor. Doch bald will die peppige Frau richtig abrocken und zieht als Sängerin mit diversen Bands durch die Schweiz. Zuvor studiert sie jedoch Anglistik, Musikwissenschaften und Germanistik. Doch noch während der Lizentiats-Arbeit bricht sie ab, um sich mehr der Musik widmen zu können, und verdient ihr Geld fortan mit Englischunterricht. Bald folgen erste Gehversuche in den Medien, und schliesslich wird Regi Sager vom Radio-Fieber infiziert. Nach zwei Jahren bei Roger Schwawinskis Opus Radio arbeitet die Vielseitige bei Radio Argovia und beim damaligen Zürcher Lokalfernsehsender ZÜRI 1, bevor sie 1996 ihre erste und einzige Bewerbung verfasst und seither bei SRF 1 als fixe Grösse am Schweizer Radio-Himmel amtet. In ihrer Freizeit moderiert Regi Sager öffentliche und private Anlässe oder beweist ihr musikalisches Talent als Sängerin in unterschiedlichen Formationen, vor allem im Jazz-Bereich. Auch pflegt sie ihre eigene Combo, die Regi Sager and Special Edition. Im weiteren macht Regi Sager für Zürich Tourismus Stadtführungen durch Zürichs Altstadt oder verfasst im Jahre 2015 ihr erstes Buch namens ‹Zürcher Liebesgeschichten›,[51] in welchem sie ein paar der Geschichten aus ihrer Love-Story-Stadtführung wiedergibt. Regula Sager wohnt in Zürich.

Regi Sager

Dass ich meine E-Mail, die ich auf gut Glück via das allgemeine Homepage-Formular von Schweizer Radio und Fernsehen abschicke, auch beantwortet bekomme, erwarte ich eigentlich nicht. Umso erstaunter bin ich, als ein paar Tage später ein Schreiben von Regi Sager in meinem elektronischen Briefkasten liegt. Sie habe Interesse, bekundet die Radio-Frau, ich solle ihr doch mal ein paar mögliche Daten zukommen lassen. Infolge Ferien und anderweitigen Unpässlichkeiten nimmt es aber noch eine gewisse Zeit in Anspruch, bis wir uns wirklich von Angesicht zu Angesicht gegenübersitzen. Regi Sager, die mir bis dato nur vom Hörensagen bekannt war, schlägt mir als Treffpunkt zwei Lokale in der Stadt Zürich vor, eines im Zentrum und eines eher am Rande. Wie sie mir später erläutern wird, sei das ein Charakterzug von ihr, nämlich dem Gegenüber immer auch ein wenig entgegenzukommen. Und, wie wenn es Frau Sager geahnt hätte, ich entscheide mich in der Tat für das mir näher gelegene Lokal. Wir verbringen einen angenehmen Nachmittag im kleinen Innenhof besagten Restaurants, welches mir bis dato nicht weiter aufgefallen war.

Regi Sager, wer sind Sie? Können Sie sich und Ihre Lebensumstände kurz beschreiben?

In meinem Hauptberuf arbeite ich *beim Radio.* Da ich aber noch nie nur für einen Arbeitgeber tätig sein wollte, habe ich daneben noch diverse andere Aktivitäten am Laufen. Beispielsweise singe ich in verschiedenen Bands, habe ich eine eigene Combo oder werde ich hin und wieder auch als Gastsängerin in andere Bands eingeladen. Dann führe ich für Zürich Tourismus Stadtführungen in der Stadt Zürich durch oder moderiere ich verschiedene Anlässe, hauptsächlich im kulturellen Bereich. Ich habe aber auch schon durchs Programm von Dorffesten geführt.
Privat gibt es zu sagen, dass ich ledig bin – ich war nie verheiratet –, jedoch in einer festen Beziehung lebe. Jeder von uns hat aber seine eigene Wohnung.

Wie sind Sie aufgewachsen?

Mit zwei älteren Brüdern in Baden. Da sich diese nicht so sehr mit ihrer jüngeren Schwester abgeben wollten, war ich oft auf mich allein gestellt. Das machte mir jedoch nicht sonderlich viel aus, ich konnte mich immer gut mit mir selbst beschäftigen. Natürlich hatte ich als Kind Gespanen, meistens immer mindestens eine dicke, gute Freundin. Aber mein Zimmer war mein Reich, wo ich Theater spielte, zum Beispiel Szenen nachahmte, die ich im Fernsehen gesehen hatte, oder ich mir Menschen vorstellte, die ich gerade in meiner Nähe haben wollte und mich mit ihnen «unterhielt». Oder dann reihte ich all meine Puppen auf und gab ihnen Schule. Ich verfügte also über eine blühende Phantasie, womit ich mir meine eigene Welt aufgebaut hatte. Das half mir, wenn es mit den realen Geschwistern gerade eher schwierig war. Jene neckten und boxten mich nämlich häufig, wogegen ich mich als körperlich Unterlegene oft nur mit Schreien zu wehren wusste, was wiederum beim Vater nicht gut ankam, wenn er seinen obligaten Mittagsschlaf abhalten wollte.
Abgesehen von der Mittagszeit war Vater tagsüber jedoch selten daheim. Er arbeitete meist ausser Haus. Fast alle seine Schreibarbeiten, Vorträge, Predigten, Briefe und so weiter erledigte er nämlich im Restaurant. Das war sein Büro. Unser Vater verfügte über drei, vier Stammbeizen, wo man ihn kannte. Dort arbeitete er, und dort passierte wahrscheinlich auch viel an Seelsorge.

Ich denke mir, dass er das vor allem darum getan hatte, weil er an jenem Ort mehr oder weniger ungestört war, keine Telefonate kamen, und wir Kinder ihn auch nicht störten. (muss lachen)

Wie haben Sie ihn sonst wahrgenommen?

Ich bewunderte ihn, und ich hatte das Gefühl, er wisse alles. Und tatsächlich wusste er auch viel. Vater war sehr belesen, aber auch praktisch begabt. Als Kind hatte ich grossen Respekt vor ihm. Da er oft abwesend war, war er für mich so etwas wie eine graue Eminenz im Hintergrund. Noch gut kann ich mich an eine Episode aus meiner frühen Kindheit erinnern. Ich hatte etwas kaputt gemacht und beichtete dies meiner Vertrauensperson, unserer Nachbarin Frau Kindlimann, bei der ich als Kind viel Zeit verbrachte. Sie jedoch meinte, ich müsse es schon meinem Vater sagen, woraufhin ich antwortete: «Nein, lieber nicht. Weisst du, ich kenne ihn nicht so gut.» Ja, als ich noch ein kleines Kind war, verbrachten wir wirklich nicht allzu viel Zeit miteinander, sicher auch, weil er beruflich sehr eingespannt war, nebst seinem Pfarramt auch noch Ämter innehatte wie Schulpflege, Schulinspektorat oder viele abendliche Sitzungen. Später gestand er mir aber einmal, dass er nicht genau gewusst hätte, was er mit einem kleinen Mädchen anfangen soll. An Samstag- und Sonntagnachmittagen jedoch nahm er sich meistens Zeit für uns Kinder. Das rechne ich ihm hoch an. Ansonsten ist er mir vor allem arbeitend in Erinnerung, auch an Montagen, dem eigentlichen Pfarrsonntag.
Spätestens ab dem Teenageralter wurde unsere Beziehung dann intensiver. Von dort an wurde Vater für mich nämlich zu einer regelrechten Anlaufstelle, wann immer ich irgendwelche Probleme hatte. Lief es beispielsweise mit dem jeweiligen Freund nicht gut oder ging gar eine Freundschaft in die Brüche, fragte ich immer ihn um Rat oder schüttete ich ihm mein Herz aus. Ich hatte grosses Vertrauen in ihn, er konnte alles immer wunderbar analysieren. Dann verurteilte er auch niemanden. Stets versuchte er beide Seiten zu verstehen, es steckte ja auch ein Psychologe in ihm. So hat es von ihm schliesslich nicht nur Tips gegeben, sondern auch Hilfe zur Selbsthilfe. Vater stellte immer die richtigen Fragen.

Was hat das Aufwachsen im Pfarrhaus mit Ihnen gemacht?

Was mich bestimmt geprägt hat, ist Vaters seelsorgerische Tätigkeit. Bei uns gingen sehr viele Ratsuchende ein und aus oder riefen noch spät nachts an, wenn sie verzweifelt waren. Ein grosser Teil seiner Arbeit umfasste darum auch die psychologische Betreuung von Leuten aus der Gemeinde. Und da kriegte ich recht viel mit. Ich erfuhr also schon früh von den verschiedenen Arten von Problemen, Nöten und Ängsten, die Menschen so plagen konnten. Und das eine oder andere kriegte ich auch mit, wenn Bettler oder andere Hilfesuchende ihre Anliegen bereits an unserer Haustür vorbrachten. Manchmal gabs da auch Amüsantes zum Mithören. So erinnere ich mich an zwei ältere Leute, einen Mann und eine Frau (deren Namen Regi Sager so geläufig von den Lippen kommen, wie wenn es sich dabei um Familienmitglieder handeln würde), die beide praktisch wöchentlich bei uns vorbeischauten und um eine milde Gabe baten. Sie waren einander jedoch spinnefeind, als ob sie sich konkurrenzieren würden, also wehe, wenn sie mal zufällig aufeinandertrafen. Die Szenen erinnerten dann jeweilen an Spatzen, die um Brosamen stritten.
Viele der pfarramtlichen und seelsorgerischen Tätigkeiten übernahm jedoch auch unsere Mutter. Sie war es, die zum Beispiel die meisten Telefonanrufe entgegengenommen hatte, da Vater ja selten zu Hause war. Und so schütteten viele Leute das Herz erst einmal bei ihr aus. Bei solchen Gesprächen legte ich mich dann jeweilen aufs Sofa desselben Zimmers und horchte mit. Obwohl ich ja nur die Antworten meiner Mutter hörte, konnte ich mir stets ein gutes Bild davon machen, worum es ging. Manchmal löcherte ich Mutter hinterher mit Fragen, um all meine Lücken zu schliessen. Ich denke, sie erzählte mir nicht alles bis ins letzte Detail, ich aber bekam doch einiges mit. Ja, solcherlei Geschichten interessierten mich einfach brennend. Und sogar heute kann ich mich noch an viele der kleineren und grösseren Schicksale von damals erinnern. Mein Interesse an den Menschen und deren Geschichten wurzelt wohl, so denke ich zumindest, auch in diesen Erlebnissen.
Als Kind hatte ich jene Seelsorge-Fälle jedenfalls so spannend gefunden, dass ich es schade fand, dass ich nicht auch wie Mutter solche Stories zum Besten geben beziehungsweise ähnliche Schicksale betreuen konnte. So kam es, dass ich Mutter manchmal auf gemeinsamen Spaziergängen ähnliche Geschichten erzählte, die ich dann mit aller Dramatik ausmalte – natürlich frei erfunden. Ich merkte dann jeweils an, ich hätte das in meinem früheren Leben erlebt.

Zwischen fünf und zwölf Jahren verbrachte ich die meiste Zeit jedoch eher bei unseren Nachbarn als im Elternhaus. Das Sigristen-Ehepaar Kindlimann war für mich nämlich wie Opa und Oma. Dort war ich die Prinzessin (muss lachen), und Frau Kindlimann hatte ich jeweils ganz für mich allein. Jene hatte Zeit, und immer wieder hatte ich sie darum gebeten, mir Geschichten zu erzählen. Sie wusste soviel zu berichten, entweder aus ihrem eigenen Leben – unter anderem hatte sie beide Weltkriege erlebt, und mir wurde erst viel später bewusst, welch wichtige Zeitzeugin ich da gekannt hatte –, oder dann erzählte sie mir Märchen, die sie selber erfunden hatte.
Ah, ja. Und etwas hat mich auch noch geprägt. Wie schon erwähnt, erledigte Vater viele seiner Arbeiten ja in Restaurants, und das scheint auf mich abgefärbt zu haben. Ich liebe nämlich Cafés und Restaurants. Erstere besuche ich nämlich, wann immer möglich, um dort die Zeitung oder in einem Buch zu lesen. Mir gefällt es einfach, allein und doch unter Leuten zu sein.

Hat sich der Beruf Ihres Vaters auf Ihre eigene Berufswahl ausgewirkt? Und wenn ja, wie?

Vielleicht liegt es ja am Beruf des Vaters, dass alle drei Sager-Kinder eine Affinität zur Sprache haben und diese auch gerne pflegen. Dass ich jetzt aber zum Radio gegangen bin ... Hmm, so genau habe ich mir das noch nie überlegt. Gut, mein Vater sprach zu den Menschen auf der Kanzel, ich vor dem Radiomikrofon oder auf der Bühne, auch wenn ich nicht predige. Aber gerade mein Interesse an Geschichten, am Erzählen von Geschichten und am Kommunizieren mit Menschen habe ich vielleicht schon von meinem Vater geerbt. All das kann ich jedenfalls in meinen verschiedenen Tätigkeiten voll ausleben.
Und auch die Musik war übrigens immer wichtig bei uns zu Hause. So haben wir alle musiziert, und es wurde gesungen. Offenbar wurden da schon Grundsteine für meine heutigen Tätigkeiten gelegt.

Oder auf Ihr Leben? Und wenn ja, wie?

Schon als ich noch ein Kind war, war meine Umgebung, zum Beispiel meine Mitschülerinnen und Mitschüler, immer sehr überrascht, wenn sie herausfand, dass ich Pfarrerstochter war. Jene stellte sich dann darunter ein äusserst braves Mädchen vor, und dem Bild entsprach ich offensichtlich nicht. Wir wurden aber kaum strenger oder moralischer erzogen als andere. Auch wir spielten Streiche und auch uns kamen und kommen etwa Flüche über die Lippen.

Aber ich weiss noch, dass ich immer sehr stolz war, wenn ich sagen konnte, mein Vater sei Pfarrer, vor allem früher in der Schule. Die meisten Väter meiner Klassenkameradinnen und Klassenkameraden waren Angestellte bei der früheren BBC, Ärzte oder Anwälte, Pfarrer aber war niemand. Das war wirklich etwas Besonderes. Und zuweilen machte es mir auch Spass, das grosse Staunen zu sehen, wenn sie von meiner Herkunft hörten.

Stark geprägt hat mich aber auch die protestantische Arbeitsmoral. Es gibt ja den Ausdruck «dem Herrgott den Tag stehlen». Obwohl unser Vater diesen Term nie gebraucht hat, hatte ich schon früh das Bedürfnis, «ein nützliches Mitglied der Gesellschaft» zu sein, sprich zu arbeiten. Tatsächlich fällt es mir auch heute noch schwer, einen freien Tag ohne schlechtes Gewissen zu geniessen oder ohne irgend etwas für einen meiner diversen Jobs zu tun. Zu Beginn meiner Karriere als Sängerin setzte mir gerade diese Prägung enorm zu. Mit Singen nützte ich ja niemandem, dachte ich. Es machte nur mir selbst Spass. Dass ich damit jemandem Freude bereiten könnte, traute ich mir nicht zu. Deshalb hatte ich am Anfang auch Mühe, auf die Bühne zu stehen.

Im grossen und ganzen aber glaube ich, wäre ich nicht anders erzogen worden, wenn Vater Arzt oder Psychologe gewesen wäre. Meine Brüder und ich wurden gut erzogen, aber nicht wirklich streng. Mir als Mädchen wurden die Grenzen in meiner Jugend möglicherweise etwas enger gesteckt als meinen Brüdern,[52] aber ansonsten ... Vielleicht kann man unsere Erziehung auch so beschreiben: Vernunft und Rücksichtnahme waren bei uns gross geschrieben. Man nahm auf seine Nächsten Rücksicht und fiel ihnen nicht zur Last. Ja ich glaube, diese Botschaft, die unsere Eltern jedoch eher indirekt vermittelten, prägte mich. Von Gut und Böse wurde jedoch nicht gesprochen, und auch die Moralkeule wurde überhaupt nicht geschwungen.

Und was den Glauben angeht, so wurden wir nie gedrängt. Wohl gabs hin und wieder darüber Diskussionen oder auch das tägliche Tischgebet. Und in den Ferien in unserem Ferienhaus las Vater jeweilen am Morgen bei Tisch vor dem Frühstück den Boldern Morgengruss[53] vor, ein kleines Büchlein mit einem Bibelvers für jeden Tag und einer Erläuterung dazu. Beim einfachen Vorlesen jener kurzen Texte konnte er es jedoch nicht bewenden lassen, sondern musste zuweilen noch seine eigenen Interpretationen hinzufügen,

und zwar sehr ausführlich, ja sogar *zu* ausführlich für meinen damaligen Geschmack. (lacht) Mein Interesse hatte damals selbstverständlich mehr den Köstlichkeiten auf dem Frühstückstisch gegolten. Ansonsten aber gab es bei uns keinen Zwang, auch nicht im Glauben. Sehr wohl hatte Vater mit uns über Religion oder auch den Glauben diskutiert, die Wahl, wofür wir uns entscheiden wollten, hat er jedoch stets uns selbst überlassen. Er hatte uns einfach zu nichts zwingen wollen. Und meiner Meinung nach hat er das auch richtig gemacht.
Heute besuche ich die Kirche höchst selten, aber ich würde nie aus der Kirche austreten. Ihr fühle ich mich nämlich nach wie vor verbunden, sie gehört zu meinem Leben. Aus Respekt gegenüber meinem verstorbenen Vater, aber auch aus Respekt gegenüber der reformierten Kirche, die in meinen Augen eine wichtige Institution ist und viel Gutes tut, würde ich nie aus ihr austreten. Ich bin froh, dass es eine solche Anlaufstelle wie die Kirche gibt, auch wenn sie heute leider Schwierigkeiten hat, ihre Aufgabe wirklich wahrzunehmen, nämlich die Menschen zu erreichen und ihnen eine Heimat und Geborgenheit zu bieten.

Was würden Sie aufgrund Ihrer eigenen Erfahrung sagen: Gibt es dieses «besondere Aroma» des Pfarrhauses?

Ich glaube schon. Mir sind nämlich auch ein paar andere Pfarrerskinder bekannt; zum Beispiel hatte ich mal kurze Zeit in einer reinen Pfarrerskinder-Band gesunden. Und ich weiss von einigen, dass sie in einem strengeren Elternhaus aufgewachsen sind als ich. Ein paar mussten dann ausbrechen und über die Stränge hauen. Wie heisst doch der Spruch? «Pfarrers Kinder, Müllers Vieh, die geraten selten oder nie.» Und unter den deutschen Terroristen hats ja bekanntlich auch Pfarrerskinder gegeben.[54] Insofern wäre ich also nicht in einer typischen Pfarrhausatmosphäre aufgewachsen. (lacht) Bei uns gab es nichts auszubrechen oder zu rebellieren.

Wie halten Sie es selbst mit der Religion?

Natürlich wurde ich durch mein Elternhaus beeinflusst. Klare Sache. Ich glaube an Gott, pflege zu ihm aber eher eine Fernbeziehung. Ab und zu danke ich ihm zwar, vor allem wenn ich finde, dass mir viel Glück beschieden ist

oder es mir besonders gut geht. Ich habe schon das Gefühl, dass ich von ihm beschützt werde. Um Hilfe bitten tue ich allerdings selten, und zwar aus dem einfachen Grund, weil ich davon überzeugt bin, dass wir zu einem grossen Teil selbst verantwortlich dafür sind, was mit uns passiert. Für mich gilt einfach der Satz: «Hilf dir selbst, so hilft dir Gott.»
Gut, ab und zu bitte ich ihn schon um Unterstützung, im grossen und ganzen aber bin ich sicher, dass Gott selber weiss, wenn ich seiner Hilfe bedarf. (lacht herzhaft) Wenn ich aber um meine Nächsten in Sorge bin, dann kommt es oft vor, dass ich ihn bitte, sie zu beschützen. Dann bin ich mir meiner Ohnmacht bewusst. Und dann rennt das Kind zum Vater.

Haben Sie eine Botschaft? Wenn ja, welche?

Generell sollte man seine Mitmenschen so behandeln, wie man selber behandelt werden möchte. Wer möchte nicht respektvoll, liebevoll und verständnisvoll behandelt werden?

www.regisager.ch

Update

Regula Sager bringt mich in einer E-Mail auf den neusten Stand. Wir beschliessen, dafür ihre Beschreibung auf Seite 203 zu aktualisieren.

Ilona Sieber

Beziehungsarbeiterin

Ilona Sieber wächst als eines der mittleren von insgesamt acht Kindern, vier eigene und vier angenommene, in Altstetten als Tochter von Ernst und Sonja Sieber auf. Ihr Zuhause ist lebendig und bunt. Ilona Sieber wohnt mit vielen anderen Menschen zusammen, die irgendeinen Bezug zu ihrem, auch als Obdachlosenpfarrer bezeichneten, Vater haben. Als Kind geniesst sie dieses farbige Beisammensein, bekundet dann aber Mühe, als es darum geht, trockeneren Schulstoff zu büffeln. Das Leben ist so viel interessanter. Auch dank gütiger Mithilfe ihres Vaters beisst sich die lebensfrohe Frau jedoch durch, lernt und arbeitet als Krankenschwester, bevor sie auf Gymnastiklehrerin umsattelt. Im Jahr 2004 verfügt sie als Mutter und Hausfrau schliesslich plötzlich wieder über mehr Zeit, währenddessen im Spiesshof, einer therapeutischen Dorfgemeinschaft, die ursprünglich von ihrem Vater initiiert wurde, die Leitung frei wird. Ilona Sieber bewirbt sich und wird ausgewählt. Seither hat sie dort die verschiedensten Rollen inne: Therapeutin, Chefin, Mutter oder auch Hauswartin, was in einem Wort auch mit Beziehungsarbeiterin zusammengefasst werden könnte. Diese abwechslungsreiche Art von Arbeit liebt die vielseitig begabte Frau sehr, da sie ihr «Freude zubereitet und auch Sinnerfüllung im Alltag schenkt». Zusammen mit ihren drei Söhnen im Alter von siebzehn bis siebenundzwanzig Jahren wohnt Ilona Sieber im Bezirk Frauenfeld.

Ilona Sieber

Peinlicher könnte ein Auftritt nicht sein als derjenige, den ich bei Ilona Sieber hinlege. Infolge zu ungenauer Vorbereitung weiss ich zwar ungefähr, wo sich der Spiesshof befindet, doch der Postauto-Chauffeur kann mir auch nicht sagen, an welcher Haltestelle ich aussteigen muss. Glücklicherweise hilft mir ein Ortskundiger weiter. Dann die Distanzen. Auch diese hatte ich im Vorfeld zu wenig präzis erkundet. Schätzungsweise zwei Kilometer dürften es schon sein bis zum Hof, der sich unmittelbar bei der deutschen Grenze befindet. Zwar bin ich im Besitz einer Karte, jedoch bloss einer ausgedruckten. Ausserdem lässt die Beschilderung zu wünschen übrig und mir bleiben nur fünfundzwanzig Minuten Gehzeit. Bis kurz vor der sozialpsychologischen Einrichtung bin ich auf Kurs. Doch kurz davor verirre ich mich. Auch ein paar vorbeifahrende Radfahrer können mir nicht weiterhelfen. Erst der Dritte kennt den Weg. Ich muss umkehren und haste meinem Interviewtermin entgegen. Zu spät bin ich bereits. Dass ich auch telefonieren könnte, kommt mir nicht in den Sinn. Also spute ich mich, bis ich von weitem einen Hof erblicke, auf dem jemand in einem farbigen Kleid arbeitet. «Das muss sie sein», geht es mir durch den Kopf. Als ich näher komme, merke ich, dass es sich bei jener Arbeiterin um eine Bewohnerin handelt, Frau M. Sie begrüsst mich herzlich, während sie Blumen giesst. Ich müsse der Buchautor sein. Frau Sieber erwarte mich bereits, und schnurstracks führt sie mich in deren Büro. Tropfnass vor Schweiss versuche ich mich für meine Verspätung zu entschuldigen. Ilona Sieber bleibt die Ruhe in Person und meint, dass das doch nichts machen würde. Sie ist eher erstaunt darüber, dass ihnen jemand einen Besuch ‹zu Fuss› abstatten kommt. Bis anhin seien nämlich alle gefahren. Wir müssen beide lachen, was die Situation unheimlich entspannt, und wir beginnen mit dem Interview. Während jener knappen Stunde läutet immer wieder einmal das Telefon, kündet sich die eine oder andere Textnachricht an oder auch platzt Bewohnerin M. mit irgendeiner Nachricht herein, was aber weniger stört, als mehr erheitert.

Frau Sieber, wer sind Sie? Können Sie sich und Ihre Lebensumstände kurz beschreiben?

Ich bin *Mutter* von drei Söhnen, alleinerziehend und *leite die Dorfgemeinschaft Spiesshof.* Und meine Passion beziehungsweise der Inhalt meines Lebens sind Menschen.

Können Sie die Dorfgemeinschaft Spiesshof noch etwas genauer umschreiben?

Die Dorfgemeinschaft Spiesshof ist ein Ort, an dem Menschen mit irgendwelchen schwierigen Geschichten wohnen, das heisst Leute aus der Psychiatrie, die sich, bevor sie selbständig leben, hier langsam wieder eingliedern; Drogensüchtige und Obdachlose. Ein grosser Teil meines Herzblutes, das ich hier seit beinahe zehn Jahren vergiesse, fliesst vor allem dahin, zu schauen, wo die jeweiligen Ressourcen unserer Bewohnenden liegen, und diese auch zu stärken, damit soziale Kompetenz und Zusammenleben wieder gelingen. Alle hier wohnenden Menschen haben unterschiedliche Hintergründe, stammen aus den verschiedensten Kulturen und unterscheiden sich auch in den Generationen. Im Moment reichen deren Alter von dreissig bis neunundsechzig Jahren.
Von grosser Wichtigkeit ist, dass die Leute mehr oder minder mobil sind. Das ist beinahe eine Voraussetzung dafür, um hier wohnen zu können, denn, wie Sie sehen, sind wir zu drei Vierteln von Deutschland umgeben und der Weg ins nächste Schweizer Dorf oder sogar in die Stadt, nach Schaffhausen ist weit. Abgesehen davon ist das gerade auch das Konzept unserer Einrichtung, dass die Bewohnenden nämlich lernen, einen gewissen Freiraum zu haben und ihn auch selbständig zu nutzen. So bin ich nachts beispielsweise immer abwesend und ebenfalls an zwei Nachmittagen unter der Woche, so dass die Bewohnerinnen und Bewohner zwischendurch wirklich auf sich selbst gestellt sind, füreinander Verantwortung übernehmen müssen beziehungsweise aufeinander angewiesen sind sowie den Betrieb autonom weiterführen. Natürlich mache ich zu jenen Zeiten Pikettdienst, doch Ziel des Spiesshofes ist es schon, dass alle ein lebenswertes Leben in Eigenverantwortung leben. Dazu gehört unter Umständen eben auch, hin und wieder ohne die Chefin auszukommen.

Wie sind Sie aufgewachsen?

Sie werden staunen, eben wollte ich anfügen, dass ich ziemlich ähnlich aufgewachsen bin, wie ich hier auf dem Spiesshof arbeite, denn Menschen und Geschichten sind meine Themen. Von den acht Sieber-Kindern war ich schon immer diejenige, die am häufigsten zu Hause die Türe öffnen ging, wenn es klingelte, und zwar nur schon aus dem Grunde, weil ich die daraus resultierenden Begegnungen und Geschichten äusserst spannend gefunden hatte.

(Bewohnerin M. kommt ungefragt herein und sucht ein bestimmtes Buch für die Andacht. Wir unterhalten uns ein wenig, so auch über die Bibel, die sie noch zu korrigieren habe, was Ilona Sieber mit einem Augenzwinkern zulässt und dabei in herzhaftes Lachen verfällt.)

Also, aufgewachsen bin ich in einem äusserst grossen Haus in Zürich-Altstetten, mit sieben Geschwistern; drei davon eigene, wie ich, und vier angenommene. Das heisst, einer wurde von Terre des hommes adoptiert und die anderen drei anno dazumal von Vater von Frankreich her über die Grenzen geschmuggelt. Das war schon damals eine Riesengeschichte, denn Mutter hatte gerade ihr erstes, eigenes Kind – meine älteste Schwester – geboren, und da schleppt mein Vater einfach zwei Kinder über die Grenze, nebst dem Fakt, dass unser Keller schon mit Clochards überfüllt war – einfach eine verrückte Sache.

Diese Geschichte spiegelt sehr gut wider, wie das Leben der Siebers im Pfarrhaus war. Spannend, farbig, lebendig, sinnerfüllt und in den Augen von anderen auch äusserst chaotisch. Dieses Wort würde ich selbst jedoch nie in den Mund nehmen, hatte ich doch gerade die gegenteilige Erfahrung gemacht. Für mich ging es bei uns äusserst strukturiert zu und her. Mutter stieg beispielsweise immer früh aus den Federn, um nach dem Rechten zu sehen. Ich sage Ihnen, das war ein knallhartes Management.

Aus diesem Grunde versteht es sich schon beinahe von selbst, dass mir die Schule bald einmal nicht mehr sonderlich zugesagt hatte. Das Leben in und rund um unser Haus entpuppte sich als tausend Mal interessanter. So mag ich mich noch gut erinnern, dass zu jener Zeit einer meiner besten Freunde ein ehemaliger Fremdenlegionär war. Jener sah zwar äusserst furchteinflössend aus, war jedoch ein total liebenswürdiger Mann. Mit ihm habe ich

während geraumer Zeit Meerschweine getauscht, was zu einem enormen Zuwachs an Jungtieren geführt hatte. (muss lachen)
Im Gegensatz zu meinen Geschwistern, die vor allem auf Abstand zu all den Leuten gingen, war ich schon als Kind darauf versessen, näher heran zu gehen. Ich interessierte mich einfach für all diese Schicksale und Geschichten. Man muss dazu aber auch sagen, dass mich Vater stets überallhin mitgenommen hatte, sei es, um einen Toten im Krematorium anschauen zu gehen oder auch zu den Hells Angels, die irgendwo im Tösstal eine Quelle bauten. Dann hatten wir nicht sonderlich viel Besitz. Wenn es jedoch um Hobbies wie Tiere oder auch Aus- und Weiterbildung ging, sparten unsere Eltern nicht. Je nachdem mussten dann eben für uns Kinder Stipendien beantragt werden. Luxus war aber kein Thema. Um mobil zu sein, reisten wir unter anderem mit einem uralten VW-Bus durch die Gegend, auf Holzbänken. Materiell gesehen mussten wir meistens ziemlich einteilen. Mutter war aber eine äusserst präsente Frau, die auch zum Geld geschaut hatte. So wusste sie beispielsweise stets, wie man aus wenig etwas machen konnte, denn, Sie müssen wissen, am Anfang konnten sich einfach alle, die auch noch bei und mit uns gewohnt hatten, aus unserem privaten Kühlschrank bedienen, bis die Eltern diesem Treiben eines Tages einen Riegel vorgeschoben hatten.
Aber auch, was die Musik angeht, hatte uns Mutter[55] sehr viel vermittelt. So gab es im Hause Sieber donnerstags stets Hausmusik, mit mir an der Violine, den Geschwistern an anderen Instrumenten, der Mutter an der Querflöte und dem Vater als Publikum.

Wie haben Sie Ihren Vater wahrgenommen?

Wie schon erwähnt, lebten wir ja praktisch unter einem Dach mit Clochards, Drogensüchtigen oder auch Obdachlosen. Da ist es hin und wieder schon zu heavy Situationen gekommen. Meinen Vater aber habe ich immer als äusserst stark wahrgenommen. Tauchte er in den heiklen Momenten auf, so gelang es ihm meistens, die ausgeflippten oder auch aufgebrachten Menschen zu besänftigen, oft sogar ohne Polizei. Als Kind dachte ich immer: «Der ist so stark, dass uns gar nichts passieren kann» – und es war beileibe nicht nur leicht.
Diese Stärke hätte er ohne unsere Mutter jedoch nie und nimmer aufbringen können. Sie trug so vieles mit und stärkte ihm den Rücken stets von neuem. Ja, eigentlich waren und sind sie ein Team.

Was hat das Aufwachsen im Sieberschen Pfarrhaus mit Ihnen gemacht?

Es lebte einfach. Und das ist genau das, was ich auch heute Tag für Tag benötige: ich muss das Leben spüren. Darum freue ich mich tagtäglich neu auf das, was hier kommen mag. Mit «meinen» Bewohnenden zusammen zu arbeiten, ist so interessant und als solches auch ein Geschenk.
Ich meine, ich komme morgens hierher und bin für sie die Starke. Gerade diesbezüglich muss man aber dafür sorgen, bescheiden zu bleiben und darauf bedacht sein, den Bewohnenden immer wieder auf möglichst gleicher Ebene zu begegnen. Natürlich bedarf es von meiner Seite her auch einer gewissen Autorität; das ist ja klar. Reine Kuschelpädagogik bringt einen nicht weiter. Man darf also auch einmal auf den Tisch hauen oder ein Machtwort sprechen, jedoch nicht ausschliesslich. Was hingegen ebenso wenig geht, ist, sich nur auf der gleichen Ebene wie die Bewohnenden zu bewegen, das wäre ebenso falsch.
Mein Ansatz nun liegt irgendwo dazwischen, gespickt mit Respekt und Nähe. Oder kurz gesagt, ich arbeite mittels Beziehungsarbeit. Diese ist für mich hier im Spiesshof prioritär und das führe ich auch auf das Aufwachsen im Pfarrhaus zurück. Die Fähigkeiten, die es dafür braucht, hatten wir in Altstetten quasi en passant mitbekommen.

Hat sich der Beruf Ihres Vaters auf Ihre eigene Berufswahl ausgewirkt? Und wenn ja, wie?

Unbewusst sicher, ja. Wenn ich jetzt an mein riesiges Interesse bezüglich der Clochards zurückdenke oder auch an die Geschichten, die mir besagter Fremdenlegionär erzählt hatte. Ja, irgendwie muss versteckt etwas zu mir rübergegangen sein.
Sie müssen wissen, in unserem Haus war ich wahnsinnig glücklich und total geborgen. Es war wie eine riesige Oase für mich. Unsere Familie hatten eine eigene Art zu leben, was unter anderem dazu geführt hatte, dass ich schon bald einmal des Kindergartens oder auch der Schule überdrüssig wurde. Vater hatte mich diesbezüglich sogar verstanden und teilweise auch unterstützt. Er selbst hatte als Kind auch ganze Nachmittage lang auf der Wiese verbracht. Wahrscheinlich war er nur schon deswegen derjenige, der uns Kindern gesagt hatte, dass wir es schon hinkriegen würden. Er traute uns einfach enorm viel zu.

Wer nun wie wir auf einer solchen Insel der Liebe aufgewachsen ist, so geborgen war und derart individuell gelebt hatte, musste fast schon zwangsläufig Mühe haben, in der «realen» Welt Fuss zu fassen. Insofern war es vielleicht weniger Vaters Beruf, sondern allgemein die Haltung meiner Eltern, die mich geprägt hat, nämlich eine Haltung, die das Gegenüber einfach liebt. Insbesondere was unsere Mutter angeht, darf ich ohne Übertreibung sagen, dass sie die liebevollste, vielseitigste und auch begabteste Mutter war, die man sich vorstellen kann. Sie ist einfach eine Frau mit einem goldenen Herzen. Ging es einem beispielsweise einmal nicht sonderlich gut, musste man sich nur auf ihren Schoss begeben, und alles war wieder in Ordnung.
Natürlich gab es auch Strafen. Das ist ja auch nötig, wenn man etwas angestellt hat. Doch unsere Eltern konnten äusserst rasch verzeihen und Dinge wieder gut sein lassen. Sie liebten uns Kinder einfach über alle Massen, ja schon fast grenzenlos. Das war und ist schön. Und etwas davon versuche ich hier weiterzugeben.

Oder sogar auf Ihr Leben? Und wenn ja, wie?

Ob es jetzt Vaters Beruf war, der uns stark beeinflusst hat, weiss ich nicht. Es grenzt jedoch schon beinahe an Wahnsinn, wie vielseitig unser Elternhaus war. Vater hatte den Glauben ja nicht bloss mit Worten, sondern eben durch Taten vermittelt; und das ist das, was mich am meisten geprägt hat. Ja, ich würde heute sogar so weit gehen, dies als Geschenk zu betrachten, denn ein solches Leben erfüllt mich mit Sinn. Es stellt für mich das Schönste dar, was es überhaupt gibt.
Daneben hatte er uns äusserst viele Werte mit auf den Weg gegeben. Im Leben kommt es ja immer wieder einmal zu schwierigen Situationen, in denen man weder ein noch aus weiss. Mit Gottvertrauen schafft man es jedoch immer. Das war seine Hauptbotschaft.

Was würden Sie aufgrund Ihrer eigenen Erfahrung sagen: Gibt es dieses «besondere Aroma» des Pfarrhauses?

Hmm, ich kann nicht für andere sprechen; unser Pfarrhaus war, wie gesagt, besonders lebendig, und oft hatte ich den Eindruck, dass wir unsere eigenen Gesetze machen würden. Insofern stellt ein solches Aufwachsen auch eine Gabe dar. Nur zur Illustration: Wenn ich beispielsweise auf ein Amt muss, dann gehe ich da sicherlich nicht mit der Meinung hin, dass es nicht funktionieren könnte, ganz im Gegenteil. Meistens erscheine ich jeweils mit einer ziemlichen Durchschlagskraft, nämlich geradeheraus und direkt. Und Fakt ist, es gelingt auch meistens. Und das würde ich sagen, ist die Haltung, in der ich aufgewachsen bin: Vater wollte vieles erreichen, und das Meiste davon hat auch geklappt.

Wie halten Sie es selbst mit der Religion?

Also, zur Religion kann ich nicht viel sagen, jedoch zum Glauben. Jener ist mir enorm wichtig. Etwas oder jemand ist für mich da, gerade auch in den schwierigen Momenten in meinem Leben. So halte ich beispielsweise viel vom *Kairos,* dem günstigen und besten Augenblick, um etwas zu ändern oder zu lassen. Gerade dort kommt mein Glaube stark zum Zug, und zwar in dem Sinne, als dass ich jeden Morgen aufstehe und das angehe, was Sinn ergibt. Das stellt für mich jeweils das grösste Geschenk dar.
Als weiteren Punkt dünkt mich zentral, dass man Geborgenheit nicht in anderen Menschen sucht, sondern in Gott. Das wäre für mich die Hauptbotschaft, denn man weiss nie, was morgen sein wird.

Interessant. Nicht zum ersten Mal nehmen Sie mir in diesem Interview eine der Fragen vorweg, die ich Ihnen gerade stellen wollte, so auch jetzt. Diese letzte lautet nämlich: Haben Sie eine Botschaft? Und wenn ja, welche?

Ja, das eben Gesagte dünkt mich das Wichtigste, denn schwierige Dinge kann man überall erleben, sei das in der Familie, mit der Gesundheit oder auch mit Menschen, die man liebt. Ich glaube zwar an das Gute, und Vertrauen in Menschen zu haben ist auch nicht falsch. Dasjenige, worauf man sich wirklich verlassen kann, wenn es jedoch einmal hart auf hart kommt, ist eben schon Gott allein.
Aus diesem Grunde versuche ich so viel wie möglich online zu sein. Das ist für mich prioritär. Immer etwas in Kontakt mit ihm sein und das Gefühl der Ruhe und des Verbundenseins im Herz bewahren, was sich dann in der Arbeit, in der Familie oder auch nur schon in der Beziehung mit sich selbst

ausdrückt. Das bringt mir eine gewisse Ruhe, und so tanke ich Kraft, die ich für die Bewältigung des Alltags benötige. Ja.

(Bewohnerin M. kommt erneut herein und merkt an, dass sie für mich am ersten Tisch gedeckt habe. Ausserdem zählt sie das Mittagsmenü auf. Es gäbe Pilzjägersauce, Reis und irgend etwas Himmlisches, sie glaube, vom Schwein. (wir lachen abermals)

www.spiesshof.ch

Update

Zwischen 2013 und 2015 habe ich den interdisziplinären Lehrgang für sozialpsychiatrische Weiterbildung (ZASP) absolviert. Mitunter auch dadurch haben wir uns weiter professionalisiert. So gehört der Spiesshof beispielsweise ganz offiziell ins Psychiatrie-Konzept des Kantons Schaffhausen und ist mit Institutionen wie der Psychiatrie Münsterlingen TG, dem Psychiatriezentrum Breitenau SH oder auch der Psychiatrischen Universitätsklinik Zürich vernetzt. Was wir hier leben, hat also einen Namen bekommen. Unter anderem sind Dinge wie *Recovery* oder *Empowerment* – Sachverhalte, welche mein Vater bereits vor Jahrzehnten gelebt hatte –, mittlerweile in der Psychiatrie fest verankert. Und auch das Peer-Konzept, dass also Menschen mit gleichem Hintergrund andere unterstützen, wird allmählich verstanden und akzeptiert, was mich erfreut und bestärkt, weiterhin diesen Weg zu gehen. Ansonsten hat sich nicht viel verändert, weder beruflich noch privat. Persönlich ist bloss zu erwähnen, das einer meiner Söhne ausgezogen ist, und dass es alle drei gut machen.

Maude Vuilleumier

Szenografin

Maude Vuilleumier kommt 1983 als einziges Kind von äusserst vielseitigen Eltern zur Welt. Vater Jean-Pierre beginnt ein paar Jahre nach ihrer Geburt mit dem Theologiestudium und wird in Maudes Teenagerzeit evangelischer Pfarrer am eigenen Wohnort Killwangen-Spreitenbach. Die herzliche, junge Frau beginnt sich fürs Theater zu interessieren – eine Leidenschaft, welche sie zeit ihres Lebens mit dem Vater teilen kann – und lernt zunächst Theaterschneiderin. Nach und nach findet Maude Vuilleumier so in die freie Kunstszene, arbeitet als Kostümbildnerin, studiert im Master Bühnenbild und Szenografie und führt das reichhaltige Leben ihrer Eltern weiter. Mutter Ruth zum Beispiel ist gelernte Kunsthistorikerin, doch daneben auch noch Astrologin oder Museumsführerin. Aktuell ist Maude Vuilleumier mit ihrem ersten offiziellen Auftrag am Jungen Staatstheater Karlsruhe beschäftigt. Sie lebt in Zürich.

Maude Vuilleumier

Dass Maude existiert, weiss ich spätestens, als ich mir während eines ganzen Jahres Nachhilfe in Astrologie gönne, und zwar bei ihrer Mutter Ruth. Maude und ich begegnen uns kurz, und zwar als ich mich wieder einem weiteren Tierkreiszeichen widme. Weitere Beachtung schenken wir uns jedoch nicht. Alles, was ich bis dato von ihr weiss, ist, dass sie über einen speziellen Vornamen verfügt und dass sie etwas mit Kunst macht. Bei jener ersten Begegnung war es mir aber immerhin möglich, einen Blick in ihr Zimmer zu werfen, welches überstellt ist mit Dingen, die eine Künstlerin eben so braucht. Danach aber geht unser Kontakt verloren.
Erst als mich das Thema dieses Buches anspringt, entsinne ich mich erneut Ruths Tochter und kontaktiere sie. Maude sagt mir spontan zu und stellt sich mir, nach ihren wohlverdienten Ferien zusammen mit der Mutter – Vater Jean-Pierre ist leider im Jahr davor infolge einer Krankheit gestorben –, für ein Interview zur Verfügung.
An einem herrlich kühlen Spätsommervormittag 2013 reise ich also nach Zürich und suche Maude Vuilleumier mitten in der Stadt in ihrer vor noch nicht allzu langer Zeit bezogenen Einzimmerwohnung auf. Wir machen es uns in der Küche mit einem Bierglas voller Züri-Wasser bequem und Maude beginnt zu erzählen.

Maude, wer bist du? Kannst du dich und deine Lebensumstände kurz beschreiben?

Ich bin Maude. Mit ganzem Namen heisse ich Maude Hélène Vuilleumier. Und das Wichtigste in meinem Leben besteht aktuell darin, in Zürich eine eigene Wohnung gefunden zu haben. Dies gibt mir sehr viel Freiheit.

Was machst du beruflich?

Ich arbeite allgemein sehr viel. (lacht) So studiere ich im *Master Bühnenbild,* letztes Jahr war ich zudem am Opernhaus Zürich engagiert, wo ich ein wunderbares Jahr als Assistentin verbringen und tolle, neue Leute kennenlernen durfte.
Im Moment beschäftige ich mich gerade mit meinem ersten, freiberuflichen Auftrag, den ich von einem Staatstheater erhalten habe. Am Jungen Staatstheater Karlsruhe entwerfe ich für ein Stück Bühne und Kostüme. Wenn du es genauer wissen willst, handelt es sich dabei um ein Auftragswerk, das sich um Sinti und Roma dreht; ein Thema, das für alle Involvierten von grosser Wichtigkeit ist. Leider kommt dies im dafür vorgesehenen Text noch nicht sonderlich zur Geltung, weshalb wir nun dabei sind, das zu ändern.

> « Als Szenografin arbeite ich mit dem, was schon da ist oder damit, was ein Raum zu bieten hat. »

Kannst du mir kurz den Unterschied zwischen Kostüm- und Bühnenbild und Szenografie erklären?

Meiner Meinung nach ist Szenografie um einiges breiter als Bühnenbild. Im Austausch mit Bühnenbildnerinnen und Bühnenbildnern stelle ich nämlich immer wieder fest, dass ich über einen anderen Ansatz verfüge, um an eine Kulisse heranzugehen. Als *Szenografin* arbeite ich vielmehr mit dem, was schon da ist, oder mit dem, was ein Raum zu bieten hat. Im Gegensatz zum klassischen Bühnenbild etwa, wo eine eigene Welt in das Portal gestellt wird. Es kann aber auch vorkommen, dass ich einen Raum einfach in einem anderen Licht erscheinen lasse.

Wie bist du aufgewachsen?

Als ich auf die Welt kam, war mein Vater Intendant am Theater Winkelwiese, er führte also ein Kleintheater. Und obwohl er in jener Zeit sehr viel gearbeitet hatte, wurde ich mit dem Gefühl gross, dass er viel präsent war. Morgens frühstückten wir beispielsweise oft zusammen und ausgiebig. Abends war er meist im Theater, wo ich bereits als Baby viel Zeit verbrachte.
Mit fünfundvierzig Jahren hatte er dann beschlossen, noch Theologie zu studieren. Jenes Studium finanzierte er sich als Chemielaborant, seinem ersten Beruf.[56] Da er zeit seines Lebens meist selbständig tätig war, kann ich von mir nicht behaupten, in einem Denken von Sicherheit gross geworden zu sein. Solches liegt mir fern, und zwar aus dem einfachen Grunde, weil ich bei meinen Eltern gesehen habe, dass ein Leben eben auch anders führbar ist als in den klassischen Strukturen.
Als Vater sein Theologiestudium begonnen hatte, war ich sieben Jahre alt und habe das natürlich mitbekommen. So weiss ich beispielsweise noch, wie ich ihn Hebräisch- und Griechischvokabeln abgefragt hatte. (muss lachen) Gegen Ende seines Studiums war ich schliesslich in der Pubertät und fand es weniger cool, dass er Pfarrer wird.
Als Familie waren wir jedoch stets leicht anders als die Mehrheit. So wurden meine Eltern beispielsweise erst spät Eltern oder dann hatten sie mich auch nicht taufen lassen. In der ersten Klasse hatte ich allerdings den starken Wunsch, das nachzuholen. Ich besuchte damals die Sonntagsschule und fand die dort vernommenen Geschichten extrem spannend. Abgesehen davon hatte sich Mutter zu jener Zeit stark mit Religion auseinandergesetzt.
Als Vater schliesslich in unserem Dorf Pfarrer wurde, war ich schon aus dem Konfirmationsalter raus, weshalb ich nicht sonderlich viel darüber sagen kann, was dies mit mir gemacht hat.

Trotzdem, wie hast du deinen Vater als Pfarrer wahrgenommen?

Er wurde im Dorf einfach noch bekannter, als er es eh schon war. Meine Mutter und ich hielten insofern dagegen, als dass wir nicht auf die Rollen als Pfarrfrau oder Pfarrerstochter reduziert werden wollten, sondern eigenständige Menschen blieben und sind.
Dies hat sich unter anderem darin gezeigt, dass ich selten zur Kirche ging, obwohl Vater in der Predigt oft persönliche Geschichten erzählt hatte (Sie

muss weinen. Die Trauer über den Tod ihres Vaters, welcher erst ein Jahr zurück liegt, kommt hoch.), Dinge, die er nirgendwo sonst erwähnt hatte. Mutter fand das spannend, ich jedoch konnte und wollte nicht ertragen, dass er wildfremden Menschen persönliche Dinge erzählte, über die er zu Hause nicht sprach. Das hatte mich verletzt.

« Ein Leben ist auch anders führbar, ausserhalb der klassischen Strukturen. »

Hat sich der Beruf deines Vaters auf deine eigene Berufswahl ausgewirkt? Und wenn ja, wie?

Also, als Pfarrer bestimmt nicht. Davor war er aber ja auch Regisseur. Und jener Beruf hat mich bestimmt geprägt.
Dass er noch Pfarrer wurde, betrachte ich vor allem als Weiterentwicklung all dessen, was er davor gemacht hatte. Als Intendant und Regisseur hatte er andere Leute inszeniert, und als Pfarrer setzte er sich dann selbst in Szene. Ich meine, ein Gottesdienst ist dramaturgisch gesehen ja auch ein Mega-Event. Es gibt eine Liturgie, einen Anfang und ein Ende. Und auch eine Predigt spiegelt immer etwas von einer Inszenierung wider.

Hat sich sein Beruf denn auf dein Leben ausgewirkt? Wenn ja, wie?

Das könnte ich eher bejahen. Als ich Szenografie bereits im Bachelor studierte, hat Vater in der theologischen Kommission gesessen, die den Auftrag hatte, zum Jubiläum fünfhundert Jahre Calvin eine Ausstellung zu konzipieren. Dort hatten sie damit begonnen, etwas auf die Beine zu stellen. Dass man das Ganze vielleicht auch gestalten sollte, wurde ihnen allerdings erst mit der Zeit bewusst. So hat mich mein Vater mit ins Spiel gebracht, und ich kam zu meinem ersten Szenografie-Auftrag. Es war schön, mit ihm zusammen zu arbeiten.[57] Später hat es dann noch zwei Nachfolgeprojekte gegeben, für die ich ebenfalls gestalterisch die Verantwortung tragen konnte.

Was würdest du aufgrund deiner eigenen Erfahrung sagen: Gibt es dieses «besondere Aroma» des Pfarrhauses?

Da wir nie in einem Pfarrhaus gewohnt hatten, sondern immer in unserem eigenen Haus, kann ich das nicht beurteilen. Ich hatte einen Freund, der in einem klassischen Pfarrhaus gross geworden ist. Gemäss den Erzählungen seiner Mutter muss es dort anders zu- und hergegangen sein als bei uns. So erzählte sie zum Beispiel von einer Frau, die bei ihnen häufig geklingelt und um Geld gebeten hatte. Gab sie ihr dann Nahrungsmittel, ist jene zwei Stunden später erneut vor der Haustüre erschienen. Und wenn dann ihr Mann öffnete, habe er ihr abermals Geld gegeben. Genannte Frau nutzte die Situation also immer wieder schamlos aus, wenn sich die beiden dazwischen nicht abgesprochen hatten. Oder dann sei da auch ein einäugiger Mann gewesen, der ebenfalls hin und wieder angeklopft hätte. Sein Erscheinen habe regelmässig für einiges Gruseln gesorgt, obwohl er sehr freundlich gewesen sei.

Wie hältst du es selbst mit der Religion?

Also … (denkt nach) Ich glaube auf alle Fälle an Gott. Aber für mich ist Gott nicht so materiell. Beispielsweise halte ich es nicht für sonderlich wichtig, jeden Tag zu beten oder auch die Kirche häufig aufzusuchen. Mir geht es eher um den Glauben an sich. Ich glaube, dass es etwas Höheres gibt, welches man x-wie benennen kann. Für mich aber ist dies Gott. (Maude Vuilleumier sucht nach Worten, und ich bin berührt. Weitere Sätze sind unnötig.)

Zum Schluss noch: Hast du eine Botschaft, und wenn ja, welche?

«Dass man sein eigenes Leben lebt und sich auch die Zeit nimmt, herauszufinden, was dies ist.» Ich bin der festen Überzeugung, dass mir das vor allem meine Eltern vorgelebt haben. Das ist schön und um einiges wichtiger als der Umstand, dass ich Pfarrerstochter bin. Trotzdem muss ich an dieser Stelle noch anfügen, dass es speziell ist, Pfarrerstochter zu sein. Am meisten ist mir das, glaube ich, erst in den letzten Wochen vor Vaters Tod so richtig bewusst geworden. Damals hatte er sich im Hospiz befunden und von vielen, unterschiedlichen Menschen Besuch erhalten. Selbst dort war Vater für die anderen da.

Oder auch an seiner Beerdigung. Der Abschiedsgottesdienst war sehr schön und berührend, aber wir waren öffentliche Personen, und meine Mutter und ich hatten die Aufgabe, für die anderen da zu sein. Aus diesem Grund habe ich mich stark davon abgegrenzt, Aufgaben in der Kirchgemeinde zu übernehmen. Ich kann und will nicht in die Fussstapfen meines Vaters treten und habe es auch weiterhin nicht vor.
Zum Schluss möchte ich noch eine schöne Anekdote aus dem Leben meines Vaters erzählen. Der katholische Priester unserer Gemeinde war Vaters bester Freund. An einem Dorffest waren die beiden ziemlich lange unterwegs. Es regnete schon seit Tagen und am nächsten Morgen war der ökumenische Gottesdienst unter freiem Himmel geplant. Die beiden hatten beschlossen, ein Trinkopfer für gutes Wetter zu machen und besuchten einige Festzelte. Und tatsächlich, als die Predigt am Sonntag begann, verzogen sich die Wolken und die Sonne kam hervor. Und da sie am Vorabend allen Festbesuchern schönes Wetter prophezeit hatten, kamen besonders viele Leute. Sie alle wollten natürlich sehen, ob auch wirklich die Sonne zum Vorschein kommen würde.

www.movee.ch
www.hotairproduction.com

Update

Beim heutigen Lesen des Interviews fühlte ich mich wie in ein anderes Leben zurückversetzt. Es handelt sich dabei um eine Momentaufnahme aus dem Spätsommer 2013 ... Mein Masterstudium in Bühnenbild habe ich zwei Jahre später an der Zürcher Hochschule der Künste (ZHdK) abgeschlossen. Seitdem arbeite ich als freie Kostüm- und Bühnenbildnerin in der Schweiz, Deutschland und Luxembourg. Ich habe meine eigene Theatergruppe *HotAirProduction* gegründet, mit der ich meine letzte Produktion *Einsneunachtvier* in der Schweiz und Berlin zeigte. Nach wie vor lebe ich in meiner schönen Einzimmerwohnung in Zürich und habe neu ein Atelier in Killwangen, im ehemaligen Arbeitsraum meines Vaters, eingerichtet. Ich bin gespannt, wohin mich mein Leben noch bringen wird und was es für mich bereit hält.

Dank

Mein Dank geht in erster Linie an alle Porträtierte. Dank Ihren und Euren Erzählungen wurde ich an die eine oder andere Geschichte meines eigenen Aufwachsens erinnert und durfte so nochmals hautnah miterleben, was es heisst, im so schillernden wie auch vielfältigen Brennpunkt namens Pfarrhaus gross zu werden.

Schliesslich danke ich folgenden Personen für Unterstützung in verschiedensten Formen: Corinne Dobler, Janina Glauser, dem ganzen Team des Horizonte Druckzentrums, Christina Senn Broadnax, Susanne Keller, Katarina Michel, Andreas Schild, Hans Strub, Gisula Tscharner, Ruth Vuilleumier, Peter Weiss, Sabine Welpe, Dominik Wolf sowie Daniel Zöbeli. Merci Beaucoup!

(wenn nicht anders erwähnt, zitiert nach de.wikipedia.org)

Alternative Liste
«Die Alternative Liste (AL) ist eine stark linke Schweizer Partei in den Kantonen Zürich und Schaffhausen.»

Binswanger, Hans Christoph
«Hans Christoph Binswanger (* 19. Juni 1929 in Zürich) ist ein Schweizer Wirtschaftswissenschaftler. Er entwickelte die Idee einer ökologischen Steuerreform und gilt als profilierter nicht-marxistischer Geld- und Wachstumskritiker.»

Boko Haram
«Boko Haram (Hausa für ‹Bücher [im Boko-Alphabet] sind Sünde›, ‹Westliche Bildung verboten›, ‹Die moderne Erziehung ist eine Sünde› bis hin zu ‹Vorspiegelung falscher Tatsachen ist Schande›) ist eine islamistische terroristische Gruppierung im Norden Nigerias.»

Bullinger, Heinrich
«Heinrich Bullinger (1504–1575) war ein Schweizer Reformator und während 44 Jahren Antistes der Zürcher reformierten Kirche. Er war einer der führenden Theologen des Protestantismus im 16. Jahrhundert.»

Burghölzli
→ Psychiatrische Universitätsklinik Zürich

Câmara, Dom Hélder Pessoa
«Dom Hélder Pessoa Câmara (* 7. Februar 1909 in Fortaleza, Ceará, in Nordost-Brasilien; † 27. August 1999 in Recife) war Erzbischof von Olinda und Recife. Câmara gründete die ersten kirchlichen Basisgemeinden in Brasilien und gehörte zu den profiliertesten Vertretern der Befreiungstheologie. Er galt als einer der bedeutendsten Kämpfer für die Menschenrechte in Brasilien, der in aller Welt die Folterer und Mörder während der Militärdiktatur von 1964 bis 1985 anprangerte.»

Christlicher Verein Junger Menschen
«Der Christliche Verein Junger Menschen (CVJM) ist mit insgesamt über 45 Millionen Mitgliedern die weltweit grösste Jugendorganisation. Er ist überkonfessionell christlich, in der Praxis und Glaubensrichtung (evangelikal-)protestantisch, geprägt. International bekannt ist die Bewegung unter dem englischen Namen Young Men's Christian Association (YMCA) und ist im CVJM-Weltbund (englisch World Alliance of YMCAs) mit Sitz in Genf, Schweiz, zusammengeschlossen. Ihm gehören 124 Nationalverbände an.»

CVJM
→ Christlicher Verein Junger Menschen

Diskontsatz
«Der Diskontsatz (von ital. disconto, zu lat. discomputare für abrechnen) ist der Zinssatz, zu dem ein Kreditinstitut Wechsel an die Zentralbank verkaufen (rediskontieren) kann. Damit kann sie sich kurzfristig Liquidität verschaffen. Als Preis zahlt sie dafür den Diskontsatz (als Abschlag vom Nominalwert).»

Drewermann, Eugen
«Eugen Drewermann (* 20. Juni 1940 in Bergkamen) ist ein katholischer Theologe, suspendierter Priester, Psychoanalytiker und Schriftsteller. Er ist ein wichtiger Vertreter der tiefenpsychologischen Exegese und [...] kirchenkritischer Publizist.»

Economiesuisse
«Economiesuisse (Marke: economiesuisse) ist ein Dachverband der Schweizer Wirtschaft.»

Eidgenössische Finanzmarktaufsicht (Finma)
«Die Eidgenössische Finanzmarktaufsicht (Finma) [...] beaufsichtigt und kontrolliert als schweizerische Finanzmarktaufsichtsbehörde alle Bereiche des Finanzwesens, insbesondere Banken, Versicherungen, Börsen, Effektenhändler sowie kollektive Kapitalanlagen und Prüfgesellschaften. Die Finma ist eine öffentlich-rechtliche Anstalt mit eigener Rechtspersönlichkeit und Sitz in Bern. Sie ist institutionell, funktionell und finanziell von der zentralen Bundesverwaltung unabhängig und dem Eidgenössischen Finanzdepartement nur administrativ angegliedert. Das Parlament hat die Oberaufsicht.»

Empowerment
«Mit Empowerment (von engl. empowerment = Ermächtigung, Übertragung von Verantwortung) bezeichnet man Strategien und Massnahmen, die den Grad an Autonomie und Selbstbestimmung im Leben von Menschen oder Gemeinschaften erhöhen sollen und es ihnen ermöglichen, ihre Interessen (wieder) eigenmächtig, selbstverantwortlich und selbstbestimmt zu vertreten. Empowerment bezeichnet dabei sowohl den Prozess der Selbstbemächtigung als auch die professionelle Unterstützung der Menschen, ihr Gefühl der Macht- und Einflusslosigkeit (powerlessness) zu überwinden und ihre Gestaltungsspielräume und Ressourcen wahrzunehmen und zu nutzen. Voraussetzungen für Empowerment innerhalb einer Organisation sind eine Vertrauenskultur und die Bereitschaft zur Delegation von Verantwortung auf allen Hierarchieebenen, eine entsprechende Qualifizierung und passende Kommunikationssysteme. Der Begriff Empowerment wird auch für einen erreichten Zustand von Selbstverantwortung und Selbstbestimmung verwendet; in diesem Sinn wird im Deutschen Empowerment gelegentlich auch als Selbstkompetenz bezeichnet.»

Eragon
«Die Eragon-Tetralogie (Originaltitel: Inheritance Cycle = Vermächtnis-Zyklus) ist eine Fantasy-Buchreihe des US-amerikanischen Schriftstellers Christopher Paolini für Jugendliche. Die Handlung spielt in einer fiktiven Welt namens Alagaësia und konzentriert sich auf die Abenteuer des Drachenreiters Eragon und seines Drachen Saphira.»

EXIT (Schweiz)
«Unter dem Namen EXIT bestehen zwei voneinander unabhängige Schweizer Vereine, die sich für die Sterbehilfe einsetzen und diese in Form der Freitodbegleitung auch leisten, EXIT A.D.M.D. in der französischen Schweiz (Romandie) und EXIT (Deutschschweiz) in der deutschen und italienischen Schweiz.»

Fiire mit dä Chliine
Fiire mit dä Chliine ist «eine Gottesdienstform für 3–5-jährige Kinder mit ihren Eltern und Grosseltern. Zentral ist das generationenverbindende Feiern mit stufengerechten Geschichten, Liedern und Gebeten.» (Quelle: www.zh.ref.ch)

FINMA
→ Eidgenössische Finanzmarktaufsicht

Flügelspieler/-in
«Als Flügelspieler werden bei vielen Mannschaftssportarten die Spielpositionen rechts oder links aussen in der Formation bezeichnet. Der Begriff gilt zugleich für die Spieler auf diesen Positionen.»

Gefangenen- und Entlassenen-Fürsorge
→ Stiftung zsge

Harnoncourt, Nikolaus
«Nikolaus Harnoncourt [ˈharnõkuːr] (* 6. Dezember 1929 in Berlin als Johann Nicolaus Graf de la Fontaine und d'Harnoncourt-Unverzagt; † 5. März 2016 in St. Georgen im Atter-

gau) war ein österreichischer Dirigent, Cellist, Musikschriftsteller und einer der Pioniere der historischen Aufführungspraxis.»

Hells Angels
«Der Hells Angels Motorcycle Club (HAMC) ist ein Motorrad- und Rockerclub, dessen Mitglieder typischerweise Harley-Davidson-Motorräder fahren. Er wurde 1948 gegründet und ist zurzeit in 32 Ländern mit sogenannten ‹Chartern› (Orts- oder Landesclubs) vertreten.»

Jungschar
«In der Schweiz ist die Jungschar eine Bezeichnung für die Kinderarbeit verschiedener (frei-)kirchlicher und überkonfessioneller Jugendverbände.»

Karl's kühne Gassenschau
«Karls kühne Gassenschau ist eine Schweizer Varieté-Theater-Gruppe.»

Kolibri-Unterricht
«Kolibri-Angebote sind Feiern für Kinder von 5–9 Jahren. Sie haben sich aus der Sonntagschularbeit heraus entwickelt und pflegen die Tradition des Erzählens, Singens und Betens.» (Quelle: www.zh.ref.ch)

Küng, Hans
«Hans Küng (* 19. März 1928 in Sursee, Kanton Luzern) ist ein Schweizer Theologe, römisch-katholischer Priester und Autor. Er ist emeritierter Professor für Ökumenische Theologie an der Eberhard Karls Universität Tübingen und war bis März 2013 Präsident der von ihm gegründeten Stiftung Weltethos. Küng gilt als einer der bekanntesten katholischen Theologen und Kirchenkritiker. 1979 wurde ihm die kirchliche Lehrbefugnis entzogen.»

Leverage
«Der Leverage-Effekt (['liːvəɹɪdʒ]; engl. für Hebeleffekt/Hebelwirkung) ist ein finanzwirtschaftlicher Begriff, der allgemein Situationen beschreibt, bei denen kleine Änderungen einer Variablen zu grossen Ausschlägen im Resultat führen. Der Begriff Leverage wird in den Bereichen (i) Kapitalstruktur (financial leverage), (ii) Kostenstruktur (operating leverage) und bei (iii) Derivaten verwendet.»

Liberale Theologie
«Liberale Theologie ist eine im frühen 19. Jahrhundert beginnende, wissenschaftlich-theologische oder religionsphilosophische Entwicklung des mitteleuropäischen Christentums.»

Lombardsatz
«Der Lombardsatz ist ein von einer Zentralbank im Rahmen ihrer Lombardpolitik festgesetzter Zinssatz, zu dem sich Kreditinstitute durch Verpfändung von eigenen Wertpapieren bei der Zentralbank kurzfristig Liquidität im Rahmen des Lombardkredites verschaffen können. Als Preis zahlen sie dafür den Lombardsatz, der als Abschlag vom Nominalwert der verpfändeten Wertpapiere berechnet wird. Der Name leitet sich ab von der Maison de Lombard, einem Pariser Leihhaus, das von mit Privilegien ausgestatteten Händlern aus der Lombardei betrieben wurde.»

Mitrailleur
«Mitrailleur (Mitr) ist eine Funktionsbezeichnung der Schweizer Armee. Es handelt sich dabei um einen Soldaten der Infanterie, der in erster Linie am Maschinengewehr (franz.: mitrailleuse) ausgebildet wurde.»

Medium Term Notes
«Unter Medium Term Notes (MTN) versteht man mittelfristige Schuldverschreibungen mit einer Laufzeit von meist 1 bis 10 Jahren.»

Longo maï
«Longo maï ist eine 1973 gegründete Kooperative, die [...] an zehn Standorten in fünf Ländern Bauernhöfe betreibt. Rund 200 Personen leben in den Kooperativen, die antikapi-

talistisch auf der Basis von Selbstverwaltung betrieben werden.»

Maharishi Mahesh Yogi
«Maharishi Mahesh Yogi (* 12. Januar 1918 als Mahesh Verma Shrivastava oder Mahesh Prasad Varma in Pounalulla, Indien; † 5. Februar 2008 in Vlodrop, Niederlande), kurz auch Maharishi genannt, war ein indischer Guru, Autor von Büchern über vedische Philosophie und Begründer der Transzendentalen Meditation.»

National-Zeitung
Eine 1842 in Basel als *Schweizerische National-Zeitung* gegründete Zeitung, die 1877–1976 als *National-Zeitung* firmierte und 1977, nach dem Zusammenschluss mit den *Basler Nachrichten* seither zur *Basler Zeitung* wurde.

Paul Scherrer Institut
«Das Paul Scherrer Institut (PSI) ist ein multidisziplinäres Forschungsinstitut für Natur- und Ingenieurwissenschaften und das grösste von der öffentlichen Hand geförderte Energieforschungszentrum der Schweiz. Es liegt in Villigen und Würenlingen im Schweizer Kanton Aargau beidseits der Aare und gehört zum ETH-Bereich der Schweizerischen Eidgenossenschaft.»

Parallaxe
«Als Parallaxe (von altgriechisch παράλλαξις parállaxis ‹Veränderung, Hin- und Herbewegen›) bezeichnet man die scheinbare Änderung der Position eines Objektes, wenn der Beobachter seine eigene Position verschiebt.»

Pfarrvikariat
→ Vikariat

Psychiatrische Universitätsklinik Zürich
«Die Psychiatrische Universitätsklinik Zürich, traditionell und im Volksmund Burghölzli genannt, ist eine der Universität Zürich angehörige psychiatrische Klinik. Sie befindet sich beim Burghölzli, einem bewaldeten Hügel im Quartier Riesbach im Südosten der Stadt Zürich.»

Recovery-Modell
«Das Recovery-Modell ist ein Konzept der psychischen Störungen und Suchtkrankheiten, welches das Genesungspotential der Betroffenen hervorhebt und unterstützt. Der Begriff Recovery stammt aus dem englischen Sprachraum und kann in dem hier gebrauchten Zusammenhang etwa mit ‹Wiedergesundung› übersetzt werden. In diesem Modell kann Wiedergesundung als persönlicher Prozess gesehen werden, die Hoffnung, eine sichere Basis, fördernde zwischenmenschliche Beziehungen, Selbstbestimmung (Empowerment), soziale Integration und Problemlösungskompetenz erfordert und einen Lebenssinn vermittelt. Ursprünglich wurde das Konzept der Recovery in der Therapie Drogenabhängiger angewendet. Es breitete sich jedoch als nicht-institutionelles Konzept über Einzelpersonen, die in Wohngemeinschaften leben, in den psychiatrischen Bereich aus. Wegen der vorhandenen Defizite bei der Integration psychisch Kranker und aufgrund von Studien, die zeigen, dass viele Betroffene eine Integration in ihre Umgebung erreichen können, erhielt Recovery raschen Auftrieb. Das Recovery-Modell ist jetzt bereits in einigen Ländern zur Leitvorstellung für die staatliche Gesundheitspolitik in der psychiatrischen Versorgung geworden. Obwohl es eine Vielzahl von Hindernissen und Interessenkonflikten gibt, werden in vielen Fällen praktische Schritte unternommen, um bestehende Dienste in das Recovery-Modell einzubinden. Es wurden etliche prüffähige Standards entwickelt, mit deren Hilfe der Recovery-Prozess beurteilt werden kann. Einige Unterschiede bestehen zwischen professionellen Recovery-Modellen und solchen, die in primären Netzen (Familie, Freundeskreis, Nachbarschaft) angelegt sind.»

Referenzzinssatz
«Referenzzinssatz ist im Bankwesen ein Zinssatz, der von neutraler Stelle institutsübergreifend täglich für eine bestimmte Währung und Zinslaufzeit ermittelt wird und im Nichtbankensektor als Bezugs- und Orientierungsgrösse anerkannt ist.»

Rückraumspieler/-in
«Ein Rückraumspieler (in Österreich auch Aufbau genannt) ist eine Spielposition beziehungsweise ein Spieler im Handball. In einem Handballspiel hat eine vollzählige angreifende Mannschaft in der Regel drei Rückraumspieler: je einen Spieler auf den Positionen Rückraum links (RL), Rückraum mitte (RM) und Rückraum rechts (RR). Die Bezeichnung der Spielpositionen ergibt sich aus der Sichtweise des eigenen Torwarts und dem normalen Aufenthaltsbereich der Spieler vor der 9-Meter-Linie, dem sogenannten Rückraum.»

Ruh, Hans
«Hans Ruh (* 26. April 1933) ist ein Schweizer Sozialethiker. Er ist Mitbegründer des Ethikfonds ‹BlueValue›.»

Schütz, Heinrich
«Heinrich Schütz [...] war ein deutscher Komponist des Frühbarock.»

Spiraldynamik
«Spiraldynamik ist ein dreidimensionales Bewegungskonzept, das ein Schweizer Franchise-Unternehmen vermarktet. [...] Mit [ihrer] Hilfe [...] soll gesunde Bewegung erklärbar, erfahrbar und lehrbar gemacht werden. Sie wird in der Rehabilitation und der Prävention angewandt. [...] Das Konzept verwendet zur Beschreibung von Bewegungsabläufen die Helix (Spirale) – als statisches Grundelement. Als dynamisches Prinzip wird ‹die Welle› als Metapher benutzt. Therapeuten versuchen damit, ‹gesunde Bewegungen› zu definieren, die unter physiotherapeutischer Anleitung erlernt werden sollen.»

Stiftung zsge (Zürcher Stiftung für Gefangenen- und Entlassenenfürsorge)
«Die Stiftung zsge (Zürcher Stiftung für Gefangenen- und Entlassenenfürsorge) besteht seit dem Jahr 1975. [... Sie] hat zum Zweck, Personen während oder nach dem Straf- oder Massnahmenvollzug auf dem Weg der Wiedereingliederung in die Gesellschaft professionell zu unterstützen und zu begleiten, geeignete Massnahmen zur Verhütung von Straffälligkeit zu initiieren und zu fördern [sowie] eine aufgeschlossene und auf Integration bedachte Einstellung der Gesellschaft gegenüber verurteilten Menschen zu fördern.» (Quelle: www.zsge.ch)

Szenografie
«Szenografie kann abstrakt als die Lehre bzw. Kunst der Inszenierung im Raum verstanden werden. Szenografen arbeiten interdisziplinär in Theater, Film und Ausstellungen.»

Tamedia
«Tamedia ist die grösste private Mediengruppe in der Schweiz. Das Unternehmen wurde im Jahr 1893 gegründet und beschäftigt heute knapp 3400 Vollzeit Mitarbeitende in der Schweiz, Dänemark, Luxemburg und Deutschland. Die Gründerfamilie Coninx hält bis heute die Mehrheit an der, im Jahr 2000, an der Schweizer Börse kotierte Mediengruppe. Die wichtigsten Konkurrenten auf dem Platz Zürich sind die NZZ-Gruppe sowie Ringier.»

Ten Sing
«Ten Sing ist eine Form musikalisch-kulturell-kreativer christlicher Jugendarbeit innerhalb des CVJM, die ursprünglich aus Norwegen stammt und heute mit Gruppen in Europa, den USA, Südamerika und den Philippinen vertreten ist.»

Terre des hommes
«Das entwicklungspolitische Kinderhilfswerk terre des hommes (frz. für ‹Erde der Men-

schen›) wurde 1960 vom Schweizer Journalisten Edmond Kaiser in Lausanne (Schweiz) gegründet. Der Name wurde inspiriert vom gleichnamigen Buch von Antoine de Saint-Exupéry. Die Gründung stand unter dem Eindruck des Algerienkrieges, und im Rahmen des ersten Hilfsprogramms wurden daher algerische Kinder in Flüchtlingslagern versorgt.»

Theodizee
«Theodizee [teodiˈt͡seː] (frz. théodicée, altgriech. θεός theós ‹Gott› und δίκη díkē ‹Gerechtigkeit›) heisst ‹Gerechtigkeit Gottes› oder ‹Rechtfertigung Gottes›. Gemeint sind verschiedene Antwortversuche auf die Frage, wie das Leiden in der Welt zu erklären sei vor dem Hintergrund, dass Gott einerseits allmächtig, andererseits gut sei. Konkret geht es um die Frage, warum Gott das Leiden zulässt, wenn er doch die Potenz (‹Allmacht›) und den Willen (‹Güte›) besitzen müsste, das Leiden zu verhindern. Der Begriff ‹Theodizee› geht auf den Philosophen und frühen Aufklärer Gottfried Wilhelm Leibniz zurück. Der Hinweis auf das Leid als religiöse oder religionskritische Frage ist aber bereits in Kulturen der Antike, zum Beispiel im alten China, in Indien, Iran, Sumer, Babylonien, Ägypten und Israel zu finden. Ein bekanntes Beispiel aus dem Alten Testament ist das Buch Hiob. Skeptische Philosophen der griechischen Antike argumentierten, dass Gott (wenn er existierte) in der Tat Übel verhindern müsste, und führten teils weitere Argumente zugunsten eines Agnostizismus oder Atheismus an. Die Frage nach der Rechtfertigung Gottes stellte sich erneut und in besonderer Weise nach den Schrecken des Holocaust.»

Vikariat
Das Pfarrvikariat ist die praktische Ausbildung in einer Gemeinde nach dem Theologiestudium, praktisch die Lehre der Pfarrerinnen und Pfarrer.

Vester, Frederic
«Frederic Vester (* 23. November 1925 in Saarbrücken; † 2. November 2003 in München) war ein deutscher Biochemiker, Systemforscher, Umweltexperte und populärwissenschaftlicher Autor.»

von Salis, Jean Rudolf
«Jean Rudolf von Salis (* 12. Dezember 1901 in Bern; † 14. Juli 1996 in Brunegg) war ein Schweizer Historiker, Schriftsteller und Publizist.»

Weber, Max
«Maximilian Carl Emil Weber (1864–1920) war ein deutscher Soziologe, Jurist, National- und Sozialökonom. Er gilt als einer der Klassiker der Soziologie sowie der gesamten Kultur- und Sozialwissenschaften. Global wird Webers Werk übergreifend von verschiedenen politischen und wissenschaftstheoretischen Lagern anerkannt. Er nahm mit seinen Theorien und Begriffsdefinitionen grossen Einfluss auf die sogenannten Speziellen Soziologien, insbesondere auf die Wirtschafts-, die Herrschafts- und die Religionssoziologie. Ausserdem ist das Prinzip der Wertneutralität auf ihn zurückzuführen.»

Zwingli, Huldrych
Huldrych Zwingli (1484–1531) war der erste Zürcher Reformator.

Anmerkungen

1. Buch von Martin Greiffenhagen, Seite 8, siehe unter: Weiterführende Literatur, Seite 242.
2. Meinung des Zürcher Grünen Parlamentariers Christoph Hug, zitiert aus einem Artikel von Jeanine Hosp vom 12. Januar 2006 im Tages-Anzeiger. (Quelle: www.walterangst.ch)
3. Orto loco (www.ortoloco.ch) ist eine regionale Gartenkooperative und Neustart Schweiz (www.neustartschweiz.ch) ein Verein, der eine markante Verbesserung der Lebensqualität aller bewirken will.
4. Heute weiss Ernst-Martin Barck dies natürlich sehr genau. Mir führt er unter anderem aus, dass eine solche bei Betrieben, welche über einhundert Handwerker beschäftigen, vom Bundesamt für Verkehr her obligatorisch sei.
5. Da sich Renée Bonanomi zum Zeitpunkt der Photoaufnahmen nicht mehr photogen genug einstufte, durfte ich freundlicherweise für ihr Porträt eine Photographie des Aquamarin-Verlages (Grafing bei München; www.aquamarin-verlag.de) verwenden. Mit bestem Dank!
6. Meines Erachtens hat Renée Bonanomi diesen Punkt schon längstens gefunden und gibt ihn seit Jahren auch unablässig weiter. Sie hingegen schwächt ab und bleibt die Demut in Person. Unglaublich, Renée Bonanomi in Reinkultur!
7. Hier: im doppelten Sinne gemeint.
8. www.svnh.ch.
9. Mit freundlicher Genehmigung.
10. Richard zitiert damit die goldene Regel; natürlich auf Englisch.
11. Exodus 21, 24. An dieser Stelle noch gleich der Verweis zu den Bibelstellen, die nachfolgend da und dort auftauchen: Sie werden alle aus der Zürcher Bibel, 2007, zitiert.
12. Frei nach Röm 12, 21: «Lass dich vom Bösen nicht besiegen, sondern besiege das Böse durch das Gute.»
13. Frei übersetzt: «Gebt mir etwas von seiner Strafe ab!»
14. Was hier im übertragenen Sinne wahrscheinlich so etwas wie «streng» meint.
15. Wie mir Richard erzählte, sei dieses Verbot wahrscheinlich aus der Geschichte aus dem 2. Buch Samuel, Kapitel 20 (Schebas Aufstand gegen David) hergeleitet, in welcher jener Israel gegen König David aufbringt, selbst jedoch vom Volk getötet wird, als dieses feststellen muss, dass es gegen den König nicht ankommt. Aus diesem Grunde wird Scheba getötet und dessen Kopf, zum Zeichen der Aufgabe, über die Mauern der Stadt geworfen. Das Verbot, Basketball zu spielen, würde demzufolge daher rühren, dass, wenn mit etwas Rundem geworfen wird, dem eine ungehorsame Handlung (gegen Gott (?)) vorausgegangen sein muss.
16. Im Laufe des Interviews wird mir klar, dass mir der englische Begriff des Diakons, welchen ich bislang mit demjenigen eines deutschen Diakons gleichgesetzt hatte, zu revidieren habe. Ging ich bis anhin davon aus, dass damit, wie hierzulande üblich, jemand gemeint ist, der sich eher um *sozialdiakonische* Aufgaben kümmert, lerne ich durch Richard, dass es im angelsächsischen Sprachraum verschiedene Bedeutungen des Diakonats geben kann. So, wie mir Richard von seinem Vater erzählt, amtete Elmer Broadnax eher als Sigrist, denn als Sozialdiakon.
17. In etwa: «Ich schlage dich, weil ich dich liebe.» Im nachhinein relativiert Richard das Wort schlagen jedoch und möchte es lieber mit dem Englischen «to whip» (= jemandem eine scheuern, prügeln) ersetzt haben.

18. Hier vielleicht am besten mit «streng» zu übersetzen.
19. In den USA sind die Kirchen, im Gegensatz zu Europa, ja nicht staatlich organisiert, weshalb sie sich des öfteren auf den Brauch des Zehnten, welche die Gläubigen jeweils gegen Ende des Gottesdienstes entrichten, abstützen.
20. Was Richard auch tat, indem er relativ spät heiratete, und erst noch eine hellhäutige Ärztin, was anfänglich in seiner Verwandtschaft nicht nur auf Gegenliebe gestossen war.
21. Was man vielleicht folgendermassen übersetzen könnte: «Das bereitet mir etwas Angst zu, aber es ist auch wunderbar.»
22. Le Nouveau Monde von Alain Corneau, mit Alicia Silverstone.
23. Ronja Dobler lernt Lesen nach einem neuen, etwas eigenartigen System.
24. Ronjas Eltern teilen die Betreuung der Kinder unter sich auf, so dass diese jedes zweite Wochenende beim selben Elternteil verbringen, wie auch an zwei Abenden unter der Woche. Ronjas Vater bringt die Kinder dann in die Schule oder in die Spielgruppe.
25. Christine Eichel, Das deutsche Pfarrhaus. Hort des Geistes und der Macht, Köln 2012. Siehe dazu auch unter: Weiterführende Literatur, Seite 242.
26. Ueli Dubs erläutert dies anhand der Geschichte des Hochsprunges, welcher während langer Zeit kopfüber oder auch seitwärts ausgeübt worden war, bis der Amerikaner Dick Fosbury im Jahre 1968 mit dem heute geläufigen Sprung, dem sogenannten Flop, in Mexiko-Stadt Olympiagold gewonnen hatte. Als weiteres Beispiel dient Dubs das Anzünden eines Kaminfeuers, welches besser und emissionsfreier vonstatten geht, wenn man von oben her arbeitet, statt, wie er es selbst noch bei den Pfadfindern gelernt hatte, von unten.
27. Text von Nikolaus Ludwig von Zinzendorf.
28. Reformierter Kirchenfonds des Kantons Schwyz. Gemäss dessen Homepage (www.rksz.ch) ist jener ein gemeinnütziger Verein, der «die Förderung des kirchlichen Lebens der Reformierten im Kanton Schwyz sowie in der auswärtigen Diaspora [bezweckt]. Er fördert das Erbe der Reformation [und] unterstützt reformierte Kirchgemeinden in erster Linie beim Bau und Unterhalt von kirchlichen Infrastrukturen, sowie die Gewährleistung der kirchlichen Dienstleistungen, sowie reformierte Werke, wenn die Finanzkraft der Kirchgemeinden erlahmt.»
29. Ueli Dubs hat nämlich damit begonnen, sich auch noch an ein drittes Studium zu machen, eben jenes der Kunstgeschichte.
30. In seinen Worten spricht Ueli Dubs damit meines Erachtens die öffentliche Ausgestelltheit von Pfarrerinnen und Pfarrern an.
31. Gemäss www.wein-lexikon.de versteht man unter einem Essigstich «markante, nach Essig riechende, teilweise auch deutlich schmeckbare Töne». Ich gehe davon aus, dass Ueli Dubs im übertragenen Sinne sagen wollte, dass Pfarrerskinder hin und wieder vielleicht auch einmal etwas querschlagen können.
32. Irene Gysel war unter anderem Redaktorin in der Sendung Sternstunde Religion des Schweizer Fernsehens. Von 1999 bis 2015 war sie auch Mitglied des Zürcher Kirchenrates.
33. In unserem Gespräch fällt Regula Kaeser-Bonanomi zum ersten Mal die Bezeichnung «Spirituelle Handwerkerin» zu, was ebenfalls eine schöne Berufsbezeichnung hergäbe.
34. Andreas Leupin nennt hierbei zum Beispiel die Ausarbeitung verschiedener Richtlinien, die Konkretisierung und Ausführung von bestehenden Gesetzen, die Qualitätssicherung des eigenen Labors

oder auch die Teilnahme an verschiedensten Konferenzen, um internationale Richtlinien in Sachen Strahlenschutz zu bearbeiten.

35. Josua 10, 12–14.
36. Wobei Vater Lehner nie einfach Bargeld herausgegeben, sondern die Bittsteller immer ins Restaurant oder an die Tankstelle geschickt habe, damit sie sich dort auf seine Rechnung etwas hätten kaufen können, was allerdings praktisch nie erfolgt sei.
37. An dieser Stelle gehe ich davon aus, dass Stefan Mathys auf das Leben und Arbeiten in einem Pfarrhaus zu sprechen kommt. Doch er macht meine Erwartung zunichte und fährt auf einer völlig anderen Schiene weiter. Denkbar wäre mein Ansatz natürlich gewesen, doch die Art und Weise, wie er seinen Gedankengang weiterspinnt, fasziniert mich. Unter «Wie hast du deinen Vater wahrgenommen?», Seite 142, führt Stefan Mathys dieses Thema noch etwas weiter aus.
38. Pfr. Felix Mathys war einmal Assistent für Altes Testament und hatte seine Dissertation kurz vor der Fertigstellung abgebrochen. Allerdings durfte er diese in Buchform kürzlich veröffentlichen (Segenszeugnisse aus dem Alten Israel, Zürich 2010).
39. Sprung über den Kirchenrand. 21 Theologinnen und Theologen ausserhalb der Kirche, Berlin 2012.
40. Im Verlaufe des Interviews klärt Ruedi Meyer mich auf. Seines Erachtens lägen Themen wie «Pfarrerskinder» oder auch «Das Pfarrhaus» einfach in der Luft. So sei ihm jemand bekannt, der zurzeit ein ähnliches Projekt vorantreibe, das jedoch globaler angelegt sei. Ausserdem erschien im Herbst 2013 ein Buch von Sabine Scheuter und Matthias Zeindler mit dem sinnigen Namen «Das reformierte Pfarrhaus. Auslauf- oder Zukunftsmodell?» (genauere Angaben unter Weiterführende Literatur, Seite 242).
41. Die Namen jener Frauen kommen Ruedi Meyer noch so geläufig über die Lippen, wie wenn er sie auch heute noch regelmässig träfe.
42. reformiert., Nr. 4, 1/April 2013.
43. Heinrich Müllers Forschungsschwerpunkt befasste sich gemäss seinen Informationen mit der Frage, mit welch rechtlichen Instrumenten es den neuen afrikanischen Ländern, mit zum Teil Hunderten von verschiedenen Sprachen und Völkern, möglich war, als Staaten zusammenbleiben zu können.
44. In Heinrich Müllers eigenen Worte am besten vielleicht so zu übersetzen: «Ein Reporter, der von überall her berichtet, wo es brennt.»
45. Diesen Eindruck kann ich bestätigen. Am Konzert nämlich, das ich besuchte, schien er mir zu Beginn äusserst müde zu sein, was ich ihm im Anschluss daran auch mitteilte. Als Antwort darauf schrieb er: «Ja. das hast Du ziemlich richtig beobachtet. Ich war (und bin es noch) seit Wochen nicht ganz gesund, mit Erkältung und Fieberschüben. Zudem war ich bis kurz vor dem Konzert ziemlich stark mit Anderem beschäftigt. Aber bisher habe ich es immer geschafft, die Energie – das wichtigste überhaupt, wie Du selber feststellst – zu mobilisieren und zu bündeln. Und zwar ohne Hilfsmittel. Das gehört wirklich zu meinen Stärken. Ich konnte diese Qualität eigentlich schon immer im entscheidenden Moment abrufen.»
46. Heiri Müller nennt an dieser Stelle Figuren wie König David, dessen Freund Jonathan oder auch Absalom, einen Sohn Davids.
47. Matthäus 25, 14–30 oder Lukas 19, 12–27.
48. Rampazzo & Associés, Paris.

49. Mit einem Stock von an die achttausend Exemplaren. Ehrlich, wie Alfred Ruhoff ist, kann er unumwunden zugeben, dass er lange nicht alle davon gelesen hat. «Das wäre ja lächerlich», meint er diesbezüglich nur. Und weiter: «Eine Bibliothek ist nur dann spannend, wenn mindestens ein Drittel davon noch nicht gelesen ist und man jederzeit aus seinem Fundus schöpfen kann.»
50. Alfred Ruhoff bemerkt, dass zu den Zeiten, als er Kind war, bei Pfarrern das Pfarrhaus als ein Teil des Lohnes hinzugerechnet worden sei, weswegen sie eher schmal durchs Leben hätten gehen müssen, wäre da nicht die Mutter gewesen, welche bei der Heirat etwas Geld mit in die Ehe bringen konnte.
51. Regula Sager, Zürcher Liebesgeschichten. Ein Stadtführer der besonderen Art, Zürich 2015.
52. Regi Sager berichtet unter anderem, dass sie, im Vergleich zu ihren Brüdern, erst später alleine mit Freundinnen in die Ferien gehen durfte. Sie meint aber auch, dass ihr Vater stets darauf vertraut habe, dass seine Kinder schon wüssten, was recht ist und was nicht. Ihre Mutter hingegen wäre diesbezüglich ängstlicher gewesen, weswegen Regi Sager von ihr auch strenger erzogen worden sei.
53. Siehe unter: www.bolderntexte.ch/home/publikationen/bolderntexte.html
54. Regi Sager bezieht sich hier auf die spätere RAF-Terroristin Gudrun Ensslin.
55. Sonja Sieber ist ausgebildete Sängerin und übt diese Leidenschaft nach wie vor aus, auch im höheren Alter.
56. Nach Angaben von Maude Vuilleumier hatte Vater Jean-Pierre «mehr als sieben Berufe» ausgeübt. Unter anderem haben die Vuilleumiers auch für eine gewisse Zeit in Afrika gelebt und gearbeitet.
57. Vater und Tochter Vuilleumier gründeten damals die eigene Firma movee, welche sich vor allem im Theaterbereich ansiedelte. Sie verleiht Veranstaltungsmaterial wie beispielsweise Nebelmaschinen, Scheinwerfer oder auch Beamer.

Weiterführende Literatur

Cord Aschenbrenner, Das evangelische Pfarrhaus: 300 Jahre Glaube, Geist und Macht: Eine Familiengeschichte, München 2015.

Christine Eichel, Das deutsche Pfarrhaus. Hort des Geistes und der Macht, Köln 2012.

Tina M. Fritzsche und Nicole Pagels, Das evangelische Pfarrhaus – ein Haus zwischen Himmel und Erde. Erwartungen an das deutsche evangelische Pfarrhaus und der Umgang mit ihnen, Hamburg 2013.

Judith Giovanelli-Blocher, Der rote Faden. Die Geschichte meines Lebens, Zürich 2012.

Martin Greiffenhagen (Hrsg.), Pfarrerskinder. Autobiographisches zu einem protestantischen Thema, Stuttgart 1982.

Amei-Angelika Müller, Pfarrers Kinder, Müllers Vieh. Memoiren einer unvollkommenen Pfarrfrau, München 1988.

Sabine Scheuter und Martin Zeindler (Hrsg.), Das reformierte Pfarrhaus. Auslauf- oder Zukunftsmodell, Zürich 2013.

Ekkehard Vollbach, Pastors Kinder, Müllers Vieh. Biographien berühmter Pfarrerskinder, Leipzig 2015.

Anja Würzberg, Ich: Pfarrerskind. Vom Leben in der heiligen Familienfirma, Saarbrücken 22013.

Informationen zur Reihe 21

Kern der Reihe 21 sind Bücher über 21 Menschen, die eine Gemeinsamkeit aufweisen, wie zum Beispiel den gleichen Beruf, den identischen Jahrgang oder auch einmal denselben Wohnort. In halbstandardisierten Gesprächen sucht sich der Autor Matthias A. Weiss bekannte und weniger berühmte Leute aus, die auf das jeweilige Profil zutreffen, interviewt diese und macht daraus ein Buch. Die hochwertigen Interviews werden, falls immer möglich, durch edle Porträt- und allenfalls weitere Photographien, die das Leben und Wirken der jeweiligen Menschen beleuchten, ergänzt. Viel Spass beim Schmökern in diesen spannenden Soziogrammen.

Die Bände I und II können über die Homepage des Autoren bestellt werden, jedoch nur innerhalb der Schweiz und gegen Vorauskasse. Band II und III sind ausserdem im Buchhandel erhältlich.

21 Bankerinnen und Banker auf dem Weg zu neuen Ufern

Was haben Jörg Blunschi, Geschäftsführer der Migros Zürich, die Journalistin und Autorin Nomi Prins, der CEO des WWF Schweiz, Thomas Vellacott, oder die dreifache Krippenbesitzerin Priska Gehring-Hertli gemeinsam? Sie alle waren in ihrem Leben mindestens einmal auf einer Bank tätig und haben sich nach einiger Zeit im Finanzwesen aus den unterschiedlichsten Gründen aufgemacht, einen eigenen Weg zu gehen. In diesem Buch geben sie und 17 weitere Persönlichkeiten Antworten auf Fragen zu ihrer neuen Arbeit, ihrem Werdegang und zu ihrem aktuellen Leben. Entstanden sind so 21 eindrückliche und zum Teil äusserst persönliche Porträts über bekannte und weniger berühmte Zeitgenossinnen und Zeitgenossen aus der Wirtschaft.

Matthias A. Weiss, Bye Bye Bank (Band III)
Praxis Hokairos, 2016
Gebunden ISBN 978-3-9524666-0-5
E-Book ISBN 978-3-9524666-1-2

21 Persönlichkeiten aus einem Dorf

Was haben ein alteingesessener Bademeister und Beizer, eine thailändische Modeberaterin, ein politisch interessierter Ingenieur oder eine umtriebige Bäuerin gemeinsam? Sie alle haben einen Bezug zum Dorf Richterswil. In diesem Buch geben sie und 17 weitere Persönlichkeiten Antworten auf Fragen zu ihrem Wesen, zu ihrer Geschichte mit dem Dorf am oberen Zürichsee und zu ihren Wünschen und Träumen. Entstanden ist auf diese Weise ein Werk, das Mut macht, vermehrt über den eigenen Gartenzaun zu grüssen, spontan den entfernten Bekannten zu einem Glas Wein einzuladen oder einfach mit der Kassiererin, welche einen seit Jahr und Tag freundlich bedient, mal ein paar Worte mehr als üblich zu wechseln.

Matthias A. Weiss, Ingo Albrecht,
Zum Beispiel Richterswil (Band II)
Praxis Hokairos, 2015
Gebunden ISBN 978-3-033-04875-1

21 Theologinnen und Theologen ausserhalb der Kirche

Was haben der Psychotherapeut Hans Jellouschek, die Selbstversorgerin Helen Jäggi Kosic, der Liedermacher Linard Bardill oder die ORF-Redakteurin Maria Katharina Moser gemeinsam? Sie alle haben in ihrem Leben einmal Theologie studiert und sich nach einiger Zeit bei der Kirche aufgemacht, einen eigenen Weg zu gehen. In diesem Buch geben sie und 17 weitere Persönlichkeiten Antworten auf Fragen zu ihrem Werdegang, zu ihrer jetzigen Arbeit und zu ihrem Glauben. Entstanden sind so 21 eindrückliche und zum Teil äusserst persönliche Porträts über spirituelle Zeitgenossen.

Matthias A. Weiss,
Sprung über den Kirchenrand (Band I)
Praxis Hokairos, 2012
Gebunden, keine ISBN

www.ingramcontent.com/pod-product-compliance
Lightning Source LLC
Chambersburg PA
CBHW081138300726
48982CB00006B/999